U0926243

WHERE THE FOREST MEETS THE STARS

乌莎来自大熊座

[美] 格兰蒂·范德拉——著　杨蔚——译

GLENDY VANDERAH

上海文艺出版社

果麦文化 出品

谨以此书送给

凯雷、威廉、格兰特

并献给 斯科特

1

那个女孩说不定是仙女留下的孩子[1]。苍白的脸上影影绰绰，与连帽衫和长裤一道化入身后暮光中的森林。她赤脚站在那里，一只手抱着山核桃树的树干，哪怕汽车“嘎啦嘎啦”地开到石子路尽头，停在离她不过几码开外的地方，她也没挪动一下。

乔熄了火，把目光从女孩身上挪开，收拾起副驾驶座上的双筒望远镜、背包和数据记录表。也许，只要她不盯着看，那孩子就会回到自己的仙女国度去。

可直到乔下了车，女孩还在。“我看到你了。”乔冲着山核桃树下的暗影说。

“我知道。”女孩说。

乔的登山靴踏在水泥小道上，扑簌簌掉落一地干泥。“需要

---

1. 在欧洲童话和民间故事中，常有仙女用自己不要的孩子调包偷走人类婴孩的情节。被留下的孩子称为“仙女弃婴（Changeling）”，通常表现为智力、生理或行为举止上的异常、残缺或古怪，也有表现出超凡智力与感知力的形象，但前者的意义更为普遍。

帮忙吗？”

女孩没回答。

“你到我这里来做什么？”

“我想摸一摸你的小狗，可它不让。”

“它不是我的狗。”

“那是谁的？”

“不是谁的。”乔推开玻璃门廊的纱门，“趁天还没黑透，快回家吧。”她拨亮门外的驱蚊灯，打开木头房门，走进去开了灯，再返身回来，关门上锁。女孩看起来不过九岁上下，但也是能做些什么的年纪了。

乔花了不到十五分钟冲完了澡，换上T恤、运动裤和拖鞋，打开厨房灯，顿时引发了一场飞虫对黑窗的无声战役。准备烧烤材料时，她再次想起山核桃树下的女孩。森林里这么黑，她应该不敢继续逗留吧，多半已经回家去了。

乔拿着腌好的鸡胸肉和三串蔬菜来到屋外荒地上的火塘边。荒地横在黄色隔板小屋与一片草坡之间，草坡有几英亩大小，上面洒满了月光。这座20世纪40年代的出租屋名叫“金尼小屋”，坐落在一座小山头上，面朝森林，背后延伸出一片小小的草地，屋主定期放火烧荒，逼退入侵的森林。乔在石头火塘里生起火，架上烤架。正当她将鸡胸肉和蔬菜串往烤架上放时，一个黑影从屋角绕了过来，弄得她一阵紧张。是那个女孩。女孩走到离火塘几码远的地方停下来，看着乔将最后一串蔬菜放上烤架。“你没有炉子吗？”她问。

“有啊。”

“那为什么在外面做饭？”

火塘边放着四把破旧的草坪椅，乔挑了一把坐下。“因为我喜欢。”

“好香。”

如果她是想讨吃的，恐怕要失望了。忙于野外考察的生物学家可没空逛商店，乔的餐柜里堪称空空荡荡。女孩说话是本地乡下人那种慢吞吞的腔调，又赤着脚，肯定就住在附近，大可以回家吃晚饭。

女孩悄悄挪近一点，火光映在她苹果般的脸颊和浅亚麻色的头发上，却照不见她的眼睛。幽深的双眼宛如藏在脸庞上的仙女秘境。

“你不觉得差不多该回家了吗？”乔说。

她又靠近了些。“我在地球上没有家，我是从那儿来的。”她指了指天空。

“从哪儿？”

“大熊星座。”

“星座？”

女孩点点头。“我家住在风车星系，就在大熊的尾巴边上。”

乔对星河星系什么的一窍不通，不过这名字一听就是小孩子编出来的。“我从来没听说过风车星系。”乔说。

“这是你们这里的叫法，在我们那里有别的叫法。”

现在，乔看见女孩的眼睛了。那里面闪着聪慧的光芒，配上这么一张娃娃脸，显得格外机灵。乔觉得女孩一定知道这只是个游戏。“如果你是外星人，为什么看上去和人类一样？”

“我只是借用了这个女孩的身体。”

“既然你都在她的身体里了，就叫她回家去呗，怎么样？”

“她不能回去。我接管这具身体的时候她已经死了。要是回家，她的爸爸妈妈会被吓着的。”

看来是个僵尸游戏。乔听说过这类把戏。要是想玩外星人僵尸的游戏，那这女孩可真是找错了人。乔从来都不擅长跟小孩子打交道，就连她自己像小女孩这么大的时候，也不玩过家家之类的游戏。乔的父母都是科学家，常常说她是继承了双份的逻辑分析基因，才会变成这样。他们总喜欢打趣地说起她出生时的模样：小脸皱得紧巴巴的，好像正在分析论证自己究竟身在何方，挤在产房里的都是些什么人。

披着人类躯壳的小外星人眼巴巴地望着乔翻动鸡胸肉。

“你还是赶紧回家吃晚饭吧。”乔说，“你父母要担心了。”

“我跟你说过了，我没有——”

“需要给谁打个电话吗？”乔从裤子口袋里摸出手机。

“我能给谁打电话？”

“我来打怎么样？把你家电话号码告诉我。”

“我从星星上来的，怎么会有电话号码？”

“那你借用身体的这个女孩呢？她家的号码是多少？”

“我对她一无所知，连名字都不知道。”

不管这女孩有什么企图，乔都没力气纠缠下去了，她太累了。凌晨四点就起床，顶着高温暑湿在荒野和森林里跋涉至少十三个小时。最近几周都是这么过的，晚上回到小木屋的短短几个钟头是她放松休息的宝贵时间。“你再不走的话，我就要叫警察了。”她努力摆出严肃的腔调。

“警察？他们会怎么样？”听她这口气，好像从来没听过这个名词一样。

“他们会把你拖回家去。”

女孩交叉手臂，抱紧她瘦小的身体。“要是我说我没有家，他们会怎么办？”

“他们会把你带到警察局，找到你的父母，或者跟你一起生活的人。”

“要是他们打电话给这些人，发现他们的女儿其实已经死了，又会怎么样？”

这下子，乔是真的有些生气了。“要知道，孤零零地活在世上可不是什么好玩的事。你该回家去了，总有人在照顾你吧。”

女孩又紧了紧她交叉抱在胸前的胳膊，什么也没说。

这孩子需要一点冲击来帮她回归现实。“如果你真的没有家，警察会给你找个寄养家庭。”

“那是什么？”

“你得和完全陌生的人住在一起，他们有可能很凶恶，所以，趁我还没叫警察来，你最好还是赶紧回家去。”

女孩没动。

“我是认真的。”

一只半大的小狗潜伏进了火光的外圈。前几天夜里，它一直在乔的篝火旁乞食。女孩蹲坐到地上，伸出手保持不动，用细细的声音诱哄小狗，想摸一摸它。

“它不会过来的。”乔说，“这是野生的，说不定就出生在林子里。”

“它妈妈呢？”

“谁知道呢？”乔放下手机，转动烤钎，“是有什么原因让你不敢回家吗？”

“为什么你就不相信我是从星星上来的呢？”

这该死的倔小孩不懂得什么叫适可而止。“你知道，没有人会相信你是外星人。”

女孩走到草地边缘，仰起头，向着星空举起双臂，飞快地高声吟诵出一连串自以为听起来像某种外星语言的含糊声音，那些字眼连起来像是某种她原本就很熟悉的外国腔调。说完她得意地转身望着乔，双手撑在屁股上。

“但愿你是在联系你的外星朋友来接你回家。”乔说。

“这是一种致意。”

“致意——好词。”

女孩转身望着火光，说：“现在还不能回去。我必须留在地球上，直到亲眼看见五个奇迹。到一定年龄之后，我们就得完成这项训练——有点像完成学校作业那样。”

“那你在这儿可有得好待了。再过两千年，水也不会变成葡萄酒。”

“我说的不是《圣经》里的那种奇迹。”

“那是哪种？”

“任何事。”女孩说，“你是个奇迹，那只狗狗也是。对我来说，这是个全新的世界。”

“很好，你已经有两个奇迹了。”

“不，我要把名额留给真正的好东西。”

“啧啧，谢天谢地。”

女孩在乔身边的草坪椅上坐下。鸡胸肉被烤得滋滋作响，一个劲儿地冒汁水，混杂着油脂的酱汁滴进火里，蹿出烟，在夜晚的空气里散发出诱人的香气。女孩眼巴巴地盯着它，看来是真的饿了，一点没有作假的样子。说不定她家里买不起吃的。乔很惊讶自己没早想到这一点。

“我拿些东西给你，吃完就回家，怎么样？”她说，“喜欢火鸡汉堡吗？”

“我怎么知道火鸡汉堡是什么味道？”

“要，还是不要？”

“要一个。既然来到这里，我也该尝试新东西。”

乔把鸡胸肉挪到火小一些的地方，进屋去拿冷冻的汉堡肉饼、调味料和圆面包。她记得冰箱里还有最后一片奶酪，也将它加进了女孩的晚餐食谱里。那孩子大概比她自己更需要这个。

乔回到院子里，把肉饼放到火上，其他东西都放在她旁边的椅子里。“希望你喜欢在汉堡包里夹奶酪。”

“我听说过奶酪。”女孩说，“他们说很好吃。”

“谁说很好吃？”

“以前来过这里的人。我们在出发前会学一点有关地球的知识。”

“你的星球叫什么名字？”

“用你们的语言很难念出来——有点像‘赫特拉叶’。你有棉花糖吗？”

“赫特拉叶人告诉你有棉花糖的？”

“他们说小孩子会把棉花糖穿在钎子上，放到火上烤化。据说非常好吃。”

那包一时心血来潮买回来的棉花糖终于有机会打开了，那还是乔刚搬来的时候买的。她原本还琢磨着，得在变质以前把它们消灭掉。她从厨房的柜子里取出棉花糖，整袋扔到小外星人腿上。“得先吃完晚饭才能打开它。”

小外星人找了一根小棍，坐在椅子里，棉花糖就放在腿上，漆黑的眼睛紧紧盯着火上烤着的汉堡肉饼。乔烘了烘圆面包，又把一串已经烤成褐色的土豆、西兰花和蘑菇放到盘子里的奶酪汉堡旁边，然后拿出两杯饮料。“喜欢苹果汁吗？”

女孩接过杯子，啜了一口。“真好喝！”

“好到可以算得上一个奇迹吗？”

“不。”小外星人说着，一口气就喝掉了半杯。

乔才刚刚开始吃，女孩就已经把汉堡吞得差不多了。

“你上次吃东西是什么时候？”乔问。

“在我的星球上。”小外星人的嘴被食物塞得满满当当。

“那是什么时候？”

她把东西咽下去，答道：“昨天夜里。”

乔放下叉子。“你一整天没吃东西了？”

女孩往嘴里塞了块土豆。“我之前一直不想吃东西，不太舒服——因为来地球这段路，再加上新换了个身体，还有其他各种原因。”

“那你这会儿怎么吃得好像饿坏了似的？”

女孩把她剩下的最后一口汉堡一掰两半，一半扔给讨食的小狗——大概是为了证明她并没有饿坏吧。和女孩一样，小狗飞快地把肉饼吞下了肚。小外星人递出手上最后一口吃的，小狗悄悄蹭上前，从她手上一口叼下，一边还在往后退，一边就咽了下去。“看到了吗？”女孩说，“它从我手上吃东西了。”

“看到了。”乔还看到一个可能真的遇到麻烦的孩子，“你穿的这是睡衣吗？”

女孩低头扫了一眼自己单薄的裤子。“好像大家是这么叫的。”

乔又切下一片鸡胸肉。“你叫什么名字？”

女孩跪在地上，尝试着慢慢靠近小狗。“我没有地球名字。”

“那你的外星名字叫什么？”

“很难念啊……”

“说来听听。”

“有点像‘伊尔普德·纳·阿斯茹’。”

“伊尔普……？”

“不，是‘伊尔普德·纳·阿斯茹’。”

“好吧，伊尔普德，我希望你跟我说实话，为什么你会在这里？”

她放弃靠近那条羞怯的小狗，站了起来。“可以打开棉花糖了吗？”

“先把西兰花吃掉。”

她瞥了一眼自己放在椅子上的盘子。“那个绿绿的东西？”

“是的。”

“我们星球上不吃绿色的东西。”

“你自己说的，应该尝试新东西。”

女孩迅速把三块西兰花填进嘴里，一边鼓着腮帮子使劲嚼，一边撕开了棉花糖袋子。

“你几岁了？”乔问。

女孩用力咽下最后一口西兰花。“我的年龄对于地球人来说没有意义。”

“你这具身体几岁了？”

她把棉花糖往小棍上穿。“我不知道。”

“我真的必须打电话叫警察了。”乔说。

“为什么？”

“你知道为什么。到底多大，九岁，十岁？你不能一个人在外面过夜。你的家人显然没有好好照顾你。”

“你叫警察的话，我就跑。”

“为什么？他们可以帮助你。”

“我不想跟凶恶的人生活在一起。”

“我那是开玩笑的。他们肯定会给你找一户好人家。”

女孩往小棍上串第三粒棉花糖。“你觉得，小熊会喜欢棉花糖吗？”

“小熊是谁？”

“我给小狗起的名字——小熊座是我家旁边那个星座。你不觉得它像小熊宝宝吗？”

“别喂它吃棉花糖。糖不是它需要的东西。”乔把剩下的鸡胸肉全都剥下来，扔给小狗。她心烦意乱，吃不下了。等那小狗吞掉鸡肉，她把两根钎子上剩下的蔬菜也都给了它。

“你真好。”女孩说。

“我是个笨蛋。这下子我再也别想赶它走了。”

“哎呀！”棉花糖燃烧起来，女孩把小棍举到面前，努力吹熄火焰。

“先晾一下，凉一会儿。”乔说。

女孩等不及了，拽下那团又烫又黏的白色物体就往嘴里送，一转眼就吃光了，开始串第二串。乔把盘子收进厨房，趁洗碗的工夫想出了一个新计划。唱红脸是行不通了，她必须获得女孩的信任，才能从她嘴里套出些真东西来。

她看到女孩盘腿坐在地上，“小熊”开心地从她手里舔着先前化开的棉花糖。“真不敢相信，这只小狗竟然会从人的手里吃东西。”乔说。

“虽说这是人类的手，可它知道我是从赫特拉叶来的。”

“那又怎么样？”

“我们有特殊的能力，能让好事发生。”

可怜的小家伙。毫无疑问，这是她应对自己糟糕处境的幻想。

“我能用用你的小棍吗？”

“烤棉花糖？”

“不，用来把你赶出我的地盘。”

女孩笑起来，左颊上现出一个深深的酒窝。乔往小棍上串了两粒棉花糖，放到火上。女孩坐回到她的草坪椅里，小狗趴在她的脚边，仿佛已经神奇地被她驯服了一般。等到棉花糖烤成均匀的棕褐色，并且彻底凉下来之后，乔直接就着棍子咬了起来。

“我不知道大人也吃棉花糖。”女孩说。

“这是个秘密，地球孩子都不知道。”

“你叫什么名字？”女孩问。

“乔安娜·蒂尔。不过大家都叫我‘乔’。”

“你一直是一个人住在这里吗？”

“就这个夏天。这房子是我租的。”

“为什么？”

“如果你就住在这条路那头的话——我敢肯定你是的——你知道为什么。”

“我不住在路那头。跟我说说吧。”

乔牢记自己现在唱的是白脸，摁下了反驳这个谎言的冲动。

“这栋房子和周围的七十英亩地都属于一位科学家，我们叫他‘金尼博士’。他把这里借给教授们教学用，或者给研究生做研究用。”

“他自己为什么不住？”

乔把棉花糖小棍放到火塘的石头上。“他四十多岁时买下这里当度假屋，跟妻子一起来这儿度假，还可以在那边那条溪里做水生昆虫研究。不过，六年前开始他们就不来了。”

“为什么？”

“他们都七十多岁了，他的妻子需要医疗照顾，得住在靠近医院的地方。现在这套房子是他们的一个收入来源，但只租给科研人员。”

“你是科学家？”

“是的，不过还是研究生。”

“那是什么意思？”

“就是说，我已经读完了大学四年的课程，现在一边继续学习，一边当助教给学生上课，一边做研究，争取拿到博士学位。”

“博士学位是什么？”

“一种学术头衔，博士才有的。拿到之后，我就可以申请大学的教授职位了。”

女孩舔了舔被狗舔过的脏手指，黑乎乎的棉花糖蹭到了脸颊上。“教授就是老师，对吗？”

“是的。在我这个领域里，大多数人同时还要做科学研究。”

“研究什么？”

无穷无尽的好奇心，以后真有可能成为一个了不起的科学家。“我研究的领域是鸟类生态与保护。”

“那你具体是做什么的呢？”

“提问到此为止，伊尔——普……”

“伊尔普德！”

“你该回家了。我明天还得早起，所以现在要去睡觉了。”乔打开水龙头，拎起软管浇灭火堆。

“一定要把火浇灭吗？”

“斯摩基熊[1] 说我必须这么做。”水淋在火堆上嗞嗞作响，腾起一阵水汽。

“真悲伤。”女孩说。

“什么悲伤？”

“那些湿掉的灰的味道。”厨房窗户里透出荧光灯的光亮，将她的面庞映得泛青，仿佛就在这一瞬间，她又变成了那个仙女的弃儿。

乔关掉水龙头。“跟我说说你跑到这儿来的真实原因吧。”

“我已经告诉你了，真的。”女孩说。

“好吧。我要进屋去了，可我不该就这么把你留在外面。”

“我没事的。”

“你会回家去吧？”

“我们走了，小熊。”女孩招呼道。那小狗竟也听从了，真是不可思议。

乔看着外星小弃儿和她的小狗慢慢走远，一点点融进黑暗森

---

1. 斯摩基熊（Smokey Bear），美国森林管理局吉祥物，用于宣传防范野外火灾意外的相关知识与信息。

林中的背影跟湿灰的味道一样悲伤。

2

凌晨四点，闹钟叫醒了乔。这些日子以来，她每天都是这个点起床，然后长途跋涉赶去她的考察地点。借着一盏小灯，她套上T恤、衬衫、野外工装裤和靴子。直到灶台前的荧光灯亮起，她才想起那个女孩。难以置信，她入睡前还为这事儿辗转反侧了半个小时，脑子里根本容不下别的东西。她朝后门外围着火塘的空椅子上望了一眼，又走到前门，抬手摁亮前廊灯，走进玻璃门廊。没看到那女孩的影子。也许她已经回家了。

趁着煮麦片粥的工夫，乔做了个金枪鱼三明治，连同什锦干果和饮用水一起打包好。二十分钟后，她走出家门，黎明时已经抵达了考察现场。清晨的空气依旧沁凉，她沿着教堂路寻找靛蓝彩鹀的巢，在她的九个研究点中，这是最缺荫少凉的地方。几个小时后，她转移到乔瑞农场，之后是洞穴沟路。

下午五点，乔准备回家了，这个时间比平时早一些。自从母亲确诊，直到前不久去世，最近两年来，失眠已经成了乔的生活常态。也不知是什么缘故，只要连续三晚失眠，她就会特别焦躁。今天，她打算最迟九点钟就上床，好好补补觉。

她先去了一家农场直销店，回到火鸡溪路时依然很早，县道的十字路口还支着那把蓝色遮阳大伞，下面坐着“鸡蛋男”——一个胡子拉碴的年轻人。经过屈指可数的几个休息日（多半都是因为下雨），乔已经发现了他出没的规律：每个星期一的傍晚和星期四的上午，他都会出来卖鸡蛋。

乔转过路口，鸡蛋男冲她点头致意。她挥一挥手，很希望自己刚好需要买些鸡蛋，这样也能照顾照顾他的生意，可她的冰箱里至少还有四个鸡蛋。

火鸡溪路是一条五英里长的碎石子路，路的尽头就是小溪和金尼家的房子。哪怕是越野车，开这段路也需要花上一点时间。头一英里过后，整条道路就突然变得狭窄、多弯、坑坑洼洼、高低不平，快到终点前有几个地方还特别陡，都是下大雨时被溪水冲出来的。这一段返程路是乔每天最喜欢的环节，每一个转弯过后都可能有惊喜等着她——或许是一只火鸡，一家子北美鹑，甚至一只山猫；最后，道路会将她带到一片漂亮的风景前，那是一条铺满石头的清澈小溪，只要再一个左转，便是她那座位于半山坡上朴拙可爱的小房子了。

可这一次，当她开上金尼小屋的私人车道时，等待她的并不是站在房前小道上回头看她的野生动物，而是大熊星座的小外星人和她的小熊星座狗狗。女孩依旧打着赤脚，穿着前一晚的衣服。乔停下车，什么东西都没拿就跳了下去。“你怎么还在这里？”

“我跟你说过了，”女孩说，“我是来游历的，是从——”

“你必须回家！”

“我会的！我发誓，等我看到五个奇迹以后就回去。”

乔从裤子口袋里掏出手机：“很抱歉……我必须报警。”

“你报警的话，我就跑。我会再找一户人家。”

“你不能那样！外面有些人不正常，有些坏人……”

女孩双臂交叉抱在胸前。“那就不要打电话。”

好建议，的确不该当着女孩的面这么做。乔放下电话，问：

"你饿不饿？"

"有一点。"女孩说。

说不定昨晚火塘边那顿之后她就再没吃过东西。"喜欢吃鸡蛋吗？"

"我听说炒鸡蛋很好吃。"

"路那头有人在卖鸡蛋。我去买一点回来。"

女孩见乔转身上车，赶忙说："你要是骗我，把警察带来，那我就跑。"

女孩眼中的绝望让乔受不了。她发动汽车，飞快掉头，开上了火鸡溪路。离开房子差不多一英里后，她在一个小山头边上停下车，这里的信号相对好一些，更有可能接通治安官的非紧急报警电话。三次失败的尝试后，她把手机扔进储物盒里。她想到了一个更好的主意。

乔赶到路口的时间刚刚好。鸡蛋男正在拆他的大遮阳伞和写着"新鲜鸡蛋"的招牌，桌子和椅子上的三盒鸡蛋还在原地，没来得及收。乔把车停在路边的杂草丛里，抓起钱包。鸡蛋男弯下腰开始折叠桌腿，乔站在他身后等着。她还没见过他站起来的样子，以往买鸡蛋的时候，这小伙儿总是坐在桌子后面。他大概六英尺高，有着日常劳作练出的一身肌肉，是那种恰到好处的强壮，比起在健身房里举杠铃练出来的腱子肉，乔更喜欢这一种。

他转过身，微笑着，目光比往常停留得更久。"突然想吃煎蛋卷了？"他注意到乔手里的钱包。

"我倒是想。"她说，"可我没奶酪了，只好将就吃点儿炒蛋。"

"没错，没有奶酪就算不上煎蛋卷。"

到这里五个礼拜了，乔一共在他这儿买过三次鸡蛋，他从来没跟她说过这么多话。通常，他的反应都只是点一点头，用起茧的手接过钱，在她说“不用找零”时回答一句“谢谢你，女士”。在她看来，鸡蛋男是个谜。她原本以为一个在路边卖鸡蛋的年轻小伙儿大概会有点迟钝，可他的眼神就像蓝色碎玻璃一样锐利——这是那张长满浓密胡子的脸上唯一鲜明的特征。乔不明白，为什么这个聪明小伙儿年纪轻轻，会在这么个前不着村后不着店的地方卖鸡蛋。

鸡蛋男把收起的桌子扔在杂草丛生的地上，转身面对她。“一打还是半打？”

乔从他的声调里一点儿也听不出伊利诺伊南部人的那种口音。“一打。”说完，她从钱包里抽出一张五元钞票递给他。

他从椅子上拿下一盒鸡蛋，准备找零。

“不用找了。”乔说。

“谢谢你，女士。”他说着，把钱塞进后裤袋里，然后弯腰拎起桌子，朝他的白色老皮卡走去。

乔跟在后头。“我能跟你打听点事情吗？”

他把桌子放进皮卡的敞篷后厢里，转过身。“可以。”

“我遇到一个问题……”

他的眼睛闪了闪，更像是好奇，而不是关心。

“你住在这条路上，对吗？”

“是的。”他说，“事实上，我家就挨着金尼家。”

“噢，我都不知道。”

“是什么问题，邻居？”

“我猜这一带的人你都认识——或许你卖过鸡蛋给他们？”

他点点头。

“昨天晚上，一个女孩出现在我屋前。你有没有听说什么儿童离家走失之类的消息？”

“我没听说。”

“她大概九岁左右，瘦瘦的，深棕色长发，棕色大眼睛……长得很好看，很打眼，笑起来一边脸颊上有个椭圆形的酒窝。听起来有没有一点熟悉？”

“没有。”

“她一定是从这附近什么地方来的，赤着脚没有穿鞋，身上穿的是睡衣。”

“让她回家去。”

“我说过了，可她不肯。我觉得她可能害怕回家。她一整天都没吃东西了。”

“你还是报警的好。”

“她说要是我报警她就跑掉，还给我讲了个疯狂的故事，说她是从外星球来的，借用了一个死去的小女孩的身体。”

鸡蛋男挑起双眉。

“是的，很疯狂。可我不觉得她是疯子。她很聪明……”

“很多疯子都很聪明。”

“可是她看上去好像很清楚自己在做什么。”

鸡蛋男的蓝色玻璃眼睛愈发犀利。“为什么精神有问题的人就不能清楚自己在做什么呢？”

“那就是我想说的重点了。”

“什么重点？”

“如果她真的很聪明，知道自己在做什么呢？”

“也就是说？”

“她知道回家不安全。”

“她才九岁，必须回家。”他拉开乘客座的车门，将剩下两盒鸡蛋放到地板上。

“所以呢，我打电话报警，等那孩子看到他们就跑掉，天知道会出什么事？”

“悄悄报警。”

“怎么做？不等他们下车，她就会跑进林子里去，再也找不到了。”

他没吱声。

“见鬼，我不想这么做！”

他同情地打量着她，胳膊搭在敞开的车门上。“你看起来累了一天了。”

她低下头，看了看自己满是泥的衣服和鞋子。“是的，比我预想的更累。”

“要不然，我过去看看能不能认出那个女孩，怎么样？”

“可以吗？”

“不保证能帮上忙。”

乔递出手上的一打鸡蛋。“带着这个来。我会跟她说你的鸡蛋卖完了，只好回家去拿了再送过来。不然她会被你吓跑的。”

“这个小女孩真是让你心烦意乱了。”

的确，只要一想到这里她就心烦意乱。接下来到底该怎么办？

他把鸡蛋放到皮卡车靠乘客座一侧的地上，挨着另外两盒。“你是研究什么的？”

她没想到鸡蛋男会发问，脑子空了几秒。

“去年夏天，金尼家房子里住的是一帮研究鱼类的学生。”他说，“夏天之前的，是蜻蜓和树。”

“我研究鸟类。”乔说。

“哪种？”

“我在追踪靛蓝彩鹀的筑巢成功率。”

“这种鸟在这一带很常见。”

乔有些惊讶，他竟然知道这个名词。很多人除了主红雀就什么都不知道了，甚至连主红雀都经常被叫作“红色的鸟”。

“我有几次看到过你在外面走来走去。”他说，“那些橘色勘测胶带都拉好了？”

“拉好了。火鸡溪路就是我的研究点之一。”她没跟他说那些小旗子是用来标记鸟巢位置的。要是给本地的小孩知道了，说不定会去骚扰那些鸟儿，那她的研究也就毁了。她看着他收起折叠椅，问道：“你会不会——刚巧丢了一只狗？”

“我不养狗，只有两只养在谷仓里的猫。怎么这么问？”

“我还有另一个麻烦，一只挨饿的小狗。”

“屋漏偏逢连夜雨。”

“大概是吧。”乔说着，转身上了车。驶进金尼小屋门前的车道时，她没看到那女孩，也没看到小狗。她卸下自己的田野装备，拿上在农场直销店买的水果和麦芬蛋糕。女孩准是藏起来了，要不就是察觉到麻烦，跑了。

就在乔忙着收拾买回来的东西时，厨房门上响起三声轻轻的叩门声。乔打开门，低下头，隔着破旧的纱门看到了女孩。

“你要做鸡蛋了吗？”女孩问。

“那个人的鸡蛋卖完了。”乔说，“等会儿他会送过来。”

“既然卖完了，他怎么还能送来？”

“他家里还有。他就住在旁边那栋房子里，就那边。”

女孩顺着乔的手往西看了看。

“想来个蓝莓麦芬吗？”

“要！”

乔拿出一个麦芬蛋糕扔进她的小脏手里。

“谢谢。”女孩说着，埋头吃起来。

食物把小狗从屋子拐角处引了出来，但女孩太饿了，顾不上分给它。半分钟后，当鸡蛋男的白色皮卡“突突”响着出现在碎石子路上时，女孩的麦芬已经吃完了。乔把蛋糕纸从女孩手里拿开，丢在火塘的冷灰上。“我们去拿鸡蛋。”她说着，抬手招呼缩在一旁的女孩一起过去。

“噢，不！”女孩说。

“怎么了？”

“小熊在吃蛋糕纸。”

“我打赌它吃过更糟的东西。来吧。”

她们在皮卡旁迎上了鸡蛋男。他伸手递上一盒鸡蛋，顺便打量着满身泥污的女孩，从她脏兮兮的赤脚一直打量到油腻腻的头发。她的模样看起来比头一天晚上更糟了。“你住在这附近？”鸡蛋男问女孩。

“是她让你问的。”女孩说，“那才是你来送鸡蛋的真正原因。你的鸡蛋没有卖完。”

“一位傲慢小姐。”鸡蛋男说。

“那是什么意思？”女孩说。

“就是说你的衣服都快装不下你自己了。说到衣服，你为什么穿着睡衣到处跑？”

小流浪儿低头看了看自己淡紫色的星条纹长裤。“那个女孩死的时候穿的就是这个。”

“什么女孩？”

“我这具人类身体啊。乔没告诉你吗？”

“乔是谁？”

“我。”乔说。

鸡蛋男伸出手，说：“很高兴认识你，乔。我是加布里埃尔·纳什。”

“乔安娜·蒂尔。”她紧握住他温暖、粗糙的手，心里很清楚，自己已经两年没触碰过年轻男人了。她握得比正常时间长了点儿，或许他也一样。

“那么，你叫什么名字，僵尸姑娘？”他向女孩伸出手去。

女孩退后一步，唯恐他是打算抓住她。“我不是僵尸，我是从赫特拉叶来游历的。”

“那是哪里？”他问。

“是风车星系的一颗星球。”

“风车星系？真的吗？”

“你听说过？”

“我看到过。”

女孩怀疑地看着他。“不，你才没有。”

“我看过，用望远镜看的。”

这句话里有什么东西让女孩一下子高兴起来。“很漂亮，对不对？”

“我的最爱。”

那么，一定是真有这么个星系了。至少那女孩还说了几句真话。

鸡蛋男靠着他的皮卡车头，双手插在牛仔裤口袋里。“为什么到地球来？”

“这是我们的课程。我跟乔差不多，是个——研究生。”

“有意思。你打算待多久？”

“待到我看够了为止。”

“看够什么？”

“看人类，一直看到足够了解为止。等我见过五个奇迹之后就回去。”

“五个奇迹？”他说，“那你要待到天荒地老了。”

“我说的奇迹，就是能让我惊叹的东西。等看到五个这样的东西之后，我就回去，把这些故事讲给我们那儿的人听。就好像拿到了博士学位，可以当教授一样。”

“你会成为一个人类专家？”

“只是关于你们世界的一小部分，我看到的那部分。就像乔，她会成为一个鸟类生态专家，而不是其他领域的科学家。”

“哇噢。”他说着，抬眼看了看乔。

“聪明的小外星人，不是吗？”乔把那一打鸡蛋递给女孩，“你能帮我把它们放进冰箱里吗？”

“你让我进你的房子？”

“是的。”

“只是因为你想跟他说我罢了。”

“去把鸡蛋放好。”

“别说我的坏话。”

“去。”

女孩朝前门跑去。

“慢慢走。”乔叫道，“不然你会把鸡蛋摔在地上打碎的。”

她转身看着鸡蛋男。“你怎么看？”

“我从没见过这孩子，绝对可以肯定，她不住在我们这条路上。”

“一定就住在附近。她这个样子，要是走太多路的话，脚会受伤的。”

“也许她是到这里以后把鞋子给弄丢了……比如在小溪里泡了个脚，然后忘记把鞋放在哪儿了？”他站直身子，伸手捻了捻胡子，“口音听起来倒是这一带的。不过那些‘研究生’啊‘教授’什么的……”

“从我这里听去的。”

“很显然。可她看模样实在是太小了，怎么能把这些词组织得这么好。”

“我知道，所以那就是我想说的——”

女孩从前门冲出来，光赤的小脚拍打着开裂的水泥路面。“你们在说什么？”她上气不接下气地问。

“我们在说，你该回家了。”他说，“需要搭车吗？我可以开车送你。”

“你能开车穿越星际，把我送回我的星球去？”

“你这么聪明，不会真以为我们相信你是外星人吧？”他说，“你也知道，像你这么大的女孩子不能一个人待在外面。跟我们说实话吧。”

“我说的就是实话！”

“那乔就没办法了，只好打电话报警。”

“恩厄德-恩厄波-阿得-厄哥伊-什-伊尼！”女孩说。

“饿得什么什么？”他说。

女孩突然说起她的外星话来，跟头一天晚上一样流利，只是这次的语气更像在抨击鸡蛋男，手和胳膊还拼命挥舞个不停。

“什么意思？”等她说完，小伙儿问。

“我在用我的语言告诉你，对待一个穿越星际来看你们的研究生，你的态度应该好一点。要是你不让我留下来的话，我就永远也当不上教授了。”

“你知道你不能留在这里。”

“你有博士学位吗？”女孩问。

他不可思议地看着女孩。

“如果有的话，你就该知道，妨碍我拿学位是不对的。”女孩说。

他走向皮卡，拉开车门。

“等等……”乔说。

他关上车门，隔着车窗扔下一句：“这事儿只能靠你自己了。”

“如果她是出现在你家门前呢？”

“她没有。”鸡蛋男飞快地开了出去，卷起几粒碎石子儿。

“怎么回事？房子着火了？”乔说。

“什么着火？”女孩问。

“没事。”

很显然，有什么东西惹恼了他。也许是乔的教育程度让他不安。他的态度是在女孩问他有没有博士学位以后才变的。

“我看到厨房里有馅饼，我能吃一块吗？”

乔望着空荡荡的道路，听着鸡蛋男的引擎声渐渐远去。为什么这里的人就不能把自己的事情管管好呢？为什么要把麻烦留给她这么个不了解他们的行事之道，不懂得他们不成文规则的外来者？

“可以吗？”女孩说。

乔转过身，尽量不流露出烦乱不安的模样。“可以，可以吃馅饼，但得先吃点正经东西。”在那之前，乔还得想个办法，瞒着女孩联系上治安官。

“炒鸡蛋是正经东西吗？”

“是的。”乔说，“不过，吃饭之前，我要你先去洗洗干净。你得去冲个澡。”

“我能先吃东西吗？”

“我已经把规则告诉你了。要么遵守，要么放弃。”

女孩跟着乔走进屋子，就像一只饥饿的小狗。

3

乔先自己飞快地冲了个澡，然后将女孩送进浴室，递给她一条干净的浴巾。等到听见水声响起，确定女孩开始洗澡以后，她飞快地抓起电话冲到门外。

森林一片灰蒙蒙的，跟前一晚将这仙女弃儿送来的暮色一样。乔沿着车道往外走了几步，挥手驱赶着蚊子，汗珠和着水珠从她的头发上滴落下来。小熊偷偷摸摸地跟在一边，亦步亦趋，活像是那个小外星人的探子。

足足花了七分钟，乔才连上网，查到非紧急治安报警电话。电话一接通，乔就急切地对着话筒说起来，生怕女孩跑出来，听到她说话。她告诉接线员，需要一名警员上门来接走一个很可能无家可归的女孩。她把地址报给对方，给出几个沿路的指引。接线员问了些问题，但乔只来得及说明她非常担心那个女孩，希望立刻派人来。说完，她把手机藏进口袋，冲回了屋里。

时间刚刚好。女孩裹着浴巾站在客厅里，长长的头发垂落在她瘦削的肩膀上，黑眼睛探究地看着乔的眼睛。“你去哪儿了？”

“我听到外面有动静。”乔说，“谁知道只是那条小狗而已。”她上前几步，靠近女孩，希望自己看到的只是女孩没洗干净的泥污。可那些痕迹不是脏污。女孩的喉咙和左边胳膊上都有青肿的瘀痕，右边大腿上有擦伤，一片青紫。先前，是她的高领帽衫遮住了脖子上的伤痕。她的左胳膊上有手指抓出的痕迹，看上去像是有人曾经狠狠抓过她。“这些伤是怎么回事？”

女孩往后退开。“我的衣服在哪儿？”

“谁弄伤你的？”

“我不知道发生了什么，这些都是那个死掉的女孩身上的。也许她被汽车或者什么东西撞了。”

“你就是因为这个不敢回家，对吗？有人伤害你？”

女孩怒气冲冲地瞪大了眼睛。“我以为你人很好，看来并不是这样。”

“我怎么不好了？”

“你不相信我。”

乔松了口气。她还以为女孩发现她给警察打了电话。幸好她打了。很显然，现在的情形需要警察介入。乔希望他们能认真对待那通电话，快些派人来，可与此同时，她不能让女孩闲着。

“我们去给你找些衣服，然后炒鸡蛋吃。”她说。

乔不能让女孩继续穿那身脏衣服。女孩也不介意穿乔的T恤和需要卷起裤脚的打底裤。她在厨房给乔打下手，甚至把她们之前用过的盘子都洗得干干净净。从做饭到吃饭，乔一直想诱导女孩说出她的来历，可女孩就是咬定她的外星故事不松口。她狼吞虎咽地吃掉了三个蛋，只留下“绿色的东西”——几片嫩菠菜叶子。然后，她又吃了一大块苹果馅饼，这才说胃胀得难受了。

洗好碗碟，女孩去喂小熊吃东西，乔把剩下的豆子、米饭和在冰箱里放太久的鸡肉都给了她。她们把这些东西通通装到盘子里，放在屋后的一块水泥板上。那只小狗吃得比它的小外星监护人还快。“我会把这个盘子洗干净的。”女孩说。

“放在那儿好了。我们进屋来聊聊天。”她可不希望警察来的时候女孩刚好就在门边上。

“聊什么？”女孩说。

“过来跟我一起坐下。”她引着女孩在客厅的蓝色旧沙发上坐下。趁女孩对他人还保留着一点信任，乔希望能在警察抵达前让她说出被迫逃进森林的原因。“我想知道你的名字。”她说。

“我已经跟你说过了。”女孩说。

“请告诉我你真正的名字。”

女孩把头靠在一个靠枕上，整个人蜷起来，像条被小棍戳了一下的毛毛虫。

“无论发生了什么事，总有人能帮助你的。”

“我不想再讨论这个了。你一直不相信我，我累了。”

“你必须说出来。”

女孩的头发还湿着，她拉过一绺，凑到鼻子跟前。“我喜欢你洗发水的味道。”

“不要转移话题。”

“本来就没有什么话题。”

“你不能永远逃避。”

“我从来没说过有什么是永远的。五个奇迹，然后我就走。”

“见鬼，你还真是够倔的。”感觉上似乎更可怕了。这可怜的孩子究竟遭遇了什么？

“我能睡在这里吗？”

小外星人的情形看来不太好，凹陷的脸颊苍白黯淡，下眼睑上发青的半月牙黑眼圈显得那小鹿般的眼睛更大了。乔的妈妈去世前就是这个样子，只是少了睫毛，多了吗啡的影子。“可以，你可以睡在这里。”乔说着抖开一条毯子，盖在女孩身上，掖好边角，包裹住她瘦弱的身子。

“你要睡了吗？”

“我要再稍微看会儿书，不过我太累了，看不了多久。”

女孩翻身仰面躺好。“你白天都在干什么，怎么这么累？”

“我在寻找鸟巢。”

“真的？”

“真的。”

“那可真怪。”

“对于鸟类学者来说，并不怪。”

“就怪在这里。我听说大多数地球女士都是干服务员、老师之类的工作。”

"大概我不算'大多数地球女士'这个类别。"

"我能跟你一起去找鸟巢吗？听起来很好玩。"

"的确很好玩。不过你现在得睡觉了。"乔站起身，朝两个卧室中比较近的一个走去。

女孩翻身坐起："你去哪儿？"

"去拿我的书。我看着书在这儿陪你。"她走进黑洞洞的房间，拿起她那本旧版的《五号屠宰场》，回到客厅，在女孩脚边的沙发上坐下。

"这是什么书？"女孩问。

"《五号屠宰场》，里面有外星人。"

女孩做了个怀疑的表情。

"真的。他们被称为'特拉法玛多星人'。赫特拉叶人知道他们吗？"

"你是在跟我开玩笑吗？"

"我——"

前廊上响起一拳重重的砸门声，警员到了。他或者她也许已经敲过门了，但是乔没听见。她把那台噪音很大的窗式空调打开，为的就是掩盖警车到来时的动静。

女孩整个人都僵住了，像只掉进陷阱的小鹿，慌乱的眼睛死死盯着前门。"那是谁？"

乔伸出手，放在女孩胳膊上。"别害怕。我希望你知道，我真的很关心你究竟出了——"

"你打电话给警察了？"

"是的，可是——"

女孩一下子弹起来，把毯子扔到乔的胳膊上阻挡她。在匆匆投给乔一个受伤又谴责的怒视后，女孩一道烟似的冲进厨房。后门没有上锁，门“砰”的一声在她身后撞上。

乔拿下毯子，放在女孩刚刚躺着留下的温暖凹坑上。她不能强迫那孩子。谁也没有权利要求她那样做。

外面的人又擂了一下大门。乔走进前廊，看见纱门外站着一个穿制服的男人。“谢谢你过来。”她说，“我是乔安娜·蒂尔。”

“是你打电话说有一个女孩……照你的说法是，一个‘无家可归’的女孩？”男人用本地人那种慢吞吞的腔调说。

“是我。请进。”她把警员让进门廊。他望向敞开的木头门，驱虫灯将他的脸色映得一片灰黄。

“请进来。”乔说。

警员跟在她身后走进客厅，关上房门，免得屋里的冷气散掉。乔转身看着警员，制服名牌上写着“K. 狄恩”。他大概三十四五岁，略微谢顶，个头不高，微胖，月亮一样又扁又圆的脸盘上有一道疤，从左下颌一直斜拉到脸颊。这男人大概是轻浮惯了，目光落在了乔的胸脯上。当然，他没能找到任何像他脸上那样引人注目的伤疤。乔等待他抬起目光看向自己的眼睛。等了两秒钟吧，或许还不到。“你一敲门，那孩子就跑了。”她说。

他点点头，细细打量屋子。

“这附近有没有走失的孩子？或者有没有安珀警报[1]发布出来？”她问。

“我没听说。”他说。

1. 安珀警报（AMBER Alerts）全称“美国走失儿童紧急通报系统”，在发生儿童走失或绑架案，并确定儿童安全受到威胁时，警方可通过该系统向所有民众的手机推送嫌犯相关信息，如涉事车牌号码等。

“没有小孩走失？”

“永远都有小孩走失。”

“住在这一带的？”

“那我就不知道了。”

乔等着警员提问，可他却只顾着打量屋子，像是在勘察犯罪现场似的。

“她是昨天晚上出现的，大概九岁左右的样子。”

他的注意力终于挪回到乔身上：“你为什么觉得她无家可归？”

“她穿着睡衣……”

“要我说，小孩子管这种裤子叫作‘时尚’。”

“她又脏又饿，还没穿鞋子。”

他微微一笑，甚至没有牵动伤疤。“听起来跟我九岁时差不多。”

“她身上有伤。”

终于，他像是产生了一点兴趣。“在脸上？”

“在她的脖子、大腿和胳膊上。”

他的绿眼睛里浮现出怀疑的神色。“既然她穿着睡衣裤，你是怎么看到的？”

“我让她在这里洗了个澡。”

他的眼睛眯缝得更厉害了。

“就像我说的，她浑身都脏兮兮的。在你到达之前，我必须找些事情让她忙碌起来。我还为她提供了晚餐。”

警员望着乔的眼光很叫人恼火，像是她做错了什么似的。

“我依然看不出你是怎么得出她无家可归的结论的。”他说。

“我指的是她不敢回家。”

“这么说……她不是无家可归。”

“我不知道她究竟是怎么回事！”乔说，“她身上有瘀青，有人在伤害她，难道这些不才是关键吗？”

“她说没说过有人伤害她？”

女孩那个外星人的故事只会让这令人着恼的情形更加混乱。“她不肯告诉我那些伤是怎么来的，她什么都不告诉我，连名字都没说。”

“你问过？”

“是的，我问过。”

他点点头。

“需要给她做个侧写吗？”

“好吧。”他甚至连本子都没掏出来，只是在乔描述小女孩情况时多点了几次头。

“你会去找她吗？等到早上，天稍微亮一点的时候？”

“既然她会跑，就说明她不想要帮助。”

“那又怎么样？她需要帮助。”

他若有所思地看着乔，像是准备做出一个评判。“你觉得她需要什么样的帮助？”

“很显然，不管是谁在伤害她，都应该让她远离他们。”

“把她送去某个寄养家庭？”他说。

“如果有必要的话。”

他沉默了一会儿，指尖摩挲着伤疤，仿佛那里在发痒似的。“我来跟你说说吧，”他说，“你也许不觉得对，可我还是要说。我初中时有一个朋友，他妈妈酗酒，放任他像个野孩子一样想怎么跑就怎么跑，于是，人们把他从自己母亲身边带走了，交给一些靠收养孩子领政府补贴过活的人——现实比你想象的更可怕——总之，到最后，他的境遇比和他妈妈在一起糟糕多了。养父打他，养母谩骂他，侮辱他。才十五岁，我这个朋友就死了，因为药物过量。”

“你是想说……你觉得她应该留在一个会虐待她的家庭里？”

“不，我没说过这话，不是吗？”

“你就是这个意思。”

“我的意思是说，别把那女孩拽出虎口，又塞进狼窝。那些伤可能是爬篱笆或者从树上掉下来弄的，如果你非要把她交出去，甚至她也可能照你的意思说话，哪怕那些根本不是事实。小孩子比我们以为的聪明得多。比起那些甚至从来没为小孩的鞋子操过心的所谓‘爱心公益人士’，这些孩子自己更清楚该怎样活下去，怎样应付麻烦。”

这难道就是乔想要找出来的“不成文的规则”？还是说，只是一个曾经痛失童年伙伴、满怀愤恨的男人的个人意见？

“我猜，那也就是说，你不会去找她？”乔说。

“你认为我们该怎么做，牵着警犬去找她？”

她伸出手，指着房门让警察离开。

4

乔拿起手电筒，走出后门去找女孩。第二天可能有雨，降雨锋面正在逼近，乌云已经遮住了月亮和星星。乔闻到了下雨前空气里那种温暖潮湿的味道，可她找不到女孩的踪迹。

几个小时后，雨点落了下来，噼里啪啦地敲打在小屋上，将乔从沉睡中吵醒。想到女孩或许正孤零零地独自待在下雨的漆黑树林里，乔真希望自己没打那个报警电话。她看了一眼手机，两点十七分。还有几个小时就到妈妈的生日了。要是妈妈还活着，该是五十一岁了。

她走进浴室，更多是为了分散注意力，而不是到时间该起床了。洗漱时，她俯身贴近洗手台的镜子，评估了一下自己肌肤色泽的健康程度和头发上被晒褪色的痕迹。她的脸瘦了些，头发依然不够长，没法披下来，可看起来差不多是原来的自己了。

差不多。镜子里那双淡褐色的眼睛嘲弄地看着她。里面的人究竟是谁？是原来的乔，还是这个“差不多”的新的乔？她双手撑在洗脸台的边沿，低下头，注视着黑洞洞的排水口。也许，从今往后就是这样了，两个版本的自己，共同生活在一具躯壳里。乔抬头看向镜子里的女人，关上灯，让黑暗涤清自己。

暴雨下了整整一早上，她没办法冒着雨到野外工作。于是，她睡过了平时起床的时间，直到天亮之后差不多一个小时才起来，然后穿好衣服，喝了咖啡，吃了麦片，按照雨天的惯例，收拾好准备送去清洗的衣服。小外星人的衣服还耷拉在脏衣篮边上。乔拿起它们，连同自己的脏衣服、毛巾外加一瓶清洁剂，通通塞进了行李包。

她把笔记本电脑和足够打发一小时的待录入原始数据塞进斜挎邮差包，走出屋子返身关门时，眼角的余光似乎瞥见有什么动了动。门廊的柳条椅上放着一条她的织毯，现在，毯子隆起了一个鼓包，跟那个小外星人的身材差不多大小。是她。她用毯子蒙住脑袋，想把自己隐藏起来。

乔努力想把自己松出的一大口气转化成怒火，但她做不到。“我猜你还没学会隐藏你的人类身体。”她冲着那个鼓包说。

毯子被拉下来，露出女孩苍白的脸。“是的。”她说。

“赫特拉叶人的身体是什么样的？”

女孩思索了几秒钟。“看起来就像星光一样，我们没有实体。”

很有创意的答案。乔思索着究竟该怎么办才好。如果叫警察，女孩肯定会再一次跑掉。唯一可行的办法就是把她锁在屋子里等警察来。乔不想这么做。再说了，就算她想，这房子里也找不出一个没法从里面打开的房间。

女孩察觉到了乔脑子里的念头。“我要走了。我回来只是因为昨天晚上不知道该去哪儿。”

尽管女孩试图掩饰，乔还是从她脸上看出了几分痛苦，跟昨晚从屋子里跑掉时一样。在那样乌云蔽月的夜里，就算张开手掌都没法看见自己的指头。这么说来，她一直都待在屋子灯光所及的范围附近。

女孩坐起来，把毯子推到一边。“往常我都睡在后面那个旧棚子里，可那儿漏雨了。”

“你头一回过来烤火那晚，就是在那儿过夜的？”

她点点头。“那边有张床，我跟小熊一起睡在那张床上。”

乔刚搬来时，房子已经空置了一整个冬天，屋里的大床垫被整窝的老鼠弄得一塌糊涂。很多生物学研究生还是会将就着睡在这尿迹斑斑的床上，可乔受不了。她把那床被啃破的臭垫子拖出去，扔到棚子里，从她的研究经费里匀出一点钱，买了张打折的略小一号的双人床垫。

“你不该进那个棚子。”乔说，“看着不大牢固，说不定哪天就塌了。”

“我知道。屋顶上破了很多大洞，我们的床全都湿透了。”最后几个字她说得特别悲伤，仿佛那张脏兮兮的垫子就是她在这世上所有的安全保障一般。

“你饿吗？”乔问。

女孩怀疑地看着她。

“来点儿松饼怎么样？”

“我敢说，你又想骗我了。”

“没有。我这会儿得出去，但我不想让你饿着肚子待在这里。”

女孩可怜兮兮地盯着下雨的森林，犹豫究竟该怎么办。别把她拽出虎口又塞进狼窝，那个警察是这么说的。真的没有别的办法了吗？乔突然很想把女孩拉进怀里，给她一个拥抱。“我有枫糖浆。”她说。

女孩抬眼看向她。“我听说枫糖浆浇在松饼上很好吃。”

“真不敢相信，你还记得要假装从来没吃过。”

“你是在骗我吗？”

“不是。”乔拿起钥匙插回锁孔里，打开门，“好了，进来吧。”

吃饱喝足了松饼和橙汁之后，女孩央求乔放小熊到门廊上来躲躲雨，喂它吃块松饼。乔同意了，条件是那条土狗不能进屋，免得把身上的跳蚤也带进屋里。女孩穿上乔的雨衣，带上一块松饼，去棚里引小狗出来。可直到乔退回屋子里，那饥饿的小狗才肯悄悄蹿上前廊来吃东西。“它要是在那儿大小便，你得负责清理干净。”乔说。

“我会的。我能给它一碗水吗？”

“当然可以。我现在要去一趟自助洗衣店。”

“这里为什么没有洗衣机？”

“我猜金尼先生不想把钱浪费在一个每年只出租几个月的地方。”

“没有电视机也是因为这个？”

“有可能。”

“你可以自己带来。”

“这里没有有线电视，也没有网络。”乔说。

“为什么没有？”

“金尼先生是老派的生物学家，认为无论工作、吃饭还是睡觉，人都应该沉浸在大自然中。”

“你去自助洗衣店要多久？”

“几个小时。”乔犹豫了一下，要不要把女孩锁在门外。最后她只是把双筒望远镜塞进了装电脑的包里。在她看来，除了这两样东西和钱包，屋里也没什么东西值得一偷了。

“我不在的时候别开炉子。”她说。

“你让我留在屋里？”

“是的，暂时。等我回来，我们再讨论接下来该怎么办，行吗？”

女孩没回答。

“别把我的书桌弄乱了。”乔说。

女孩看了看堆满书、杂志和纸张的书桌。“那些都是什么？”

“是我的科研资料。别动它们就好。”

女孩跟着乔走到玻璃门廊上。小熊在小地毯上紧紧地蜷成一个球，警惕的目光一直跟随着乔，直到她走出纱门去。

“记住了，别让狗进屋。”乔说。

“我知道。”

乔拉起兜帽罩在头上，冲过绵绵雨幕跑上了小屋车道。女孩看着乔拉开车门，钻进汽车。透过被雨水冲刷得朦朦胧胧的玻璃墙，她小小的身影扭曲着，宛若鬼魅一般。

开车到维也纳小镇要四十分钟。一路上，雨势渐渐减弱，最后变成了毛毛细雨，只是天色依然阴沉，预示着还有雨要来。维也纳中心很像乔在老电影里见过的那些地方，给人一种莫名安慰的感觉。她穿过空荡荡的街巷，两个老派模样的人坐在一家店铺的雨篷下冲她挥一挥手，她回礼致意。在去自助洗衣房的路上，她还经过了警察局。

衣服在两台洗衣机里翻滚。乔面对着窗户，坐在平日里常坐的那张蓝色塑料椅上，从手机通讯录里调出苔比的头像。照片上的姑娘戴着条纹猫耳朵，唇间像叼香烟一样叼着一条晃晃悠悠的塑料金鱼。苔比是乔最要好的朋友，大学二年级时，她俩是实验搭档，如今，苔比还留在伊利诺伊大学，完成毕业课题。她进的是兽医学院，非常好的专业，只是常常会让她忍不住质疑自己，为什么还没有换去一个环境更好些的学院，起码，抬眼看到的风景别尽是玉米地黄豆地之类的吧。

“嗨，乔乔。”苔比在第三声铃响时接起了电话，“狗镇怎么样？”

一个地处伊利诺伊州的乡下小镇被命名为“维也纳”，这事儿总让苔比觉得滑稽，她认定这名字跟奥地利首都毫无关系，真正的原因，多半是“维也纳”牌热狗。

“你怎么知道我在维也纳？”乔说。

“我只是听到你那边洗衣服的声音了。我还知道那边在下雨。如果是可以出门工作的好天气，你是宁愿把脏衣服穿到破也不肯洗的。”

“我还真不知道自己这么容易被看穿。”

“正是如此。我早就说了，不管医生怎么叮嘱你要放松，要休息，你还是会拼命工作到死的。”

“我已经放松休息了整整两年。我需要工作。”

“这两年并不轻松，乔。”苔比说，声音很温柔。

乔透过雾蒙蒙的洗衣店窗户注视着柏油马路上的一个泥水坑。那块路面破了，积起了雨水。“今天是我妈妈的生日。”

“是吗？”苔比说，“你还好吗？”

“还好。”

“骗人。”

是的。她打电话给苔比，本来是想就那个女孩的问题求取建议，开口却变成了倾吐适逢母亲生日这一天的痛苦。

“拿起你的水。”苔比说。

“干吗？”

“我们来干一杯。”

那只破旧的蓝色水杯毫不意外地就在乔的手边。她举起杯子。

“准备好了？”苔比问。

“准备好了。”乔说。

“祝埃莉诺·蒂尔生日快乐！她是花的使者，为身边的众人与万物带来芬芳。她的光芒依旧陪伴着我们，穿越宇宙，让爱生长。”

乔冲着灰蒙蒙的天空举一举杯子，喝了一口。“谢谢。”她说，伸出手指抹了一把下眼睑，“很棒的祝词。”

“埃莉诺是我见过的最酷的人。”苔比说，“更别说她就像我自己的妈妈一样了。”

“她爱你。”乔说。

“我知道。见鬼……你要把我给弄哭了，我本来想让你感觉好一点儿的。”

“你做到了。”乔说，“猜猜看，今天谁会来看我？”

“别跟我说是——”

“是的，坦纳。”

“真希望我在，那样就能狠狠踢他的屁股！”

“他还不值得你这样。”

“见鬼的，他怎么还敢去见你？”

“我估计他也未必乐意。他和另外两个研究生跟着我的导师在查塔努加参加一场研讨会，然后开车回学校，中途打算在金尼小屋停一下，过一夜。”

“你那房子里还能再住四个人？”

“没有床，不过大多数生物研究者睡哪儿都行。”

“把坦纳扔进树林子里去，找个有蚂蚁窝的地方。”

那个女孩该怎么安顿？开车出来时她头疼了一路，也只想到一个稍稍有些可行性的解决方案。可要是不奏效的话……

“你还在吗？”苔比说。

“我在。”乔说，“前两天发生了一件怪事……”

"什么事？"

"一个女孩跑到我的房子这边，还不肯走。"

"多大的女孩？"

"她不肯说。我觉得大概九岁或者十岁的样子。"

"天啊，乔，让她回家去。"

"当然，我试过了，可后来我看到她身上有伤。"

"受虐儿童的那种伤？"

"我觉得是。"

"你必须报警。"

"我报了，可警察一来，她就跑了。"

"可怜的孩子。"

还没等乔说出那女孩又回来了，来电等候的铃声就在她耳边响了起来。她看了一眼屏幕，是肖恩·丹尼尔斯，她的导师。"我得挂了，肖恩打进来了。"

"好的，再见。"苔比说，"下次找个不下雨的时候给我打电话，见鬼。"

"行。"乔挂断电话，接通来电，"我正要给你发消息呢。"

"竟然打通了，真叫我吃惊。"肖恩说，"正在转移研究场地？"

"下雨了，我在洗衣房。"

"很好，你也该休息一下。"

这些人就没有一个能把她当生病以前的那个她来看待的。她怀疑肖恩特意绕过来住一晚，其实是为了查看她的健康状况。自从她返校以后，肖恩一直希望她找一个野外考察助手，也很不赞同她一个人住在金尼小屋里。

“准备好今晚招待客人了吗？”肖恩问。

“当然。你们大概什么时候到？”

“最后一个环节结束我们就上路，大概三点左右。到你那儿应该是七点半吧，最晚八点。如果来得及，我们过来接你一起出去吃晚饭。”

“你介不介意咱们就在家里吃？我打算烤汉堡。不过，要是雨一直不停的话，就只能在屋里烤了。”

“你确定要这么麻烦吗？”

“一点都不麻烦。”乔说。

“既然你这么坚持的话，没问题。”他说，“回头见。”

乔先去了趟杂货店和农场直销店，回到小屋时才中午刚过没多久。女孩不在。乔希望她是回家去了，可一想到女孩可能面对的残忍粗暴，又觉得不该这么期望。她扫视了一圈屋子，女孩什么都没拿。唯一挪了地方的是一本书，《鸟类学》，从书桌拿到了沙发上。

乔先将女孩的事放在一边不去想，客人到达之前还有很多事情要做。收拾好屋子，她开始准备甜品馅饼，一个桃子馅饼，一个草莓大黄馅饼，用的都是刚才在农场直销店里买的水果。正常情况下，她可不会这么奢侈地浪费宝贵的野外考察时间，可雨一直没停，再说了，她也想好好准备一顿晚餐来招待肖恩——就算不是为了坦纳·布鲁斯。坦纳也是肖恩带的博士生，在她刚进研究生院时只比她高一级，可现在要高三个年级了，都快毕业了。坦纳曾经和她发生过关系，就在她休学回家去照顾重病垂危的母亲之前不久。三次。可自从她离开，他们之间唯一的联系就只剩一张慰问卡上的签名，那还是肖恩带着他所有的研究生共同发来的联名问候。

乔手上漫不经心地揉着面团，脑子里掠过自己和坦纳在一起的日子。那是个七月的夜晚，很热，帐篷里热得叫人睡不着，他们俩跑到扎营地附近一条河边的深水塘里，脱光了衣服做爱。如果没有坦纳·布鲁斯的影子出现其中，这就是她人生中最美好的回忆之一了。

“这些馅饼是给谁做的？”

乔的注意力突然回到手上。女孩悄无声息地进了屋，头发湿透了，身上套的乔那件松垮垮的衣服也被雨淋透了。

“你去哪儿了？”乔问。

“树林里。”

“去做什么？”

“我以为你会再把警察带回来。”

乔把一个光溜的圆面饼放进新的馅饼烤盘里。“我想清楚了，这个问题应该由你和我两个人自己想办法解决。你觉得我们能做到吗？”

“好的。”她说。

“跟我说说，你住在哪里，为什么不肯回去。无论如何，我都会帮你的。”

“我全都告诉过你了。馅饼做好以后我能吃一点吗？”

“得晚一点。馅饼是用来招待客人的。”

“谁要来？”

“负责指导我研究项目的教授，还有三个研究生。”

“他们都是鸟类学家吗？”

“是的。你怎么知道这个名词的？”

“从你那本《鸟类学》的书里，我看了序言和前两章。”她说，将“序言”的“言”字咬得特别重。

“你真的看了？”

“对于赫特拉叶人来说难以理解的部分我都跳掉了，但并不多。我喜欢讲鸟类多样性的那一章，还有鸟嘴怎么跟它们吃的东西有关，鸟爪怎么跟它们住的地方相匹配这些内容。我以前从来没有想过这些问题。”

“你很会阅读。”

“死去的那个女孩子很聪明，我借用了她的脑子来读书。”

乔在洗碗巾上擦了擦自己沾满面粉的双手。“去洗个手，咱们一起来做馅饼皮。”

小外星人冲向洗手池。等她洗好，乔说：“我需要一个比伊尔普德更好读的名字来称呼你。你能想个普通一点的名字吗？”

女孩伸手托住下巴，假装思考。“乌莎怎么样？因为我是从你们称为‘大熊座’[1]的地方来的。”

“乌莎，我喜欢这个名字。”

“你可以这么叫我。”

“姓呢？”

“梅吉尔。”

“很说得通。乌莎，你做过馅饼皮吗？”

“我们在赫特拉叶不做馅饼。”

“我来教你。”

---

1. 英文中大熊座为“Ursa Major”，其中“Ursa”来自拉丁文，表示“熊”。文中作为人名时皆取音译。

乌莎很快就学会了馅饼皮的做法，就像她那么快就能读懂大学读物一样。馅饼进了烤箱，整个厨房里都飘散着它们的甜香。这会儿，乌莎在帮乔做土豆沙拉，菜谱是乔的妈妈留下的——在乔看来，只有这种土豆沙拉才值得一吃。下一步，她们准备把牛肉绞碎，做成汉堡肉饼，也是乔的妈妈的做法，加一点英式辣酱油和面包屑，还有各种调料。自从住进这栋房子以来，乔还从来没有这样精心地为自己做过一顿饭。她喜欢这个想法：在妈妈的生日里，用妈妈的食谱做饭。这是对妈妈的致敬。况且准备食物能分散注意力，不让她因为即将再次见到坦纳而越来越紧张——事实上，就连那个女孩都不能完全分散掉她的注意力。

乌莎把黄油放回冰箱，盯着里面的冰镇啤酒看了好一会儿，问："那些鸟类学家都是酒鬼吗？"

"你为什么会这么想？"乔说。

"冰箱里有很多啤酒。"

"那是四个人喝的。"

"你不喝？"

"也许会喝一瓶。"

"你不喜欢喝醉吧？"

"不喜欢。"乔捕捉到小外星人眼里的怀疑，说，"你有什么不好的经历跟酗酒的人有关吗？"

"怎么会？我才刚刚到这里。"

5

吃过三明治后，馅饼也出炉了，乔让乌莎去换回自己的干净衣服。乌莎走出浴室，看到乔正对着笔记本电脑在忙碌，便走到沙发边坐下，继续读那本《鸟类学》。

乔是特意把电脑屏幕翻开的，为的就是不让乌莎发现她在用手机上网。接通网络后，她在谷歌上搜索“乌莎，失踪女孩”，但一无所获。虽然那个警察说附近没有小孩失踪，她还是输入了“失踪儿童，伊利诺伊”，搜索结果把她引到一个叫“全国失踪与受剥削儿童中心”的网站，上面列着一份长长的伊利诺伊州失踪儿童名单，看着真叫人难受。这些孩子当中有许多可能已经死了，尸骨藏在永远也不会被找到的地方。有些照片上的孩子早在20世纪60年代就失踪了，还有些通过电脑模拟重构出的死亡儿童照片，他们的身份也许永远都没办法确认。有一张让乔差点儿哭出来，照片上只有一双鞋，那是一个十几岁的孩子留下的唯一物品。

肯塔基离这儿不远，乔在这个网站上顺便查看了肯塔基州的失踪儿童照片，甚至还把邻近的每个州都搜索了一遍，密苏里州、艾奥瓦州、威斯康星州、印第安纳州……可哪怕已经离家至少两天两夜了，“乌莎·梅吉尔”也不在名单上。乔放下了手机。

“《鸟类学》怎么样？”

“我不太喜欢分类学。”乌莎说。

“我也不喜欢。”乔从桌上拿起车钥匙，“雨停了，我要开车出去检查一下这条路沿线几处鸟巢的情况。想跟我一起去吗？”

“想！”女孩从沙发上弹起来，双脚自动滑进乔的大号人字拖鞋里，“鸟巢要怎么检查？”

“我只是观察，看看发生过什么。”

“这样就能拿到博士学位吗？”

“那可远远不止这么简单。我要记录下我找到的每一个鸟巢的命运，根据这些数据，计算出每个考察区域内靛蓝彩鹀筑巢的成功率。”

“你说‘命运’，那是什么意思？”

“‘命运’就是鸟巢建好之后发生的所有事情。我观测它们会生多少蛋，其中有多少会孵化出来，多少小鸟能够离巢。‘离巢’就是说它们能顺利长大，羽翼丰满后成功从鸟巢里飞走。但有时候雌鸟还没下蛋，鸟巢就被那些鸟父母放弃了；有时候鸟蛋会被猎食者吃掉；还有的时候，蛋成功孵化了，可雏鸟在离巢之前就被猎食者吃掉了。”

“为什么不阻止猎食者吃掉小鸟？”

“我没有办法阻止这样的事情，就算可以，挽救个别的雏鸟也不是我研究的目的。我的研究是要帮助我们了解如何在更大层面上保护鸟类的总体数量。”

“猎食者是什么？”

“在我研究的范围里，蛇、乌鸦、冠蓝鸦和浣熊是最主要的猎食者。”乔把她的野外工作包甩上肩头，“咱们走吧，不然一会儿又下雨了。我可不想在下雨天把鸟儿从巢里吓跑。”

“因为蛋不能湿？”

“无论蛋还是雏鸟，我都不希望它们被打湿或者挨冻。考察应当尽可能减少对筑巢成功率的影响。”

小熊见她俩离开小屋，也跟着从棚子里奔了过来。它驯顺多了，还肯让乌莎抚摸它的脑袋。“待在这儿。”乌莎对小狗说，“明白吗？我很快就回来。”

对于必须坐后排座并且系上安全带这件事，乌莎很不乐意。看来，有人曾经让她坐汽车前座，而且不系安全带。乔向她解释为什么必须系安全带，以及前座气囊弹出时对小孩子会是何等致命。

“如果安全气囊会把小孩杀死，那为什么还要把它装在汽车里？”乌莎问。

“因为造汽车的人预设小孩子应该坐在最安全的后座上。”

“要是有卡车从后面撞上来，撞到小孩子坐的后座怎么办？”

“你是要遵守我的规矩，还是不要？”

乌莎爬进后座，系上了安全带。

汽车开出金尼小屋的车道，小狗却在后面紧追不舍。“乔，停车！停车！”乌莎恳求道，“它跟在我们后面！”

“停下来有什么用？”

乌莎从后座窗户探出身去，看着小狗消失在道路拐角处。“它跟不上了！”

“我不想让它跟上，它不能去我的研究场地。带一个猎食者过去，会把我的鸟儿都吓跑的。”

“乔！它还在追！”

“别趴在窗户外面，这条路很窄，你会被树枝打到的。”

乌莎悲哀地注视着乘客座一侧的后视镜。

“它认识这条路，这是它出生的地方。”乔说。

“也许不是呢。它也可能是从某辆汽车里跳出来的。”

"那多半是被某个不想要它的人从车里丢出来的。"

"你会为它回头吗？"

"不。"

"你真狠心。"

"是的。"

"那是加布里埃尔·纳什住的地方吗？"乌莎指着一条泥泞小路和路口"请勿擅入"的牌子问。

"我猜是的。"乔说。

"也许小熊会去那儿。"

"鸡蛋男大概不会喜欢。他那里有鸡和猫。"

"为什么管他叫鸡蛋男，你知道他的名字是加布里埃尔啊？"

"因为我是买鸡蛋才认识他的。"

"我觉得他人很好。"

"我从来没说过他不好。"

乔直接开到了最远的一处鸟巢所在地，以确保小狗不会跟过来。她在道路的最西端转弯，停在第一面旗标旁。她从文件夹里抽出标着"火鸡溪路"的记录表，翻开给乌莎看。"这是筑巢记录，每找到一个巢就建一个，每个都有编号。这个是TC10，表示是我在火鸡溪路观测点找到的第十个鸟巢，我会在下面这些横线上记录每次观察的结果。我发现它的那天，这个巢里有两个鸟蛋，之后一次再来时有四个。我最后一次来看时，里面还是四个蛋，而且那次我不小心把雌鸟从巢里惊走了。"

"小鸟会不会已经孵出来了？"

"还太早。雌鸟孵蛋要十二天左右。"

"孵蛋的意思就是它要让鸟蛋保持温暖？"

“没错。我们去看看它干得怎么样了。”她们下了车，乔向乌莎展示她是如何在橘色勘测带上标注说明和提要信息的，这个带子能提醒她鸟巢所在的位置。“INBU是靛蓝彩鹀的编码，我主要观测这种鸟类，这是我发现鸟巢的日期。其他数字和字母表示鸟巢在南偏西南方四米以外，离地大约一点五米高。”

“在哪儿？我想看看。”

“你会看到的，跟我来。”她们踏着路边湿漉漉的野草丛穿过去，彩鹀没有动静，这不是好兆头。到这个时候，它们本该发出“唧唧”尖叫的警告声了。看到倾覆的鸟巢时，乔的担忧被证实了。

“出什么事了？”乌莎问。

“这个得靠咱们自己推测了，就像侦探寻找线索破案一样。有时候，鸟儿没有经验，筑的巢不够结实，就会掉下来。要是筑巢筑得不好，像今天这种大雨大也会被打落下来。”

“这个也是这样吗？”

“从我观察到的线索来看，并不是这样。”

“什么线索？”

“首先，我记得这个巢很结实。第二，我没在地上看到鸟蛋。第三，那对鸟父母已经离开这片区域了，也就是说，意外很可能发生在大雨来临之前。还有一条最重要的线索，在于这个鸟巢被扯坏的程度。我猜是浣熊把鸟窝拽下来的。要是蛇或者乌鸦吃掉了鸟蛋，鸟巢不会损坏得这么厉害。”

“浣熊吃掉了鸟蛋？”

“不管弄坏鸟巢的是谁，就是它吃掉了鸟蛋。我在一部分鸟巢旁边装了摄像头，这样就能知道究竟是哪种猎食者干的。”

"为什么没给这个也装摄像头？"

"没办法给每一个都装上摄像头，摄像头很贵。我们去看下一个鸟巢吧。"

"它们会不会全都被那只蠢浣熊吃掉了？"走回汽车的路上，乌莎问。

"不至于。不过我的假设是，靠近路边或玉米地这种人类出没地的鸟巢，成功率比野地里的低——比如那些筑在溪边或某棵倒下的大树上那种。你听过'假设'这个词吗？"

"听过，不过赫特拉叶人用的是另外一种说法。"她爬进车后座，"我今天对你也有个假设。"

"是吗？说来听听。"

"如果你今天没有再叫警察来，那就永远都不会叫了。"

她竟然可以做出这样的推论，真见鬼，而且还这么自信。乔转头看着她。"这是什么意思？你觉得你的推论被证实了，打算留下来跟我待在一起？"

"只是待到见过五个奇迹之后。"

"我们两个都知道，这行不通。你今晚就得回家去。肖恩，就是我的导师，他再过几个钟头就要到这儿来了，如果被他发现你已经在金尼小屋住了两天，我就有麻烦了。"

"不要告诉他。"

"那我要怎么解释有个女孩子住在我屋里？"

"我到其他地方去过夜。"

"是的，到你家里，这就是我们出来的原因。你得告诉我你住在哪里，我送你回去。不管是谁负责照顾你，我会告诉这个人，我每天都会来看你。真的会每天来看你，我保证。"

女孩褐色的眼睛里盈满了泪水。“你骗我？你不是真的想带我来看鸟巢？”

“我是真的想带你来看。但在这之后，你必须回家去。我的导师会——”

“那就走，挨家挨户带我去认一认，看看是不是每个人都说根本不认识我！”

“你必须回家。”

“我发誓，见证过奇迹之后我就回家。我发誓！”

“乌莎……”

“你是我认识的唯一一个好人！求你了！”她抽泣着，脸都憋紫了。

乔下车拉开车门，解开女孩的安全带，把她搂进了怀里。这还是头一次，她将一个脑袋按在自己瘦骨嶙峋的胸前。女孩并没有留意到那里少了什么，而是紧紧回抱住乔，哭得更厉害了。

“我很抱歉。”乔说，“真的，可你要明白，我没有别的办法。要是把你留在身边，我会有麻烦的。”

乌莎从她怀里挣脱出来，用手背擦了擦湿漉漉的鼻子。“我们能去看下一个鸟巢了吗？拜托？”

“还有四个，你可以全都看一遍，但是，看完必须回家。”

她不会答应的，真是全宇宙最倔强的小孩。当汽车在另一个橘色旗标旁停下时，女孩已经从之前的哭泣中完全恢复过来，只是脸上还红红的。“但愿浣熊没有吃掉这里的蛋。”乌莎说。

“这里的蛋应该已经变成小雏鸟了。时间差不多，正好该孵出来了。”

乌莎跳下车去读旗标上的字，这个旗标系在一棵小小的美国梧桐上。“这是一个靛蓝彩鹀的巢，在东北方向七米外，离地一米高。”

“很好。现在我们用指南针来找一下东北方。”乔为乌莎演示如何使用指南针，带她找出正确的方向。当乌莎靠近鸟巢时，鸟爸爸鸟妈妈发出警告的鸣叫声。“听到这些响亮又急促的叫声了吗？当你过于靠近它们的巢穴时，靛蓝彩鹀就会这么叫。”焦躁的雄鸟摇摇晃晃地立在一根马利筋草叶上，蓝宝石般鲜艳的羽毛在阳光下闪着光——此刻雨云消散，太阳终于露了脸。“雄鸟就在你面前，看到了吗？”

“它是蓝色的！”乌莎说，“好多种蓝色，全都不一样！”

她的兴奋强烈而又真实。如果她真的生活在这条路或周边一带，应该见过这种鸟才对。靛蓝彩鹀在伊利诺伊南部的路边很常见。

“我看见鸟巢了！”乌莎说，“我能看一眼里面吗？”

“去吧。”

乌莎拨开齐腰深的野草，眯着眼朝鸟巢里望去。“天哪！”她说，“噢，天哪！”

“小鸟孵出来了？”

“是的！它们真小，是粉红色的！它们朝我张嘴呢！”

“它们饿了。今天下雨，它们的父母很难找到食物。”乔看了看四只刚刚出生的小彩鹀。“我们得走了，让它们自己待着吧。你听到它们的父母有多不安了吗？”

乌莎根本没法把眼睛从小鸟身上挪开。“这是个奇迹！这就是，第一个奇迹！”

“你以前从来没见过鸟巢里的小鸟？”

“我怎么见？我从一个根本就没有小鸟和鸟巢的星球来。”

“走吧。”乔说，“它们的父母得趁天还亮着给它们喂食。”

两个人掉头朝汽车走去。乔问：“这真的是你第一次见到靛蓝彩鹀？”

“是的，它们是我来到地球以后见到的最漂亮的鸟。”

她们接着查看了下一个鸟巢，里面有四个蛋。再下来是一个白眼绿鹃的巢，这个巢里有三只活泼的绿鹃雏鸟和一只褐头牛鹂雏鸟。绿鹃不是乔研究的目标种类，但只要是找到的鸟巢，她都会做记录。往汽车走的路上，乔跟乌莎说起了褐头牛鹂，说它们如何将自己的蛋放进其他鸟的巢里，让别的鸟帮它们养育孩子，其他那些鸟就被称为“寄主”。

“为什么褐头牛鹂不愿意自己照顾它们的宝宝？”乌莎问。

“把蛋放在别的鸟巢，它们自己就可以生更多宝宝，因为其他事情都有别的鸟帮它们完成了。在自然界，谁能繁衍最多的后代，谁就是赢家。”

“要是绿鹃发现自己养的是牛鹂的宝宝，会不会气疯了？”

“它们被骗过去了，不知道自己养的是牛鹂。而且，寄主自己的宝宝甚至常常会挨饿，因为牛鹂雏鸟个头更大，长得更快，乞食的叫声也更响。有时候，寄主的宝宝还会因此死掉。”

“那些绿鹃宝宝会死吗？”

“这几只看起来还不错，它们的父母把它们喂养得都很好。”

乌莎磨蹭着不愿上车去看最后一个鸟巢。她一会儿停下脚步看花，一会儿指着一只甲壳虫向乔发问，一会儿又假装被一块杂草丛里的石头迷住了。当汽车开过鸡蛋男家门口的小道，终于朝着最后一个鸟巢开去时，乌莎一直假装全神贯注地埋头摆弄手里的石头。下车之后，还没等乌莎读一读旗标上的字，一辆挂着大学牌照的白色雪佛兰萨伯曼越野车就从弯角转了出来。驾驶座上，一头白发的肖恩·丹尼尔斯博士正冲着乔挥手。他把车停在她的汽车后面，瘦削的身子从门里探了出来。“在抓紧最后一点时间工作？”

“还不算最后。”乔说，“刚刚六点。我以为你们要将近八点才会到。”

“最后一个环节取消了，因为食物中毒。”

“你开玩笑吧？”

他摇摇头。“昨天欢迎晚宴上的食物出了问题。”

乔透过推开的驾驶座车门看见了坦纳，他和卡莉·阿奎诺并排坐在后排座位上。尽管他尝试用一个过分热情的假笑来掩饰，但那回望的视线里还是掺着显而易见的愧疚。除了漂亮的面孔，乔当初究竟还喜欢他什么？她转开视线，看向前排副座上的利尔·费希尔。“你们都没事吧？”

“我们都没事。”利尔说。

“运气好，我们没在欢迎晚宴上待多久。”肖恩说，“因为我们约了约翰·汤森和他的两个学生一起吃晚饭。”他一直在打量乌莎。“这位是谁？”他问。

“乌莎住在这附近。我在告诉她我是怎么观察鸟巢的。”

“很高兴见到你，乌莎。”他说，“我是肖恩。你在这里找到了什么？”

“一块石头，里面有粉色水晶。”乌莎说。

“真不错。”肖恩说着，视线落在女孩脚上过大的人字拖上。

“她总喜欢打赤脚。”乔说，“这双鞋是我借给她的，免得她把脚划伤了。你们饿了吗？”

“饿极了。”肖恩说，“我们的午餐只有车上吃的几根薯条。”

“很好。直接进屋，先喝点儿啤酒，我去看过最后一个鸟巢就回来。”

“我是不是听到了‘啤酒’两个字？”坦纳坐在车里，说。

“是的。”乔说，“有很多。房门没锁。”

肖恩发动汽车离开，乔艰难地朝彩鹀的鸟巢进发。坦纳流露出的愧疚暂时让她忘掉了对乌莎的担忧，一场尴尬的交谈就在眼前。想想看，一个怯懦的坦纳会是什么模样——他会从头紧张到尾。

路那头传来激烈的狗吠声。乔从没听过那只半大的小狗叫成这样，但一定是它。“见鬼，那只狗要攻击他们了。”

“它不会伤害他们的。”乌莎说。

“你怎么知道？它把金尼小屋当自己的窝来守护了。我就不该让你放它进门廊。”

“我会教它，让它不要叫的。”

“你会带着它离开这栋屋子……等你走的时候。”

狗叫声还没有停止。乔急忙奔向最后一个鸟巢。

“肖恩很和气。”乌莎跟在她身后说。

“是的，但这并不意味着他不会送你回家。”

“我在这里没有家！”

乔停下脚步，回头看着她。“千万别想着跟他说你是从其他星球来的，跟他们谁都不要说，明白吗？”

6

遥远的南面天空中，闪电从云层里穿刺而出。“但愿是热闪[1]。”乔说，“我可不想再荒废一天考察时间，窝在屋里出不了门。”

“休息一下对你有好处。”肖恩说。

又来了，她的病。这四个人已经挨个儿向她问候过一轮了——感觉怎么样啊，诸如此类。卡莉和利尔建议她找个助手来帮忙完成野外考察，他们甚至不让她动手把汉堡肉饼放到烤架上。坐下，乔安娜。你休息会儿，我们来做晚餐。

“以防万一，我还是去把车窗摇起来的好。”乔一边说，一边起身离开火堆。

“我再去拿一瓶啤酒。还有人要吗？”坦纳跟在她后面说。

“不了，谢谢。”肖恩答道。

“我可以了。”卡莉说。

“我到此为止了。”利尔说。

乌莎在抓萤火虫，抓到就放进乔给她的一个罐子里。看到乔离开围在篝火边的人群，她远远地追了上去。乔让她和大家一起吃晚餐，听他们围在篝火边聊天，可是很快，乔就不得不送她离开了。她回避了有关这女孩为什么在小屋周围晃荡之类的问题，而且，就在十五分钟前，肖恩还说了：“这小女孩是不是该回家了？”

---

1. 气象术语，指因为距离太远而听不到雷声的闪电，通常伴随远距离外的雷雨天气出现。

乔坐进停在私人车道上的汽车里，没开灯，直接按下打火按钮，摇起之前因为忙着解救被小熊攻击的客人而没顾上关的车窗。当时，乔和乌莎的现身总算让小狗暂且安静下来，可乔又不得不解释说这是只赖着不肯走的流浪小狗。“你大概喂过它吧？这下可别想甩掉它了。”肖恩评论道。

他要是知道的话……

“车不错。”黑暗中传来坦纳的声音。

门廊灯光边缘的阴影里现出坦纳英俊的面孔，他喝掉了少说也有六瓶啤酒，总算鼓足勇气来跟乔说话了。乔已经等了一整个晚上。“我知道。”乔锁好车，“这是我第一辆算得上新的车，不过还不如开我那辆老雪佛兰过来，这些碎石子路把它折腾得够呛。”

坦纳伸手按在这辆本田SUV闪亮的红色引擎盖上。“是你妈妈的吗？”

“她坚持要给我，我哥哥也不想要。”

“我又抓到一只萤火虫了，乔，我有四只了！”乌莎站在山核桃树下叫道。

“过一会儿你必须把它们全都放了啊。”乔说。

“我会的。”

“可爱的孩子。”坦纳说，“在外面待到这么晚，她的父母不会担心吗？”

“我估计她家里有点小问题。”乔说。

“那可糟糕了。”

“是的。”

“乔……”

她双手交叉抱在胸前，等他说下去。坦纳靠近两步，树影模糊了他的五官。这般面目不清的靠近，仿佛让眼下潮闷的黑暗之地变成了教堂的忏悔室。

“很抱歉我没有去芝加哥看你。”他说，“我以为……”

“什么？”

“我以为你不想让我看到你那个样子。”

“什么样子？”

“唔，你知道……生病，没有头发什么的。”不等乔答话，他就开始左右转动起脑袋来，转得脖子咔嗒嗒作响，他一紧张就这样。“我是不是弄错了？”

“你猜得对，我那会儿谁都不想见。”要说乔在过去的两年里学到了什么，那就是，生活已经够艰难了，何必再平添无谓的怨怼。

他灌下一大口啤酒，冲走最后那一星半点的罪恶感。“想来一口吗？”他递出啤酒瓶，“还是说给你另外拿一瓶过来？”

“不用了，谢谢。”

他又对着瓶口喝了一大口。“我想说，你看起来棒极了。”

“对于一个癌症幸存者来说‘棒极了’？”

“就是棒极了。”

“谢谢。”

“等你感觉好一些的时候，打算去做一些整形吗？”

“我现在感觉就很好。”

“也许你还得再等上一阵子才能？”

乔放下抱在胸前的手臂。“这就是我想要的。现在我既然拥有跟男孩一样毫无负担的胸部，就绝不会再回去。”

他勉强笑了笑，认为这是她痛苦之下的幽默。“我能明白，经过这一切之后，你为什么想要这样。可至少，你妈妈的确诊很及时，救了你。”他的脖子咔嗒嗒响着歪向另一边，“我是说……”

“我知道你想说什么，你说得没错，就连她自己也这么说过。没有人会在二十四岁就开始做乳腺X光检查。要不是她病倒，发现自己出现了癌变，我的癌症可能要到不可挽回时才会被发现。”

“希望你不要介意我知道这件事，听说你让他们把全套都摘掉了。”

“没有摘掉全套，保留了我的子宫。而且我非常确定，他们留下了我的绝大部分脑子。”

这一次他没有笑。“也许你该多等一阵子再做出这个决定。”

这些话，说不定就是学校教授和研究生们在乔离开的两年里议论过的东西。“我妈妈的妈妈，还有妈妈的姐姐，都死于卵巢癌，都没有活过四十五岁。”她说，“我不会坐等这颗定时炸弹爆炸。”

“你有没有冻结卵子什么的？”

“为什么要冻结，难道要把这个悲剧再传给我的女儿？”

“我明白你的意思，可激素怎么办？”

“那有什么怎么办的？”

“没有卵巢，不是等于直接进入更年期了吗？”

他绝对和别人议论过她的医疗决策问题。在乔确诊之前，他大概连“激素”这个词都说不清。“我在接受激素替代疗法。”乔说。

“那样能让你感觉正常吗？”

她想了想，朝他下面踢上一脚的话，恐怕不会显得很正常。于是她说："是的，我感觉好极了。"

他点点头，举起酒瓶送到唇边，一口气喝干。"你知道，那个女演员……"他努力回想那个女人的名字，可他的脑子已经被酒精泡透了，"她也是遇到了类似的病变，把什么都拿掉了，然后去做了整形重建。人人都说她真的很美……你知道……"

"她有那么漂亮的乳房，是因为她足够有钱，可以随心所欲地把身体打造成自己喜欢的样子。而且她从来没得过癌症，可以保留她的乳头和任何没有病变风险的皮肤和组织。"

他终于鼓起勇气看向了她的胸口。"可你难道没想过，也许有一天，你会——"

"没有！到此为止吧！既然我喜欢自己的样子，你也应该喜欢，明白了吗，坦纳？有没有那么一丁点儿的可能，从今往后，你能拿我当个完整的人看待？"

"该死……乔，我很抱歉……"

"回去找卡莉去。你们俩犯不着为了怕我难过特意装得好像没在一起一样。我一点儿也不难过。"她转身走进蟋蟀和纺织娘合奏出的阵阵聒噪声中，那感觉就像打了麻醉，越走，黑暗越是深浓。回过神时，她已经站在了溪岸边。她在哭。

"乔？"

她回过身。那个女孩笼罩在月光投下的阴影中，又成了一副仙女弃儿的模样，苍白的小脸印上了林间树枝的影子。

"你还好吗？"她问。

"当然。"乔说。

"我觉得你在说谎。"

小熊跳进溪里蹚水，哗啦啦的声响填满了两人之间的距离。

“乌莎，你必须得——”

“我知道，我这就走了。”

“你会回家，对吗？”

她拧开玻璃罐，朝着空中举了起来。萤火虫感受到自由的召唤，一只接一只飞起来，在黑暗的树林里生成了一个星座，越来越大。她盖好盖子，把罐子还给乔。“小熊，来。”她招呼道。

乔注视着女孩和小狗往坡上走去，朝着公路的方向，渐行渐远。“你打算去哪儿？”

“你想要我去哪儿，我就去哪儿。”

7

第二天，乔在肖尼森林里工作了整整十五个钟头，整个人筋疲力尽。一方面是为了把坦纳·布鲁斯彻底赶出脑海，另一方面，也是为了补回前一天因下雨浪费的时间。当然也不排除另一种可能——她之所以这样，是为了证明自己绝不是一个病号。为了搜寻并检查鸟巢的情况，她把所有靠近自然边界地带的观测点都走了一遍。这是研究中最困难的部分，因为这些地点必须远离人类的干扰，想要靠近就得往河岸边的猫藤和荨麻丛里钻。

当她终于带着满身各种各样的草木虫蚁爬上她的本田车时，太阳已经落到了树冠背后。运动与绿野重新为她注入了活力——它们就是有这样的魔力。她依然记得坦纳和他粗鲁无礼的想法，却已经不在乎了，就当它们是汽车仪表盘上误亮的警报灯一样。

可她没法把那个小外星人从脑子里赶出去。从醒来的那一刻起，乔就在狠狠自责，后悔没有亲自把小女孩送到家门口，甚至怀疑她究竟有没有回家。乌莎离开时说的是："你想让我去哪儿，我就去哪儿。"乔越是琢磨，就越觉得听上去不是什么好兆头。她当时怎么就站在那里，眼睁睁看着女孩消失在夜色中呢？

乔转上火鸡溪路，坚信女孩会在金尼小屋等她。不过，万一真是那样，她大概又会希望女孩消失了吧。在最后一抹灰暗的暮色中，汽车驶上了碎石子铺就的小屋车道。她看了看前院里的山核桃树，没有女孩，也没有狗。

她把装备扔在玻璃前廊上，朝火塘走去。"乌莎？"她喊道。唯一的回应，是在屋后野地里觅食的一只夜鹰"哔哔"的叫声。

有车开过来了。除非迷路，否则不会有车在这条路上开得这么深。路口上"前路不通"的指示牌能够拦住大部分以为能从这里穿去其他公路的人。乔大步走向前门，鸡蛋男的白色皮卡刚好转过弯，在迟暮的黯淡微光中，她差点儿没能认出这辆车来。皮卡的轮胎吱嘎作响着在她的车后头停住，车熄火了。无论他来这里是为了说什么，看来要花上一点时间。

他在卡车门外站定，乔上前几步迎了过去。

"我听到你从路上经过。"他说，"我在等你。"

她与他保持了一点距离。"怎么了？"

他上前半步。"我以为你知道怎么回事，你把那个小外星人扔给我了。"

"我可没让她去你家！"

"你为什么没把她交给警察？"

"你交了吗？"

他继续逼近，近到乔都能闻到浓浓的烹饪味道了。不知道他晚餐吃的什么，闻起来很香，香得让乔觉得饥肠辘辘。

“你该修修这灯了。”他抬头看了看路灯杆，说。

“两个星期前就坏了，不过我倒觉得黑一点更好。”

“等到阿飞混混们觉得黑屋子比亮的更容易得手时，就不是‘更好’了。”

阿飞混混。如今谁还会用这样的说法？

他抬起一只手，前后摩挲着长满胡子的面颊。“这小女孩真是个天才。你知道她这会儿在做什么吗？”

“读《战争与和平》？”

“看来你知道。”

“知道什么？”

“她聪明得有多离奇。”

“那天谈到她的时候我就跟你说过了。”

“是的，只不过我现在亲眼见到了，感受得更加清楚。我母亲也觉得她非常聪明。”

“你母亲？”

“她病了，我负责照顾她。”

“很抱歉。”她说，就像许多人曾经对她说过的那样。

他点点头。

“小外星人告诉你她的名字了吗？”乔问。

“自称是乌莎·梅吉尔，因为她来自那个星座。”

“和她跟我说的一样。我在想，也许乌莎就是她的真名。”

“我也这么想。”他说，“我在网上搜了一圈名叫乌莎的失踪女童。”

乔上前一步。“你看过失踪与受剥削儿童那个网站了吗？”

“看了。”他说。

“看到那双鞋子的照片了？”

“你也看到了？怎么会那样，完全没有人挂念那个死去的男孩？”

“听起来你和我做了一模一样的事。”她说。

“至少有五次，我差一点就打电话去警察局了，但最终还是决定先跟你谈一谈。”

“我无能为力。”她说，“除非你能把她锁在某个房间里。”

“这话怎么说？”

“就是字面意思。你和我谈过之后的那天晚上，我打电话报了警。她没跟你说吗？”

“没有。后来怎么样了？”

“她跑了，警察从头到尾就没有见到她。”

“见鬼。”他说，“我就觉得打电话会是这个结果。警察怎么说？他知道什么走失儿童的信息吗？”

“他不知道。他那样子，就好像我纯粹是在浪费他的时间似的，甚至在我告诉他那些伤痕的情况时，他也不肯答应去找那女孩。”

他的身体明显绷紧了。“她身上有伤？”

“在脖子、胳膊和大腿上，衣服遮住了。”

“上帝啊。那些伤痕看起来像是被虐待造成的吗？”

“其中一个看得出手指印。”

“你跟警察说过这个吗？”

“我说得很清楚，我确信有人伤害了她。可那家伙一门心思认定小孩不该从自己家里被带走，还跟我讲了他初中朋友的故事，说那孩子被交到一对暴虐的养父母手里，最后自杀了。”

“他叫你不要把这女孩交给警察？”

“没有明说。但他说很多人收养小孩只是为了领钱，说就算乌莎身上的伤是因为受到了虐待，她也可能撒谎，不会老实说出究竟是怎么回事。他说寄养家庭可能跟她原本的家一样糟糕，还说乌莎说不定也知道这一点。”

“这是什么狗屁建议！竟然还是从警察嘴里说出来的！”

“是这样吗？”

“你同意他的说法？”

“我不知道。”她说，“跟那家伙谈过以后，我还没来得及好好想一想。我这里昨天有客人……”

“乌莎告诉我了。”

“你知道我昨天想明白什么了吗？我觉得她不是住在这附近的。”

“你这么说的话，还真是有些奇怪……”他说。

“怎么奇怪？”

“我今天也有同样的念头。我带她去看刚出生的小猫，她简直疯了，说它们是个‘奇迹’。很显然，她从来没见过小奶猫，可乡下孩子是经常能见到的。”

“她又有了一个奇迹？”

“只剩三个了，她说的。”

“她的第一个奇迹是刚出壳的雏鸟。”

“她跟我说了。”

“就像你说的，她这个年纪的乡下孩子至少也该见过一次雏鸟了。我觉得她是城里长大的孩子，从车上被扔了下来。”

“可她说话的腔调像是这一带的。”

“也许是圣路易斯。”乔说。

“那里的话没乡下这么重的鼻音。”

“帕迪尤卡？”

“我搜索了南部所有可能有类似口音的州，甚至扩展到了佛罗里达。”他说，“她不在失踪名单里。”

“如果就是她的监护人把她扔下车的，那他们当然不会去报告说小孩走失了。”

“也许是她自己跑了。”他说，“她太聪明了，不会让任何白痴对她做出这样的事。我还没跟你说她这会儿在忙活什么呢。”

“什么？”

“她看到我家书架上有一些莎士比亚的书，就问我是不是喜欢他。听到我说我爱莎士比亚时……”

鸡蛋男竟然说自己爱莎士比亚，乔禁不住恍了会儿神，漏掉了他说的几个字。

“……她要用莎士比亚戏剧里的人物给六只小猫起名字，还要求用我的电脑查看莎士比亚的人物介绍，好决定用哪些名字。这就是她现在正在做的事，研究戏剧。”

“她在我这里也是这样，有点像是抓住了我对鸟类的兴趣，刻意参与进来，甚至还读了几章我的《鸟类学》教材。我觉得她是通过这样的做法来让别人喜欢她。”

“也许她就是靠这一招在那个见鬼的家庭里活下来的。”

“显然他们并不喜欢。”

“是的，真该死。”

乔靠在他的卡车车头上，伸手按住前额。

“你还好吗？”他问。

“我太累了，这会儿应付不了这些。”

“你需要坐下来。”

她抬腿离开他的卡车。“我今天工作了十五个小时，现在需要的是洗澡、晚餐和睡眠。”

“等等，你能先跟她聊聊吗？”

“聊什么？”

他交叉起双臂，抱在胸前。“我得坦白一件事，乌莎和我今晚已经来找过你两次了。”

“为什么？”

“她很担心，她说你得了癌症。”

“该死的！不如把这消息公告到每一部手机上吧。”

他放下手臂。“我倒不知道还能这样。”

“我也不觉得能行。单只是那些研究生和我的导师就够我受的了。”

“你是在缓解期吗？”

“我猜他们是这么说的。”

“你介不介意让乌莎见见你？让她知道你没事。或者由你自己来告诉她？她很害怕你会死掉。”

“我们全都会死。”

“还是照着九岁孩子的思路来吧。”

“好吧。不管怎么说，我得告诉她，昨天晚上让她离开，这件事让我很不舒服。”

“你是迫不得已。她说，不然你跟你的导师之间会有麻烦。”

“关于我的生活细节，还有什么是你们俩没有讨论过的吗？”

“我们没有讨论过你的底衫。”

底衫。他的词汇表一定受到了她妈妈的很大影响。

“我开我的卡车载你过去。”他说。

“我很累了。”

“所以是我的卡车。”

她对鸡蛋男——也就是加布里埃尔·纳什——一无所知，除了一条：对于一个在乡村公路边卖鸡蛋的小伙子来说，热爱莎士比亚似乎有点教育过度了。她还记得乌莎问他有没有拿到博士学位时他那突如其来的怒火。乔也从来没发现过有关他所说的那个“妈妈”的迹象。说不定他已经把乌莎给杀死了，现在只是在用她当诱饵骗自己进圈套。今天第一百次，乔痛恨自己竟然让一个九岁的孩子独自进入森林。

他看出了乔的犹豫。“开着你的车跟在我后面——如果你更喜欢这样的话。”

“我觉得可以。”

“你是个聪明人，不该担心的。”他说。

“这话是什么意思？”

他思索着该如何回答。“如果想要伤害你，那从你住进来到现在，我有的是机会。”

“如果我想伤害你的话，也是一样。”她说。乔觉得他没有权力将一个独居林中的女人视作对暴力的邀请。

他轻轻笑了，洁白的牙齿在黑暗中一闪。“往常这栋房子里都有不止一个租客，为什么今年夏天就你一个？”

“只是刚好这样罢了。”她说。

可真相并非如此。原本有一个研究山地草原昆虫的研究生也打算在今年夏天租住金尼小屋——直到他得知需要和乔一起合租这套房子。他动用研究经费，另外租了一套房子，理由是想住得离研究区域更近一些。可是乔疑心，他只是不想跟一个严格来说不再是女人的女人生活在同一屋檐下。自从她返校之后，已经不止两三个男性研究生在她身边流露出尴尬之色，曾经向她调情的那些更是如此。她的心理医生曾经就男性可能做出的这类反应给她打过预防针，但这种伤害不是多做几次心理辅导就能消除的。应对这种痛苦是日复一日的折磨。大自然和科研是她仅有的几项安慰之一。

“那可太糟了。”鸡蛋男说，“肯定有些孤单。”

“并不。”她说，“我做研究时更喜欢一个人生活，身边有其他人是一种干扰。”

他拉开皮卡车门。“我猜这大概是一个暗示。跟我来。”

8

通往鸡蛋男家的小道已经很多年没用石子铺路面了，路边的两道深沟和他的皮卡车一样宽，刚好阻挡了森林的入侵。乔开得很慢，小心翼翼地沿着小路前行，要是陷进那深深的沟里，她的本田就会摇晃着发出“吱呀呀”的呻吟。她听见了低低的犬吠，紧接着，小熊的眼睛出现了，在车头灯的映照下发着灼灼的亮光。它在皮卡和SUV之间来回跑动，叫个不停。黑压压的森林被路灯照亮，破出了一个豁口。

鸡蛋男从车上跳下来，嘴里“嘘”着声，试图让小狗安静下来。“我看你是把大熊小熊都给接下了。”乔说着，也下了车。

“我跟乌莎说了，它不能进我的房子。”

“幸好是这样。”

“我知道。”他说，“我同意让她喂狗。”

“看来规矩已经立好了。”

“只能这样。我可不希望它肚子空空地围着我的小鸡和小猪仔打转。”

“你还养猪？”

“你没闻到味道吗？”

“我分不出猪和马的气味有什么不同。”

“跟大多数城里人一样。”

城里人，这个说法又一次刺激了她的耳朵。“你吃你的猪吗？”她问。

“事实上，我为它们朗读莎士比亚。”他冲着她微微一笑，“是的，我吃。我们尽可能自给自足，不跟外界接触。我讨厌进食杂店。”

“很麻烦的厌恶症。”

“你不懂。”他说。乔并没有明白他的意思。

他望向透出灯光的小屋窗户。“言归正传。我们现在关于乌莎的说辞是，她住在附近，但父母之间有些问题。这是我母亲的看法，不过她还是不喜欢她一直待在这里。”

“乌莎跟她说过那个外星人的故事吗？”

“说了，不过也只是让我妈妈觉得她更可怜。她说乌莎是在通过编故事来逃避现实。”

“的确是这么回事。”

“不，不是的。”他说，“乌莎自己并不相信这些胡话。”

“那她为什么还死咬着不放？”

“因为她很聪明。”

“假装成外星人是怎么个聪明法？”

“我不知道。我太笨了，看不透她。”

乌莎从前门里冲出来，跑过门廊，一步跳下三级台阶，就好像她多少年来一直这么干似的。“他找到你了！”她张开双臂搂住乔的腰，脑袋贴在她的肚子上，“我想你，乔！你猜怎么着？我又看到了一个奇迹！”

“我听说了，小猫。”乔说。

“她现在能去看看它们吗？”她问加布。

“我们不在晚上打扰它们。再说，乔得吃点东西。”他转头对乔说，“我们晚餐多做了很多东西。”

“噢……谢谢。”乔说，“不过我——”

“请千万帮我们这个忙，我做得太多了。”

“带骨猪排、苹果酱、青豆，还有土豆泥。”乌莎接道，“加布家的地里什么都有，连苹果酱都是他自己做的。这里还有苹果树，乔！我今天爬上去了！”

“小猫、小猪、苹果树——听起来还真是个小孩子的梦幻世界。”乔说。

“她可高兴了。”加布说。

“看出来了。”

乌莎拉着乔的手登上小屋门前的台阶，台阶旁立着一块牌子，上面写着“纳什宅邸”。她们穿过屋顶遮蔽下的走廊，经过廊上的一排摇椅，走进屋子。屋内布置得十分迷人，原木墙，木头地板，石头壁炉，还有原木做的各种家具。漂亮程度超乎乔的想象，更别说是在见识过那条几乎荒废的私人车道和破烂的"请勿擅入"警告牌之后。小屋里拥有现代化的厨房用具和漂亮的花岗岩台面。跟金尼小屋那台用来降温的又老又破的窗式空调不一样，纳什家装的是中央空调。

一位端庄的白发老妇人坐在餐桌旁，手边放着一根四脚手杖。大概是加布的祖母。"我是凯瑟琳·纳什。"她说，锐利的碧蓝双眸审视着乔。她伸出一只颤抖的手——可能是因为帕金森病。

乔握住她的手，说："很高兴见到你。我是乔安娜·蒂尔，你可以叫我乔。"

"乌莎一整天都在说你。"

"真是不好意思。"乔说。

凯瑟琳微微一笑。

加布已经从炉子上的坛坛罐罐里盛出了温热的食物。他把盘子放在桌上，拉开一把椅子。

"你确定？"乔说，"我的靴子已经把你家地板弄得一塌糊涂了。"

"胡说八道。"凯瑟琳说，"我丈夫以前总说，要是没点儿泥掉在地板上，木屋就不像那么回事儿。"

"对于永远一身泥的小孩来说，这套理论很好用。"加布说。

乔怀疑他是跟着祖父母长大的。之前他说他的母亲病了，也许是长期卧病，从加布还是个孩子时就病倒了。

乔坐下来，切开软烂的炖肉，咽下一口滋味香浓的美味猪排。“这小屋真漂亮。”她对凯瑟琳说，“你买下来时这里就是这样吗？”

“这座房子是亚瑟——就是我的丈夫——和他的几个朋友一起建的。”她说，“你那套房子的主人乔治·金尼也出了力。要知道，他和我丈夫是非常好的朋友。”

“噢，我不知道。”乔说。

“他们在伊利诺伊大学读本科时是同寝室友。研究生毕业以后，他们又都回到了伊利诺伊州。我丈夫在芝加哥大学教英国文学，至于乔治，我想你是知道的，他是伊利诺伊大学的昆虫学家。”

“是的。”乔说。她瞥一眼加布，发现他正在厨房里，望着自己。到这会儿，她总算能明白一点他的神秘之处了。带他长大的祖父是一位文学教授，这就能解释他与莎士比亚的联系了。说不定，他之所以会对乌莎那个关于博士学位的问题有那般反应，原因也在这里。加布不自然地避开了她的目光，把一个塑料容器放进冰箱。“金尼博士和你的丈夫，他们是谁先在这里买地的？”乔问凯瑟琳。

“亚瑟和我先买的。我们想有个远离城市的休憩地，而且亚瑟从小就一直梦想能造一座原木小屋。之后过了几年，我们隔壁的房产挂牌出售，乔治和他的妻子才把它买下来。乔治很高兴能在火鸡溪研究他的水生昆虫，只要出门走几步就行。”

“你们造这小屋时孩子多大了？”乔问。

“房子造好那会儿，加布还没出生，他姐姐在上高中。”看到乔困惑的样子，她笑了起来，“我猜你一定以为我是加布的祖母吧？”

乔窘迫极了，不知该如何开口承认这一点。

“加布算是我中年得子吧。”凯瑟琳说，“我怀上他的时候已经四十六岁了，他父亲四十八，他姐姐比他大十九岁。”

“你父亲还在世吗？”乔转头问加布。

不等儿子回答，凯瑟琳就说：“亚瑟两年前去世了。”

“我很抱歉。”乔说。

“他的身体一向很好。”凯瑟琳说，“可是一个动脉瘤就突然把他给带走了。”

乌莎一直在听他们说话，等到乔开始埋头吃晚餐，才跑进另一个房间去，回来时手里拿着一张纸。“我已经选好三个名字了。”她对加布说，“你想听听看吗？”

“当然。”他在她对面的椅子上坐下来。

“一定要有只小公猫叫哈姆雷特。”

“那它的命运可能会很悲惨。”加布说。

“我知道，我读了他的故事。”乌莎说，“但哈姆雷特是个很重要的人物。”

“是的。”加布说，“该让哪一只叫哈姆雷特呢？”

“灰色那只，因为灰色是一种悲伤的颜色。”

“有道理。”加布说。

“那只白色小猫要叫《罗密欧与朱丽叶》中的朱丽叶。我真的非常喜欢这个名字。”

“我也是。”加布说，“不过朱丽叶的命运也很悲惨。”

“别再说这个了！这些只不过是名字而已。”

“你说得没错。毕竟朱丽叶也提出过那个大名鼎鼎的问题：‘名字代表什么？’你还选了什么名字？”

“麦克白。”

“很好，对于他的命运我没什么好评论的。哪一只猫咪？”

“黑白花那只。”

“你做了不少研究嘛，这几个名字出自莎士比亚最棒的三部剧。”

“我先查了哪些剧是最重要的。接下来是《朱利叶斯·恺撒》，不过你不觉得‘朱利叶斯’和‘朱丽叶’太像了吗？”

“你可以叫它恺撒。”

“也许吧。不过我得先读读他的介绍，这样才能知道哪只小猫比较适合这个名字。”

“这不是个好……我是说，命运方面。”

乌莎气恼地抿紧了嘴唇。加布露出微笑，摆了摆手。

乔喜欢这个画面。这才一天，他们就已经像老朋友一样了，能彼此幽默地逗乐。

“也许你该移步看看喜剧部分。”加布说。

“她该移步回家了。”凯瑟琳说，“是你送她回去，还是乔？”

加布紧张地瞥了乔一眼。“我们还没商量好。”

“她的父母这会儿该急疯了。”他母亲说。

“他们才不。”乌莎说，“他们很高兴知道我在这里，因为我就要拿到博士学位了。”

凯瑟琳锐利的蓝眼睛紧盯着她的儿子。

“我知道，我知道。”他说，“先让我跟乔商量一下。”

“晚餐很好吃，谢谢你们。”乔说着，从椅子上站起来。加布冲她比了比前门。乌莎正准备跟上，可他说：“你能帮我一个忙吗？把乔的盘子拿到水槽去，洗干净。”

“你这么说只不过是因为你们要讨论我罢了。”乌莎说。

“我这么说是因为我讨厌洗碗。去。”

他领着乔出门，走下前廊的台阶，尽可能走远几步，更保险些。“她不能留在这里。我母亲不知道她昨天晚上是在这里过的夜。”

“她怎么会不知道？”

“我也不知道。我早上去挤牛奶，才在谷仓里见到那只狗，它冲着我叫。”

“她睡在谷仓里？”

“我猜是这样。”

“可怜的孩子，她之前还睡在金尼的棚子里。”

“我有种感觉，她经历过更糟糕的事。”

“多谢你帮她。今天晚上她看着完全就是另一个小姑娘。”

“是的，可她不能留下来。如果被我母亲发现我们根本不知道她住在哪里，她会逼我把乌莎交给警察的。”

“我们必须想个对策出来。不过我明天没时间休息，有太多鸟巢需要观察了。”

“噢，别指望我能行。我可不会把她像动物一样锁起来。”

“我知道，想想就可怕，不是吗？”

她低头看着小熊。这只小狗和乔之前看到的一样温驯，这会儿正在舔她的手指，那上面还残留着猪排的香味。

“我们再等等，怎么样？”他说。

“等什么？”

“她设定了个五个奇迹的时限，你不觉得奇怪吗？为什么要这样？”

“当然是为了拖延时间。”

“但也可能有别的理由。也许她在等某个可以信赖的人来接她回家，或者类似的什么。”

“我们难道不是已经确定了，她不是来自这一带的？”

“她也可能是上个星期才搬来的呢。”他看了一眼房门，确保乌莎听不到，“也许是祖母或者外祖母在照顾她，只是老人现在进了医院。也许就因为祖母生病了，她才不得不暂时来这里和某个凶恶的亲戚住在一起，于是她就跑了。”

“我也设想过类似的故事。”

“这很符合目前的情况。”

“要是那位祖母好不了了呢？”乔说。

“要是她好了，可我们却已经把这可怜的孩子送去给别人收养了呢？”

“那我们要为这位想象中的祖母的现身等多久？”

“我只是说我们应该再多考虑几天。也许她能学会信任我们，把真相告诉我们呢。”

乌莎从前门里探出脑袋。“你们俩，说我说完了吗？”

“没有，回屋里去。”他说。

门关上了。

“我觉得再等下去我们会有麻烦。”乔说。

“没有人报警说她失踪，没人提过关于她的哪怕一个字，就连你见过的那个警察都是。而且，就像他说的，她可能被扔进一个糟糕的寄养家庭。既然有可能找到更好的解决方法，我看我们没必要仓促行事。”

“要是把她交给警察，我们可以尽力确保她有个好去处。”

“怎么确保？”

她答不上来。

“如果你想把她交出去，那就去吧。”他说。

“我不想。”

“那就带她回金尼的房子里去。”

“然后等我清早出去工作时把她一个人留在那里？”

“你出门时顺道把她捎到我这里来，就在这条路边。我早晨会起来照管动物。”

“那很早。”

“我知道，我天天都听到你开车经过。她也没问题的。”

“你要怎么跟你妈妈解释她为什么又来了？”

“她是个本地小孩，喜欢在我们家农场上玩。”

“我觉得这么做不大对。”她说。

“你不觉得把她锁在壁橱里然后叫警察来带走她更糟糕吗？”

“该死的，好吧。”

9

四天来，乔和加布就这么偷偷地来回交接乌莎。有时候感觉她和加布就像一对离异的夫妻，在两个家之间往返接送孩子。不过说起来，倒更像是在进行某种非法交易，因为他们总在黎明前和黄昏后的黑暗中完成交接。每天晚上回到家，乔都会查看失踪儿童网站，每伸出手指滑动一下页面，她都期望能看到乌莎那对叫人一见难忘的棕色眼睛。可一个多星期过去了，没有人为她的失踪报警。

第三天，加布带乌莎去了一个庭院旧货市场买衣服，直接导致乔的衣柜风格倒向紫色系和大眼动物印花。到了第四天，乌莎看起来不再像个仙女调包扔下的孩子，她穿上了合身的衣服，吃好喝好，常常在户外一玩就是好几个小时，眼睛下面的半圈黑影也消失了，皮肤透着健康的粉红色，还长了几磅的分量。

每晚洗过澡，乌莎就会把当天在农庄里发生的趣事讲给乔听。看见乌莎这样喜欢和加布里埃尔待在"仙境"里，乔有时甚至会有点儿嫉妒——这时候就更像是离婚夫妻了，尽管她对加布依旧几乎一无所知。

两位"父母"之间的"紧张关系"在第五个晚上来得格外真实。那天晚上，乌莎说起："猜猜看，加布今天让我做了什么？"

"挤牛奶？"

"那个我已经做过了。"

"骑小独角兽？"

"我想呀！不过用他的枪玩射击也一样好玩。"

乔放下手中的叉子。

"我有三次都打中了很接近靶心的地方！"

乔推开椅子。"在这儿等着，我几分钟就回来。"她抓起钥匙，伸脚套上拖鞋。

"你去哪儿？"

"去跟加布聊聊。"

"你为什么生气？"

"你为什么这么觉得？"

"你的眼睛里像在打雷闪电一样。"

“我没生你的气。待在这里。”

乔把小熊带到前廊上，免得它跟着车跑。她妈妈心爱的本田车总是被那条疏于打理的小路刮到底盘，每刮到一次，乔就咒骂鸡蛋男一次。

加布穿着一件粉红色围裙来开门，要不是正在生气，乔大概会被这个一身玛莎·斯图尔特[1] 装扮的胡子肌肉男形象给逗乐。“该修修你家门口那条号称是‘路’的大峡谷了。”她气冲冲地说。

“你特意跑过来就为了跟我说这个？”

“不。”

“乌莎还好吗？”

“她很好。”乔说，“我觉得她保持现在这样就很好，所以请把你的枪收收好，从现在开始，不要再给她。”

“是谁啊？”加布的妈妈在屋里问。

“是乔，她来借点儿糖。”他转身对乔说，“等一下。”一分钟不到，他就回来了，摘掉了围裙，手里拎着一小袋糖。“你也是那种支持枪支管控的激进分子？”一个微笑在他的胡子底下舒展开。

“我只是反对让小女孩用枪，她可能还根本不懂武器的危险性。”

“她戴着护目镜和耳塞，我也把所有的安全规则都跟她说过了。”

“她是个孩子，孩子总会出难以预料的岔子。有时候他们甚

---

1. 美国商人、电视节目主持人、作家，创立并拥有同名传媒公司，曾主持个人同名节目《玛莎》（*Martha*）和《玛莎·斯图尔特生活秀》（*Martha Stewart Living*）。

至会偷偷溜进父亲的枪械室，开枪打他们还是小婴儿的兄弟。”

“她比他们都聪明。再说了，谁知道她最后会遇上什么事？说不定她有一天会用得上这项技能。”

“干掉她讨厌的养父母？”

“我相信有备无患。”他说。

“没错，还有世界末日呢。”

“谁说得准呢。”

“原来你是这种人，一个疯狂的活命主义者？一个会读莎士比亚的男人怎么会让他的脑子降格到这么愚蠢的地步？”

“所以，所有不读莎士比亚的持枪者都是蠢人？这真的是你的立场吗？”

“我太累了，不想争辩这个话题。把枪锁起来，别给乌莎就好。”她转身走下台阶，又回头抽走了加布手里的糖，“正好需要点糖来调咖啡，我的用完了。”

开车回金尼小屋的路上，关于留下乌莎的所有担忧和疑虑又通通浮了上来，更何况，其中还涉及她对鸡蛋男始终持有的保留态度。她对这个男人是真的一无所知。

乌莎在门外的步道上等她回来。“你骂加布了？”她问。

“当然没有。”乔说。

“他还会让我过去吗？”

小姑娘对于小矛盾的紧张程度超出了乔的预料。乔面对她蹲下来，拉住她的双手。“一切都很好，我跟加布只是有些意见不一样。”

“关于开枪？”

“是的。我接受的教育和他家的不同，我从来不会把枪支视为娱乐。它们存在的唯一目的就是杀戮。”

“我们只是射靶子。”

“那人们为什么要用靶子呢？是为了让他们学会如何将子弹瞄准一颗心脏或一个头颅。他在教你怎样杀人。”

“我不觉得是这样。”

“哦，事实就是这样，要么杀人，要么去猎杀一头鹿。我不希望看到你做这样的事。”

“我绝对不会杀鹿的！”

“很好，那就别再碰枪了，好吗？”

“好的。”

乔把盘子放进微波炉里，重新加热食物。她才刚吃了两口，小熊就在门廊上叫唤起来。“又怎么了？”她走上门廊，刚好看见加布的卡车“吱——”的一声在她的车后停下。“真不敢相信，”她说，“你专门开车过来跟我接着吵架？”

“我没有吵架。”他说。

“你为你的行为辩护。”

“那算不上吵架。”

“我更想吃完我的晚餐。”

“正该如此。”他一边说，一边不急不忙地沿着步道走上来。

“那你来干什么？”

“来讲和。再没有比星星更能说明我们的小小争执是多么微不足道了，我带了望远镜。”

“风车星系！”乌莎在乔身后叫道，“他答应过的！他说找个晚上指给我们看！”

“今天晚上就很合适。”加布说，“没有月亮，天清气朗，你坏掉的路灯正邀请盗贼进入你没有枪的房子……”

乔试图做出生气的样子，但还是被加布的笑脸给打败了。

“去吃完你的晚餐，我刚好还要做些准备。”他说。

“想学怎么设置望远镜吗？”他问乌莎。

“想！”

乔快步走进屋里，玻璃门都没顾得上关。“这是你唯一可以跟着加布透过筒子看东西的方式，明白吗？”

“明白。”乌莎说。

加布抬手敬礼。

等到吃完晚餐，洗好碗盘，乔加入了野地边缘的一大一小，这才发现加布的望远镜比她想象的专业太多了。那是他父亲的望远镜。加布的父亲是名天文发烧友，教会了自己的孩子如何在夜空中寻找星星。加布还带了一副双筒望远镜过来，此刻正在为乌莎演示如何利用北斗七星来定位并寻找风车星系。乔坐在一把草坪椅上听着，一整天漫长的户外工作把她累坏了，根本没力气去寻找一个模糊的星系。

哪怕有一架了不得的望远镜，要找到风车星系也还是花了不少时间，因为据加布说，它具备一种叫作“低表面亮度”的属性。对于乔来说，这完全没有意义，仅仅意味着她很可能等不及他们找到就要躺在椅子里睡着了。

“找到了，在那里。”他说，“梅西叶101号，也叫风车星系。”

乌莎站在加布带来的木板箱上，朝目镜里望去。“我看到了！”她安静下来，专心研究那个星系，“乔，你知道它像什么吗？”

“一个风车？”

“它看起来就像一个靛蓝彩鸦的巢。中间那些白色的星星就是鸟蛋。”

“那我可得看看。”乔从椅子里站起来，朝望远镜里看去。乌莎说得没错，那个缥缈的漩涡完全就是个悬挂在空中的鸟巢，里面装满了白色的星星鸟蛋。“不错，这是我见过的最酷的东西了，的确很像靛蓝彩鹀的巢，从空中俯瞰着地面。”

加布也过来看了一眼。“我看到了，而且鸟巢中间的漩涡一直通向无限的宇宙。我喜欢这个，比风车好太多了。无限之巢。从现在开始，在我这里，它就叫这个名字了。”

“那就是我住的地方。”乌莎说，“我住在‘无限之巢’里。”

“幸运的姑娘。”乔说着，伸手耙了耙她的头发。

乌莎兴奋地跳起来，好像要骑着火箭冲向星空一样。“我能烤棉花糖吃吗？”

“乌莎……我太累了，生不动火。”

“我来。”加布说，“去拿棉花糖，鸟巢小姐。”

乌莎跑着进了后门。

“你还好吗？”加布问。

“我四点半就起床了。”乔说。乌莎也是，只不过加布的意外造访让她兴奋起来。

“坐下来休息会儿。”加布说，“我来看着她烤棉花糖，保证比之前的判断力好。”他把小树枝扔进火塘，“顺便，这是道歉。”

“好。”她回到草坪椅上，“我也道歉，不该说你是个读莎士比亚的蠢人。”

“我是个读着莎士比亚在路边卖鸡蛋的人——说来也差不多。”他审视着她的脸，“你一定很好奇我为什么卖鸡蛋，而不去找一份正常的工作。”

“那跟我没有关系。”她嘴上这么说，心里却对这个问题感到十分疑惑。

“之所以卖鸡蛋，是因为我的母鸡下太多蛋了，我们自己吃不完。”他挪开视线不看她，从柴火堆里又抽了几根柴出来，“而且摆鸡蛋摊子也是一种疗法。”

“一种疗法？怎么说？”

他挪回目光，看着她。“用来治疗社交焦虑、抑郁和轻微的广场恐惧症。”

她坐直了身子，想看看他是不是当真的。

“别担心，我和乌莎相处得很好，不会伤害她或者做出任何对她不利的事。”

乌莎跑出来，把一包棉花糖丢到草坪椅上。

“你能帮忙拿个打火机过来吗？”加布说。

她又跑回屋里去了。

“我为什么要觉得你会伤害乌莎，就因为你有些抑郁吗？”乔说。

他耸了耸肩。“很多人对心理疾病不了解。”

“乔，打火机在哪儿？”乌莎隔着后门叫道。

“烤炉旁边的抽屉里。”

“不在。”

“那就是肖恩或者其他人放错地方了，你只能到处找找看了。”她转回头看着加布，“药物治疗有用吗？”

“我把打算给我用药的医生都赶走了。”

“什么时候的事？”

“几年前，当时我还在芝大读大学二年级，结果，用我父母的话来说，就是得了‘神经衰弱’。从那以后，我就再也没能恢复。”

“芝加哥大学？你父亲任教的学校？”

“是啊，再尴尬不过了，不是吗？他对自己独子的所有期望都被扔进了化粪池。”他拿起一根树枝顶在膝盖上折断，扔进火塘里。

“加布，我很抱歉。”

“为什么抱歉？这不是任何人的错。没有谁能选择自己的基因，不是吗？”

“还用你说。我的乳腺癌是因为BRCA1突变[1]引起的，你知道这个吗？”

“见鬼，是的，我知道。”

乌莎拿着打火机回来了。“你知道他们把它放在哪儿了吗？你的书桌抽屉里！”

“不可思议。”乔说，“但愿这不是暗示他们对我科研项目的评价。”

加布打燃火机，咧开嘴笑了起来。“我发誓绝对不靠近你的那些数据。”

“最好不要。”乔说。

他忙着点燃火塘里的小细枝，乌莎跑开去找可以用来串棉花糖的棍子。

1.“BRCA”被称为“乳腺癌易感基因”，分一型和二型，出现这种基因突变的人罹患乳腺癌和卵巢癌的概率较之常人高出很多。

“我不该提起癌症的。”乔说，“我没想要淡化你跟我说的事情。”

“继续，淡化它，这样最好。”

“我从没觉得你焦虑，你比我认识的大多数人都友善开朗。”

“是吗？看来鸡蛋摊子还真有点用。不过，一旦我被拉出自己的区域的话——‘嘭’。”

“这就是你讨厌食杂店的原因？”

他点点头。“如果遇上排长队，我有时候就不得不直接掉头离开。”

“为什么？”

“他人的压迫感对我来说很可怕，碾压灵魂的感觉。你从来没有这样的感觉吗？”

“我想是有的，在沃尔玛。”

“是的！那个地方最可怕了。”

乌莎选中了一根树枝，把三颗棉花糖串了上去。

“很好。”加布说，“一个给我，一个给乔，还有一个也给我。”

“都是我的！”乌莎说。

乔昏昏欲睡地看着他们烤棉花糖，脑子里想着，他们在一起多可爱啊。再醒过来，是因为加布的手指蹭了一下她的脸颊。“刚才有只蚊子。”他说。

“我大概把整座森林的蚊子都喂饱了。”

“没有，我看着呢。”

她摇了摇头，努力甩掉睡意。“看着我？”

“看着你。”他注视她的样子像是想要亲吻她，直接从睡意中飙升而起的肾上腺素让她感觉有些古怪，几乎是眩晕。心脏在她的胸腔中跳动，撞击着胸骨，像是想要逃出来一样。

她坐直身子，想看看乌莎有没有留意到加布触碰了自己。小姑娘躺在火堆另一边的草坪椅上睡着了，还有几丝化掉的棉花糖粘在她的下巴上。

乔摇摇晃晃地站起来。“乌莎该上床睡觉了，她起得很早。”

“我知道。”他跟着站起来，“我想抱她进去，但不知道她睡在哪里。她是睡你的床还是睡沙发？”

“沙发。”

他把女孩从椅子里抱起来。“加布？”乌莎咕哝了一声。

“继续睡。”他说，“我送你上床。”

目送着他们的身影消失在屋子里，乔拎起水管，开始浇水熄火。

“该我来的。”加布的声音从厨房门里传出来。他从乔手里接过水管，盘绕在水龙头上。

“望远镜呢？”她问。

“收起来了。”

“我睡了多久？”

“星星走了差不多十五度。”他站得离她很近，厨房灶前的荧光灯开着，映亮了他的面庞。她能看出对方想要什么——他想跟她上床。

胸腔里的跳动又无序起来。是荷尔蒙的问题吗？和那些手术有关吗？为什么一个男人—— 一个心地善良的、好看的男人——这样靠近，会让她的身体产生这样的反应，仿佛自己面对的是一头发怒的灰熊？

她试图回想，当年的乔面对自己感兴趣的男生这样强势又急切的进攻时，究竟是什么反应。她会开个玩笑，缓和一下气氛。由于自信和放松，幽默也来得比较容易，甚至还因为对方对自己的兴趣而有些兴奋。可现在的乔找不到那个自己了，那个曾经冷静自制的女人不见了。想到这一点，她不禁像高烧一样浑身发抖，不得不抱紧自己的胳膊来努力压制颤抖。

她不知道自己的恐惧在加布眼里是什么模样。不管他看到了什么，总之是退却了，眼里闪出一丝惊慌。

“我想……你最好还是走吧。”乔说。

加布消失得如此之快，若不是皮卡车隆隆远去的声响，乔还以为自己做了个梦，而他，只是在梦中来到了自己面前。

10

乔直到早上五点钟才叫醒乌莎，因为她自己也起晚了。“我今天能跟你一起吗？”乌莎一边吃着葡萄干小麦片，一边问乔。

“为什么想跟我一起？”

“我想看看你都做些什么。”

“你看过了。”

“我想去森林里面看看。你今天会去吗？”

“会啊。”

“求你了！”

“那可没有加布的农场那么好玩。”

“不，一定很好玩。”

“要是你不喜欢，我也不可能中途折回来。你只能待在那儿，跟着我。”

“我保证不会不喜欢。”

乔看不出这样有什么不好，有个人说说话，调剂一下，说不定也很愉快。“我们得去跟加布打个招呼，他还等着你呢。”

“好啊。”乌莎愉快地回答。

“我没有他的手机号码。”

“我们必须亲自去告诉他。我觉得他可能连电话都没有。”

乔做了两个三明治，带上了额外的水和零食。她让乌莎换上长裤和长袖T恤，都是加布在庭院旧货市场买的。等到乌莎穿上她最爱的紫色运动鞋，乔告诉她怎样把长裤扎进袜子里，衬衫扎进长裤里，这样就不会有扁虱钻到衣服里去了。

锁门之前，乌莎倒了一大盆狗粮。自从同意留下乌莎“等待一阵子”那时起，乔就料到要买狗粮了。她们每天早晨都把狗粮拿到后门外，引开小熊的注意，然后赶紧趁机开出火鸡溪路。

乔在加布家那条坑坑洼洼的小路入口处停下她的本田，夜行昆虫在车头灯的光柱里猛冲一气。“我讨厌这条路，快把我的车给毁了。”

乌莎解开安全带，说：“那就在这里等我，反正你也不知道去哪儿找他。”她跳下车，一溜烟消失在漆黑的车道上。几分钟后，她气喘吁吁地跑回来，蹿上了车。

“他怎么说？”

“他说好。”

“就这些？”

“他正好在忙。”

“忙什么？”

“修猪圈的门。不过他可能生气了。”她一边系上安全带，一边又补了一句。

“为什么这么说？”

“平时我早上来的时候他都很高兴，可今天没有。你说他是不是想要我跟他待在一起，不希望我跟你出去？”

“我相信他只是刚好忙着修门罢了。”

不只是这样。冷静下来仔细想想，乔在脑海里重演了一遍昨晚的情形，认定自己是误解了加布的举动。既然他有社交焦虑，怎么可能会想跟一个几乎连认识都谈不上的女人上床。很可能连吻一下的念头都没有。乔那时候是慌了，也许是因为感觉自己和他之间有了某种联系。手术以后，她还是第一次产生这样的感觉。她向那可怜的家伙传递出的信号太混乱，甚至比这还要糟糕——他可能觉得乔之所以会拒绝，是因为他坦言自己有抑郁症。如果换作她自己，在刚刚向一个男人坦承了癌症病情后就突然遭到断然拒绝，也会觉得受伤的。

“该死。”她压低了声音。

“怎么了？”乌莎问。

“没事。”

她们首先从北岔溪开始，这是乔的自然边界类观测点中最远的一个。和平常一样，新环境的恶劣条件完全没有让乌莎感到困扰。不管灌木有多密，地上有多湿，溪边的植物有多扎人，她一句抱怨都没有。就连最讨厌的蚊子和扁虱爬在衣服上也没能让她烦恼。

乔首先解释了她们的三项目标任务：跟踪观察已经找到的鸟

巢；寻找新的鸟巢；把鸟巢附近的监控镜头里的录像资料下载到笔记本电脑里。她向乌莎演示如何通过观察鸟儿的行动，聆听鸟儿的警告声（通常意味着它们在保护安在近处的家）来搜寻新的鸟巢。乌莎飞快地分清了警告和其他鸟鸣的不同，只要听到这样的叫声，她就立刻独自前去探查。

完成北岔溪的工作之后，她们转战杰西河观测点，然后是萨莫斯溪，在乔的若干观测点中，那是风景最美的一个。乌莎一整天也没能找到一个新巢，但她看到了许多鸟蛋和雏鸟，还见到了一只带着小鹿的母鹿，抓到了一只豹蛙，看到一只蜂鸟从红花半边莲的花心里喝花蜜，甚至还跳进一个河湾的水潭里和小鱼一起游了会儿泳，好好凉快了一下。

那个水潭是乔最喜欢的休息点。趁着乌莎玩水的工夫，乔翻开手机，发现有三条未读信息，都来自苔比。第一条是早上九点半发的："我的天，芍药鸢尾屋在挂牌出租！"

第二条显示的时间是一点十五分："我跟房东谈过了，很不错，动作要快。"

第三条（一分钟以后）："见鬼，快回复！抬起你的屁股，动身过来！"

乔和苔比是多年的同寝室友。在乔结束癌症治疗回到研究生院后，她们决定找一套住宅租下来，一个真正有花草树木的地方。从大学三年级开始，她们两个就经常在厄巴纳的校园附近慢跑，"芍药鸢尾屋"刚好在她们的跑步路线上。那是一栋小巧的白色房子，有护墙隔板和一道前廊。第一次看到它时，前院里正开满了鲜艳的芍药和鸢尾花。这套房子位置很好，就在学校东面一个精致有趣的街区里，叫作"州立街区"。

“你能拿下吗？”乔回复道。

信息发送大概花了二十秒。苔比准是随时盯着电话，立刻传来了回复：“她说要我们两个都到场签字。租得很急，缅因州那边有谁病了，她得赶过去。”

乔太了解这种突如其来的紧急状况了。

苔比又追来一条消息：“千万千万要来！拜托！我超爱这栋房子！你一定要看看屋子里面！还有后院，我的老天啊！”

趁还有点网络信号，乔查了一下第二天的天气——降水概率有七成。也就是说，能在户外工作的时间很可能非常有限。

“我明天中午前后到。请她留住房子等我们。”

苔比回复道：“我争取。在房子那儿碰头，爱你！”她发了个猴子的表情符号，一只爪子按住了整张嘴和双唇，是她的“猴子飞吻”。

乔把手机放回背包里，见乌莎正在尝试徒手抓鱼，便冲她喊：“得有张网才行。”

“你有吗？”

“在金尼小屋见过一个，哪天带到火鸡溪来，看看我们能捞到些什么。”

“我喜欢！这儿有条鱼真的很漂亮，可我没办法靠近它仔细瞧。”

“好了，差不多该上来了。上车前你得先把身上晾晾干。”

乌莎蹚着齐胸的水朝岸边走，穿过干涸的河滩，来到一堆长满苔藓的大石头边，她们之前就是在那里吃的午餐。她的鼻子和脸颊都溅上了一些泥点，就跟乔在这个年纪时一样。“小花猫”，乔的父亲总这么叫她。

“我们现在去哪儿？”乌莎问。

“很遗憾，最精彩的部分结束了。从现在起到天黑，我们都要在一块玉米地边上追踪和寻找鸟巢了。”

“那一定也很好玩。”

“那很热，还好你先凉快了一下。”

“你怎么不下去？”

“万一弄湿资料表就不好了。”

一块石头吸引了乌莎的注意，她捡了起来。

“乌莎……明天我得回一趟我住的地方。”

乌莎停止搜寻石头，看着她。“那个叫厄巴纳-香槟校区的地方？”

“是的。”

“我能跟你一起去吗？”

不管怎么说，带着别人家的孩子长途出行都不妥当。可乌莎不能一直待在加布家里，因为乔很可能回来得太晚，超过这孩子能在他家农场停留的时间。关于乌莎，加布的妈妈已经在问一些叫人担忧的问题了，老太太很奇怪她为什么每天都跑到农场来玩。

“可以吗？”

“你确定真的想去？”乔问。

“是的！”

“很无聊哦，我是去看一套房子。”

“为什么？”

“因为我有可能把它租下来。我和朋友合租了一套公寓，八月份到期，到时候我们想搬出来住。”

"一套真正的房子？"

"是的，这就是它最棒的地方。那里的门廊上甚至还有一架秋千。"

乌莎转身把刚找到的石头扔进了水潭里。"我不想你去住那套房子。"

"我知道你不想，可等到野外考察结束以后，我还是要离开的。所以，你必须把你为什么离开家的原因告诉我，咱们得在我离开前找出个解决办法来。"

乌莎抬头看着她。"我跟你说过我为什么离开家了。"

"我希望你能信任我。"

"我信任，可那也改变不了任何东西。"

"改变不了什么？告诉我。"

"说不定你走之前我就已经离开了。在那之前，我会见到五个奇迹的。"

11

乔把本田车停到橡树荫下，前面就是苔比那辆红色的大众甲壳虫。苔比从大众车里钻了出来，她穿着紫色马丁靴、牛仔短裤和一件属于乔的伊利诺伊大学橘色T恤。尽管仍旧钉着她的紫水晶鼻钉，棕色头发上也还是有挑染的蓝色和紫色，但这已经是她极少见的保守装扮了。乔转身紧赶几步迎接苔比，给了她一个拥抱。

"看起来不错嘛，整个人都晒黑了。"苔比说，"重中之重是，那位女士看到你这天生一副正经守规矩的模样，很可能二话不说就把房子租给我们了。”

“所以你才穿了我的T恤过来？”

“我这是在展示校园风貌。那位女士的父亲是这所学校的教授。”

“看你穿这个着实别扭。”

“那是因为你知道我不走朝气蓬勃的啦啦队路线罢了。”她看了看乔的挡风玻璃，“你知不知道你的车里有个小女孩？”

“我知道。”

苔比盯着乌莎看了一会儿。“噢，老天……”她的目光转回到乔身上，“这就是那个身上有伤又不肯回家的女孩？”

“是的。小声点儿。”

“我以为你说她跑掉了？”苔比悄声说。

“很显然，她又回来了。”

“见鬼，怎么回事，她为什么跟你在一起？”

“一言难尽。”

“什么意思？”

“就是这个意思。”

苔比又看了乌莎一眼。“所以，这就是班卓之地[1] 的行事方式？你在胡乱收集小孩？”

“别瞎说，班卓之地比伊利诺伊靠南多了。”

“你必须报警！”苔比压低了嗓门。

---

1. 即班卓琴发源地，班卓琴是一种四至六弦的乐器，由贩运到美洲大陆的非洲黑奴根据家乡乐器改造而成，而美国南部在历史上集中了主要的蓄奴州。因此班卓之地指代美国南部。

“我跟你说了，我报过警！再来一次她也只会跑掉。我正在想办法，看该怎么办才妥当。”

“你自己的事已经够多了。”

“我知道，可我必须做点什么。对她和气点儿。”乔绕过车头走到乘客座的门边。放在平时，乌莎早就跳下车了，可她这一上午都相当安静，也许是看见这座房子联想到自己的未来，有点被吓着了。乔拉开车门，介绍道：“乌莎，这是苔比。苔比，来见见我的朋友乌莎。”

“快出来，大名字的小人儿。”苔比说着，探身到车里把乌莎拉了出来，“你真幸运，能跟熊叫一个名字。”

“我知道。”乌莎说，“你也很幸运，跟猫叫一个名字[1]。加布有一只虎斑小猫，我叫它恺撒。”

“太酷了。不过我的名字跟猫没关系，我妈照着一部电视剧里的女巫给我起的名字，简直是疯了。”

“真的？”

“真的。所以要是有谁敢叫我的大名——”她俯下身子，在乌莎耳边低声说出“塔比莎”[2]这个名字，“我就揍扁他的鼻子。”

乌莎露出了这一天的第一个笑容。

“她是当真的。”乔说着，抬眼看了看这座依旧迷人房子，“租金多少？你还没告诉我呢。”

“租金只是稍微有一点点贵。”苔比开始兜圈子，“反正不用

---

1. 苔比（Tabby）和虎斑猫（tabby cat）在原文中为同一个单词。

2. 即“Tabitha”，美国同名情景喜剧，曾于1977—1978年间在电视台播放。

再买家具了，想想看吧。不过，她希望租约从现在就开始，因为她要离开了。”

“现在？那到八月之前我们都要支付两套房子的租金了。”

苔比在人行道上就地跪下，双手向乔摆出祈求的姿势。“拜托，拜托，拜托拿出一点点你继承的优秀钱财，帮我们租下这套房子吧，求求你了！”

乌莎大概从来没见过成年人做出这样傻乎乎的举动，不过她喜欢。她的嘴角大大咧开，左颊漾起一个酒窝。

“起来，你这笨蛋。”乔说。

“拜托啦？”

“我先看看房子，然后跟那位女士聊一聊，之后再说。”

苔比一下子蹦了起来。“这就是我们的梦幻之屋！多少次我们跑步经过时，都希望自己就住在里面啊！”

乔朝房子的正门走去，边走边抬头看了看入户步道，小道两侧都开满了鬈鸢尾，彩虹一般。“想象一下，我们坐在门廊的秋千上，喝着红酒，思索着宇宙的奥秘。”苔比说。

“我们还喝得起红酒吗？”乔说。

“只要安排好购物清单的优先级就行。”

弗兰西斯·艾薇是一名退休的理疗师，也是这套房子的主人，这时候已经来到门口准备迎接她们了。同时，她还分出一道警惕的目光投向了乌莎：“这是谁？”

“乔今天负责照顾她一天。”苔比答道。

“很好。”艾薇夫人说，“不能有孩子，不能养狗，不能抽烟。”

“但猫没问题。”苔比说，“艾薇夫人有两只猫。”

乌莎蹲下来，伸手抚摸正在她们脚下绕来绕去的三花猫。

“但愿你们对猫毛不过敏？”艾薇夫人说。

“对于一个兽医专业的学生来说，那样可就太糟糕了。”苔比说。

“的确。”艾薇夫人露出一丝微笑，“当然了，我会带着我的猫一起到缅因州去。”她关上房门。

“苔比跟我说，你在南边的肖尼森林一带做博士论文研究。”她对乔说，“你的专业是研究鸟类？”

“是的，鸟类生态与保护。”

“我喜欢鸟。我的后院里有好几个喂食器，如果你们决定租下来，到时候能记得帮忙添添食，我就感激不尽了。这么多年，鸟儿们全都习惯到我这儿来吃东西了。”

“我很乐意喂它们。在公寓房里住了这么久，能再看到鸟真是太棒了。”

艾微夫人领着乔在房子里上上下下参观了一圈。上楼的木头楼梯旁装着扶手，楼上一共三间卧室，一间小的，两间很小的，三间共享一个洗浴功能齐备的卫生间，卫生间里贴着古董款的瓷砖，还有一个爪足浴缸。楼下客厅里的壁炉依然可以使用，搭配了一个非常漂亮的老橡木壁炉架。客厅隔壁原本是一间餐厅，如今被改造成了阅读室，另外还有一间带早餐台的厨房。楼下的盥洗室和楼上的浴室一样风格古雅。地毯和家具都很简洁，恰到好处地突出了雕花木工、打蜡橡木地板和彩色玻璃气窗那份十九世纪早期的迷人风情。

法式厨房门通向一个微微抬高的木头平台，平台连着小小的后院，那是个私家花园，有农舍风格的花圃，还种着几株紫荆树和成丛的连翘、杜鹃。一棵相当大的红桦为花园西侧提供了荫凉，树荫下有一条长凳，四周环绕着蕨类、繁盛的玉簪，还有落新妇。一只莺鹪鹩正在它的巢屋和几个喂食器旁啾啾地唱着歌。

“我喜欢你的花园，非常自然。”乔赞美道。

“谢谢。”艾薇夫人说，“你会养花吧？”

“会。我妈妈有个大花园。”

“我小时候家里没有花园，但我很喜欢鲜花。”苔比说，“所以我们两个一致认定，在我们慢跑的这条路线上，你的房子是最棒的。”

“我们进去聊聊租约吧。”艾薇夫人说。

“你愿意租给我们？”苔比说。

“如果你们同意合约条款的话。”

“我们什么都答应。”苔比说，“要我签字交出我的第一胎孩子都行。”

艾薇夫人笑了。“很高兴能得到你这般厚爱。”

她们回到客厅坐下，艾薇夫人送上了冰茶。她让乌莎在厨房餐桌上喝牛奶、吃饼干，还给她拿了些蜡笔和纸。对乌莎来说，这些东西可能太小孩子气了些，不过她还是乖乖地待在一边画画，不去打扰她们在另一个房间讨论正事。

很快，三位女士发现，除了花、鸟和猫以外，她们还有更多共同语言。最后，弗兰西斯（她坚持要求她们俩这样称呼）终于完全信任了她们，甚至吐露了自己离开这套挚爱小屋的缘由。她曾经有一位女伴叫南希，两年前分手了，南希离开了这座城市。如今南希遭遇一场严重的车祸，一条胳膊和一条腿都骨折了，另一只脚也截肢了，身边没人照顾，所以弗兰西斯才着急要赶过去。为了方便租约签订，她会在缅因州待上至少一个学年。

尽管租金有些贵，而且要在八月底之前同时负担两处房租，可乔还是签下了合约，并且支付了苔比无力承担的额外部分租金。正如苔比所说，为什么不动用一点她继承得来的钱财呢？妈妈也会喜欢这套房子的。将来，只要坐在花园里，乔就能感受到和妈妈的联系了。

苔比想去吃比萨，庆祝租约成功签订。乔开车跟着前往餐馆，还没等她把车停稳，苔比已经从甲壳虫里钻了出来，就这么站在人来车往的停车场里，一把拽掉了身上的T恤。

“这可有点儿裸露癖了，你不觉得吗？”乔说。

“谁在乎啊？”苔比说，“想让我在公众场合穿那件可怕的T恤，没门儿。”

“啧，多谢。”

“得了，一件T恤而已，不值得太在意。”她把一件印着滚石大舌头的T恤套到了黑色蕾丝胸罩外面。

乌莎的酒窝又一次浮现在她咧开的笑脸上。弗兰西斯把蜡笔送给了她，她随身带着，准备在餐厅里继续画完刚才的画。她们点了切片比萨，苔比要了啤酒，乔喝水，让乌莎点了雪碧。饮料送上来后，苔比举起啤酒干杯。“为我们最最最最棒的房子！”乔和乌莎都跟着碰了杯。

“你不觉得这一切都是命运的安排吗？”苔比说，“我们这么喜欢这套房子，现在竟然就要住在里面了，多奇妙啊。”

“是我让它发生的。”乌莎说。

“你怎么让它发生的？”苔比问。

“我来自另外一个星球，我们那儿的人能让好事发生。”

"真的？"

"她喜欢扮家家酒。"乔说。

"不是扮家家酒。"乌莎说，"那套房子就是证据。"

"你们那儿的人是怎么让事情发生的呢？"苔比又问。

"这很难解释。比如说吧，如果我们找到了自己喜欢的地球人，那么，所有的好事都会突然出现在他们身上。这是我们的报恩，因为他们善待了我们。"

"那岂不是南希遇到车祸也跟你有关了？"苔比说。

"我也不想那样的。"乌莎说，"可有时候，得先出一点坏事，好事才能发生。"

"你知道我希望什么吗？"苔比说，"我希望南希意识到她依然爱着弗兰西斯，因为弗兰西斯依然那么爱她，这太明显了。"

"也许会成真的，因为我喜欢弗兰西斯。"乌莎说，"弗兰西斯和南希是同性恋吗？"

苔比咧开嘴笑了。"是的，你觉得酷吗？"

"我支持同性恋平权。"乌莎说。

"哇噢，"苔比对乔说，"不愧是来自班卓之地，一点儿没错。"

"我来自赫特拉叶。"乌莎说。

"是你的星球吗？"

乌莎点点头，说："在'无限之巢'星系。"

"随你怎么说吧。"苔比说，"既然你是外星人，那是怎么知道同性恋平权的？"

"我在加布家里上网时看到的。我来这里是为了了解地球，类似要拿博士学位这样。"

"了不起。"苔比说，"你一直在说加布，那是谁？"

“他是我那套出租屋隔壁的屋主。”乔说。

“这个就是加布。”乌莎说着，从她正在画的房子下面抽出另一张纸。

苔比拿着那张蓝眼睛大胡子男人的蜡笔画像认真研究了好一会儿。“画得真棒，乌莎。你多大了？”

“我的年纪对地球人来说没有意义。”

苔比看向乔，乔耸了耸肩。

吃过饭之后，苔比又喝了一杯啤酒，跟乔讨论起搬家的事。乌莎开始画第二幅画，前景是弗兰西斯·艾薇的房子。中途乌莎去了趟洗手间，苔比趁机说：“再跟我多说说这孩子的事。”

“我知道的并不比你多。”

“关于她住在哪里，你有想法了吗？”

“没有。”乔望着乌莎走进餐厅另一头的洗手间，“而且我找不到她的失踪记录。我几乎每天都上网查看一次。”

苔比向前越过桌子，悄声说：“你不该带她来这里，万一她和你在一起时出什么事怎么办？”

“我不想留她一个人待一整天。”

“你会惹上大麻烦的，乔！”

“你以为我看不出这事儿有多麻烦吗？除了把她捆起来拖着去交给警察，我不知道还能怎么办。而且那样的话，她就会落回到伤害她的人手里。”

“真见鬼。”

“我也希望一觉醒来这事情就自动解决了。”

苔比灌下一大口啤酒。“你觉得，她……正常吗？”

“就她的处境来说，再正常不过了。”

“你说她是不是真的相信自己是个外星人？”

“我不觉得。”

苔比拿起乌莎画的房子。“这里面有些古怪。”

“什么？”

“看看她这幅画里的景深和尺寸。她不过就站在外面看了那栋房子几眼，最多几分钟吧，却注意到了所有细节，甚至还记得前窗上彩色玻璃的花样。”

“她的确非常聪明。”

“那个叫加布的家伙又是怎么回事？”

“她喜欢在他家农场里玩。”

“他觉得没问题？”

“乡村孩子都是这么长大的。”

“你了解那个人吗？确定他不是个怪胎？”

“看起来不是。”

“看起来？”

“他爸爸以前在芝加哥大学教授文学，他也在那里待过一阵子。”

“可他仍然有可能是个苦力怕[1]。”

“乌莎会告诉我的。”

“从什么时候开始，班卓之地竟然被文学教授占领了！”

“在你变成老古板以前。”

“我才不是老古板！”

---

1. 苦力怕（*Creeper*），又译“爬行者”，游戏《我的世界》（*Minecraft*）里的一种生物，会潜伏、寻找并接近玩家，找到目标后自爆以造成伤害并破坏场景。

“如果你觉得每个生活在美国乡村的人都是愚蠢的乡下人，那你就是个老古板。”

“好吧，所以他们大概全都不是愚蠢的乡下人。”她拿起加布的画像，“或者就这个家伙不是，哪怕他会用他的胡子来扫掉盘子里的粗麦粉。”

“他读莎士比亚。”

“不是吧？”

“他的每一只谷仓猫都有个莎士比亚人物的名字。”

苔比爆出一阵大笑。

“是真的。”

她笑得更厉害了，甚至抬手抹了抹眼泪。

乌莎几乎是跑着回到桌子边的。“什么事情这么好玩？”

“莎士比亚。”苔比说。

“怎么可能。”乌莎说，“他的大多数人物命运都很惨。”

“噢，我的天！”苔比说，“连她都读莎士比亚！我收回关于班卓之地的一切言论。”

“班卓之地是什么？”乌莎问。

“那是出产紫色鞋子的地方。”苔比从桌子下抽出她穿着紫色靴子的脚，靠在乌莎的紫色运动鞋旁边，“我们对于鞋子的颜色有相同的品味。”

“紫色是我最喜欢的颜色。”乌莎说。

“看出来了。”苔比说着，用目光示意了一下她的薰衣草色T恤和紫色短裤，然后看着乔，“她一定得听听那个。”

“不。”乔说。

“听听什么？”乌莎问。

“看到那边那个东西了吗，小外星人？”苔比说。

“哪个东西？”

“那个有彩灯的机器。”

“那是什么？”

“那个叫点唱机，人类有史以来所有的歌曲它都能放出来，包括第一版的《像埃及人一样走路》[1]。”

乌莎望着点唱机，眼都不眨一下。

“里面还有全世界最最棒的一首歌。”苔比说。

“拜托，不要。”乔说。

“什么歌？”乌莎问。

“《紫色吃人怪》[2]，你听过吗？”

“没有。”

“是关于一个外星人的。”

“真的？”

“真的。”苔比一边说，一边打开钱包翻找。

“这会儿才只是在吃午饭。”乔说。

“午饭怎么了？”

“只有喝醉酒的人才会觉得那首歌好玩。”

“别这么一本正经啦。”苔比牵着乌莎的手，把她领到点唱机跟前，先解说了一番操作方法，然后让乌莎把钱投进机器

1.《像埃及人一样走路》（*Walk Like an Egyptian*）是美国“手镯乐队”（*the Bangles*）在1986年发行的歌曲，曾取得1987年*Billboard*排行榜第一的成绩。

2.《紫色吃人怪》（*The Purple People Eater*）是1958年*Billboard*榜首歌曲，歌词讲述一个吃人的外星人来到地球，却一心只想加入摇滚乐队的故事。范晓萱的《健康歌》即为其重新填词的中文版。

里，开始选歌。那首可笑的乐曲一响起来，苔比就当着餐厅里所有人的面，跟着音乐又唱又跳起来。从大学二年级第一次听到这首歌开始，她就总是这样，但往常那都是在喝了至少两瓶啤酒之后的事。接着，苔比拉起乌莎的手，开始教她跳舞。整个餐厅的人都被逗笑了。“瞧瞧这个小外星人！”苔比冲着乔大叫，“乔乔，过来！”

“来跟我们一起跳舞！”乌莎跟着喊。

所有人都转过头来，脸上带着笑，期待地望着乔。事到如今，继续坐在座位上倒好像比站起来跳一跳更尴尬了。于是，乔拉起乌莎另一只手，做出在跳舞的样子。乌莎也不知道该怎么跳舞，可她不在乎。她又是笑，又是跳，使劲摇晃着身体，乔从来没见过她这么容光焕发的样子，就好像有星光从她的赫特拉叶灵魂里透了出来。

12

刚踏上返回南伊利诺伊的旅程，乌莎就拿出她的第三张，也是最后一张纸，开始为苔比画像。一个小时后，她仍然在画，根本没停过。

“你是怎么做到在行驶的汽车上画画还不晕车的？”乔问。

“我经常在星速下做事。”乌莎说。

“你是说光速？”

“我们说‘星速’，跟‘光速’不一样。”

“你很喜欢画画，对吗？”

“是的。”

“也许我可以给你弄点彩色铅笔。蜡笔太粗了，画细节不方便。”

“我知道。”乌莎说，“她鼻子上的紫色宝石就被我画得太大了。”

“艺术是表现你眼中的世界，而不是原封不动地复制它。”

“我想原封不动地把苔比画下来。”

“为什么？”

“这样我就可以一直把她带在身边了。”

“我明白这种感觉。她是我见过的最自由的灵魂，就算我重病时，她也能让我笑起来。”

“画好了。”乌莎绕过椅背把画递给乔看。

乔手上开着车，斜眼扫了扫。“画得真好！真的很像她。”

“苔比是我的第三个奇迹。”

“真的？苔比能跟小鸟和小猫并列？”

“她本来就有点像婴儿，不知道要长大这件事，所以比其他长大的人更有趣。”

“说得很好。”

乌莎看着越来越近的匝道出口，问：“你为什么减速？”

“去加油。”

她转动脑袋左看右看。“等等……这是哪里？”

“一个叫埃芬汉的城市，我经常在这里停一下。这儿有个加油站很便宜。”

“我不想停在这里。”

“车快没油了，必须去加油。”

"不能去别的地方吗？"

"为什么？"

"我不喜欢这里。"

乔注视着后视镜。"你以前来过这里？"

她不回答。

"来过吗？"乔问。

"我说我不喜欢这里，只是因为它叫人讨厌。"

"也许吧，可我们只待十分钟。你最好下去上个厕所，他们的厕所挺干净。"

"我不需要上厕所。"

"你喝了两瓶雪碧。"

乌莎整个人缩下去，窝进车座里。"我要睡觉了。"

乔加满油，上了趟洗手间，还买了两管NECCO圆糖。其他商店里很少能见到这种糖，这也是她会特意来这个加油站的另一个原因，更重要的原因。

乔回到车门紧锁的车上，以为乌莎睡着了。可刚开上高速公路没两英里，乌莎就坐了起来。"来颗NECCO？"乔说。

"那是什么？"

"一种我喜欢的糖果。"她反手把拆开的一卷糖果递给乌莎。

"我能吃颗紫色的吗？"

"在第几颗？"

"第三颗。"

"吃吧。不过可别以为紫色是葡萄味，那是丁香味的，有的人不喜欢。"

乌莎掏出那粒紫色小圆球，放在舌尖上。"我喜欢！"

干掉半管NECCO圆糖之后，乌莎说要上厕所。

“在埃芬汉的时候为什么不去？”

“那时候我还不想上啊。”

乔在塞勒姆停下车，带她上了个厕所，之后径直开到了火鸡溪路，未作停顿。转上火鸡溪路后，乌莎问起能不能去看看小猫。早上出门时她们本打算拐过来跟加布说一声要去厄巴纳，可当时有一辆银色SUV停在他家门前，乔觉得还是不要在他们有客人的时候去打扰比较好。

开到离纳什家不远时，乌莎请求乔停车。这时是七点十分，完全来得及上门打个招呼。乔也担心加布误会之前那晚的事情，想再确认一下。可是银色SUV依旧停在那条坑坑洼洼的小路尽头。“也许我们该走了。”乔说。

“加布不会介意的。”不等乔开口阻止，乌莎就跳下了车。一个扎着浅灰色马尾辫的妇人从小屋前门走出来。她约莫四十五岁，五官阔大，一副怒气冲冲的模样，充满力量感的壮硕骨架为她支撑起了额外的体重，一眼看去，与其说她胖，倒不如说是令人生畏。不过，真正把乌莎逼得退下台阶，伸手去拉乔的手的，大概还是妇人眼里锐利的蓝色冷光。她似乎很生她们俩的气。乔不明白为什么。

“我们来看加布。”乔说，“我是乔安娜·蒂尔，这是我的朋友乌莎。我租住在旁边那栋屋子里。”

“我知道你是谁。”妇人不等乔话音落地就打断了她。

“加布在哪里？”乌莎问。

“他不舒服。”妇人说。

“他病了？”乌莎又问。

妇人露出恼怒的神色。

“我能见见他吗？”乌莎说。

“不能。”

“你是谁？”乌莎问。

乔脑子里也盘旋着一个差不多的问题：该死的你以为你是谁？

“我是加布里埃尔的姐姐。”

乔怎么也没想到。这两个人简直没有一丁点儿相似之处。

“我能去看看小猫吗？”乌莎问。

“我看你最好还是走吧。”妇人说。

“他病得严重吗？”乔问。

妇人已经自顾自地转身进屋去了。“我会告诉他你们来过了。”门关上了。

“她真凶。”乌莎跟着乔回头上车，边走边说。

也许她们眼里的“凶”只是出于忧虑，也许加布病得很重，他的姐姐是在担心？

第二天，乔带上乌莎一起去做野外考察。天气酷热，而且大部分工作都在路边进行，可乌莎从头到尾都没有一句抱怨。她找到了一个新的鸟巢，里面有两只主红雀的蛋。乔打趣说，看样子必须要给她开野外考察助理的工资了。

完成对火鸡溪路沿线鸟巢的追踪观察后，乔开车来到纳什家，挨着银色SUV停下。她和乌莎上前敲门，没有人应，于是她们加大力气又敲了敲。加布的妈妈缓缓拉开木门，手里撑着她的四脚手杖。

“我们来看看加布怎么样了。”乔隔着纱门说。

“蕾西跟我说了，你们昨天晚上也来过。”

蕾西一定就是加布的姐姐了。蕾丝花边一样柔美的名字，跟她那副颇具胁迫感的模样很不搭调。

“他怎么样了？”乔问。

“不太好。”凯瑟琳说。

“听到这个消息我很难过。我们能看看他吗，就几分钟？”

“他不会想见人的。”

“你为什么不问问他呢？也许我们能让他打起精神来。”

“我不这么认为。”凯瑟琳说，“很抱歉。”

乔和乌莎眼睁睁看着她伸出颤抖的手，关上了房门。蕾西沿着连接侧翼建筑的小路走过来，身上穿着脏兮兮的工作装和沾着粪迹的长筒胶鞋。大概是去干平日里加布负责的那些杂活了。

“有事吗？”她问。

“我们想见见加布。”乔说。

“我妈妈来开门了？”

“是的，我们跟她说了。”

“见鬼。”她咕哝道。

“抱歉。要是知道你在后面的话，我们就——”

“你们没过去最好，那儿要应付的屎尿已经够多了。就是字面意思，没别的。”她撇下她们，朝谷仓走去。

乔很想冲她喊点儿什么，可脑子里冒出来的话似乎全都太过挑衅。她带着乌莎回到车上。

“她们为什么不让我们见加布？”乌莎问。

“我不知道，这事有点儿古怪。”汽车驶向金尼小屋，乔始终没法挥去脑海中胡思乱想的念头。也许加布又崩溃了。更有甚者，乔担心是那天晚上他们俩之间的尴尬引发了这次崩溃。

第二天，乔带着乌莎在野外追踪鸟巢时，暗自下定决心：今天傍晚对上蕾西的时候，她要更强硬一些。野外工作比平时结束得早了一些，到达纳什家时距离日落还有一个小时。“这次我们不接受拒绝，对不对？”乔说。

“对。”乌莎说。

乌莎敲响木屋的门。蕾西来开的门，手还在一块洗碗巾上擦着。“你们是真不懂什么叫放弃，对吗？”

“他是我们的朋友，我们很担心他。”乔说。

“你到这个夏天结束就会离开，他能跟你做多久的朋友？”

乔惊呆了，一个字也说不出来。蕾西又补上一句：“帮他个忙，与其以后忘掉他，不如就趁现在。”乔想说点什么，但加布的姐姐已经关上了门。

很显然，她坚信乔和加布正在交往，还认定乔会抛弃加布。如果说这些想法是加布传达给她的，乔很怀疑。那么，也就是说，蕾西越界了，大大逾越了兄弟姐妹之间该有的界限。乔听说过那种控制型的姐妹，她们不喜欢跟自己兄弟约会的女人。但这也太离谱了，蕾西在蓄意破坏一段甚至还没有开始的关系。

直到上了车，乔才意识到乌莎仍旧站在走廊上。“乌莎，我们走了。”

乌莎走到门廊的台阶边上。“你说过我们不接受拒绝的。”

“那只是一种说法。”

“不，不是。”

“他不想见我们。”

“也许他想，是她们不想让他见。”

“我知道，可我们无能为力。”

“不，有办法。”

“什么办法？”

“她没锁门，而且我知道他的房间在哪儿。”

“哦，老天！乌莎，马上下来。”乔嘘声说。

“我不是非听你的话不可，因为我不是这个星球的人。我们有我们的规则。”她朝房门跑去。

“乌莎！”

乌莎把门推开一条缝，悄悄溜了进去。乔犹豫了一下要不要跟上，最后决定，不能放那孩子一个人面对蕾西。她闪身进屋，刚好看到乌莎的身影消失在一面原木墙背后。蕾西站在厨房水槽前洗碗，凯瑟琳坐在桌边跟她说话，两个人都背对着房门，交谈声和流水声刚好掩盖了乌莎行走的动静。

乔蹑手蹑脚地穿过客厅，缩着肩，弓着背，尽力减小存在感。等到她转进走廊，刚好看见乌莎推开走廊尽头的一扇门。“先敲门！”乔小声喊道，但已经来不及阻止她的不告而入了。

乔和乌莎站在门口，看到了加布的身影。他穿着灰色睡裤和浅蓝色T恤，侧身蜷在一张木架床上，背对着她们。屋里到处都是堆成一摞一摞的书，唯一的装饰是一张钉在墙上的星图。

“加布！”乌莎开口道，“你还好吗？”

他翻过身，浮肿的眼睛里闪着疑惑的光。“乌莎？”

“你病了吗？”乌莎问。

“谁跟你说的？”

“你那个凶姐姐。”

他从鼻子里喷出一声嗤笑，坐起来，把打着卷儿的头发从脸上拂开。看向乔时，他的眼神集中起来，多少恢复了几分往日那对蓝眼睛的锐利神采。“她放你们进来的？”

“事实上……不是。”乔答道。

“那是我妈妈？”

“这个么……更像一次搜寻营救行动。”乔说。

“你开玩笑的吧？”

“没有。”

“她们不知道你们在这儿？”

乔摇摇头。“是这小外星人让我这么干的。”

他咧开嘴，露出一个转瞬即逝的笑容。“天啊，我的样子一定糟透了。”他说着，伸手捋了捋胡子，又耙了耙头发。

“你看着挺好的。”乌莎说，“一点也不像生病的样子。”

“是的，嗯，生病分很多种。”他挪动双腿，让双脚垂下床沿，明显有点不太适应身体的活动。然后，他的目光落在了乔的身上。“你为什么觉得我需要被营救？”

“她们不让我们见你。”

“你们为什么想见我？”

“我们需要鸡蛋。”

他笑了。

“早上你没带着你的鸡蛋出现在路边，这会儿已经引起一场全县范围的大危机了。”

“不是全国性的紧急状态？”

“你想得太多了。”乔说。

“也许吧。”

“我能去看看小猫咪吗？”乌莎问。

他站起来，身子禁不住轻轻晃了晃。“您正该去探望那些莎士比亚猫咪，我的女士。”

“你不必起来。”乔说，“我们只是想知道你一切都好。”

“我必须起来。我可不想错过蕾西冲你们开火时的那张脸。”

“我有点害怕了。”乔说。

“我会掩护你们的。不过得先提醒你，她可不会太拿她心智破碎的小兄弟当回事。”

“像鸡蛋一样破碎吗？”乌莎问。

“嘿，不错的类比。”他把双脚塞进旧鞣皮便鞋里，“走，我们去看那些小猫。”

“它们的眼睛睁开了吗？”乌莎问。

“不知道，我也有两天没见过它们了。”他领头踏进走廊，往外走去，经过厨房和客厅之间的过厅时，还冲着他的姐姐和妈妈挥了挥手。“别管我们，”他说，“只是路过一下。”

“加布！”蕾西惊呼。

“什么？”

“她们是怎么进来的？”

“谁？”

“她们！”

“等等……你能看见她们？我以为这只是我的幻觉。”

蕾西大步奔着乔走过来。“你竟有胆量溜进我们家里来？”

“我倒是没有。”乔说，“这份胆量百分之百来自其他地方。”

“没人会冲着一个小姑娘大吼大叫的——对吗，蕾斯？”加布说。

“所以你现在是好了？就像这样？”蕾西说，“你就不能在我大老远开车过来帮你干活儿之前解决？”

“我可没叫你来。”

“到底是谁应该照顾妈妈的？”

“这台戏我们能不能晚点儿再唱？我的朋友不想听。我们走。”他对乔和乌莎说。

“你要去哪儿？”蕾西问。

“乌莎想看小猫。”他说。

“哦，是啊，那又是怎么回事？我不是说过，不许再多养猫了吗？”

“我的猫都做过绝育手术了。这个猫妈妈是走失的宠物，来的时候已经怀孕了。”

“好吧，我是没看到它们，不然我绝对会考虑把它们通通扔进河里。”

加布眼睛里射出可怕的恐吓目光，死死盯住她，盯得她一连退了好几步，直到屁股撞上餐桌旁的椅子才停下来。“你要是敢对那些猫做什么，就等着让人去河里找你吧！我是说真的，蕾西！”

“你这该死的疯子！”蕾西说。

“没错，所以不要来惹我！也不要再当着这个小女孩的面说这种话！”

蕾西厌恶的目光落到乌莎身上。“她是谁？妈妈说你天天养着她。”

加布不想让乌莎听到更多类似的话，于是一把抱起她，快步朝门口走去。“我很抱歉。”他对着乌莎的耳边说，“别在意那些话。”

乔跟在后面推他快走，只想赶紧出去。他们匆匆朝房子西面的碎石子车道走去，走到距离谷仓一半路程时，加布把乌莎放了下来。“是我的错。”他说，“你已经够大了，不该被抱着走。”

“没关系。”乌莎说。

乔回头去看蕾西有没有跟上来。她没有，木屋也消失在了环抱着它的树木后面。

“很抱歉让你们俩听到这些。”来到谷仓门前时，加布说，“我姐姐她……她和我的关系一向不怎么好。我出生时她已经上大学了，一直以来，她都更像是一个刻薄的继母，没有一点姐姐的样子。”

“你用不着道歉。”乔说。

“我能进去看它们吗？”乌莎问。

“去吧。”他说。

乌莎跑进谷仓，加布和乔跟在后头，朝谷仓后面的干草堆走去。“这母猫乖顺得出奇。”加布说着，抱起那只橘色的虎斑猫——它早就“喵喵”叫着上前来迎接他了。加布把猫咪抱在胸前，伸手搔了搔它的耳朵背后，母猫转动着脑袋去蹭他的手指。

“它明显不是野生的。”乔说。

“我知道。我觉得是有人看到它怀孕了，特意扔在我家门口的。这一带的人都知道我养谷仓猫。”

乔轻轻抚摸着窝在他臂弯里的猫。

“它本来是把小猫生在我的工具棚旁边的，不过它允许我把它们挪到了谷仓里面来。这样小猫更安全，可以避开本地的猎食者，因为到晚上我就会把门关上。”

“像你姐姐一样的猎食者？”乔说。

“是啊，比吃老鼠的蛇更糟糕，不是吗？”

“我们要不要把它们藏得再好一些？”乌莎问。

加布在她面前蹲下。“我不会让她伤害它们的。”

“可她说——”

“我想她明天就会离开了。她讨厌农活儿。”

乌莎拉起乔的手，领着她走到两大捆干草之间，那里有一窝杂色小猫。“我打赌它们不是一个父亲的。”乔说。

“她发现了你最深、最黑暗的秘密。”加布贴在母猫耳边悄声说。

乔为他的幽默笑了起来。第一眼看见他时，他的情况似乎很糟糕，可这才不过短短十来分钟，就已经很明显地恢复了生机。毫无疑问，其中大半都是小外星人的功劳。

“它们睁眼了！”乌莎说。她双手捧起一只白色小奶猫，小白猫柔柔地“喵喵”叫着，眯缝的眼睛似乎在努力辨认眼前的人类面孔。“这是朱丽叶。”乌莎说，“想抱抱它吗？”

乔轻轻将那小奶猫拢在胸前。

“那只灰色的是哈姆雷特，”乌莎指着小猫为她解说，“这只棕色虎斑是恺撒，黑白花那只是麦克白，橘色的是奥莉维亚——”

“这是哪部戏里的？”乔问。

“《第十二夜》。”加布说。

“终于有部喜剧了。”

“黑色那只是奥赛罗。”乌莎说，“这个名字是加布的主意，因为奥赛罗是摩尔人。”

乌莎从乔手中接过朱丽叶。“我最喜欢朱丽叶和哈姆雷特。”她分出一只手，从猫窝里捞出哈姆雷特，仰面躺倒在一捆干草卷上，让两只小猫一起趴在她胸前。

加布用一只胳膊托稳母猫，另一只手捞起奥莉维亚，递给乔。“来个小喜剧吧，我们需要它。”

乔拢着那小小的橘色奶猫为它取暖，直到它安稳下来。加布看着她，脸上带着微笑。“你感觉怎么样？”乔刚问出口就后悔了。打从她自己生病以来，这个问题听着就叫人着恼。“想跟我们一起吃晚餐吗？”

他试图辨认她的意图。

“乌莎和我打算做汉堡、炸红薯条和沙拉，不过事先申明，我们做的是火鸡堡。我不太吃红肉。”

“我不介意吃火鸡堡。”他说。

“你吃过吗？”

“没有。”

“那就来吧。”

“我得先洗个澡。”

“正好，趁你洗澡的时间，我们可以先开始准备工作。”

“你确定？”

“非常肯定。”

“嘿，你们俩，猜猜怎么着？”乌莎说。

“怎么？”加布问。

乌莎坐起来，一手一只地抱着小白猫和小灰猫。“我要写一部朱丽叶和哈姆雷特的戏。”

“是写猫的，还是写人的？”加布问。

“写人的。在所有坏事发生之前，朱丽叶和哈姆雷特在一座魔法森林里相遇了，两个人的命运因此而改变。这是部喜剧，最后每个人都很幸福。”

“我喜欢。”加布说。

“超级喜欢。”乔说，“我们能提前买票吗？”

13

乔正在忙着生火，准备做汉堡，乌莎拿着手电筒在草丛边不知寻找什么。

“你在干吗？”乔问。

“摘些花放在餐桌上。”

“我还以为我们会跟平时一样在外面边烤边吃。”

“不！加布要来吃饭，这不一样。”

乔不想这样。说不定她和加布会再次陷入尴尬，在亮着荧光灯的厨房餐桌上吃饭只会让情形更加糟糕。直到走进厨房处理红薯条时，乔才发现今天的晚餐并不会在荧光灯下吃。乌莎把灯都关掉了，桌上立着两根点过的半截蜡烛，餐桌一头放了一束乌莎采回来的花束。这也太罗曼蒂克了点儿。乔还来不及对此做出反应，屋外的小熊就叫了起来，通报加布的到来。她赶忙出去，让小狗安静下来。

“很好的看家狗。”加布说着关上了车门。

“不好，太吵了。”

加布拍了拍小狗，沿着步道走上前来。他递上一盒鸡蛋，说：“你们当真需要吗？”

“是的，谢谢。”乔从他手中接过纸盒，留意到他的肌肤正散发出温暖的皂香，“事先提醒一下，乌莎把这事儿折腾出高级晚宴的架势了。”

“她从河里弄到了鱼子酱？”

“菜单倒还是老样子，不过她在努力营造气氛。”

“听起来不错。希望我的装扮能配得上高级餐厅。”

借着走廊上昏黄的灯光，乔上下打量他的衣着——蓝色衬衫，领尖钉着纽扣，配一条浅色长裤，比他平时穿的T恤和旧牛仔裤好太多了，倒像是为约会精心打扮了一番似的。乔压下一阵骤然涌起的慌乱。“很完美。”她说，“换成西装燕尾服的话就太正式了。”

她领着加布进屋，乌莎正在餐桌旁把纸巾折成餐巾。“我还怕蕾西不让你来呢。”乔说。

“她确实想方设法阻止我，不过我挣脱了锁链。”

事实很可能相去并不遥远。

“需要帮忙吗？”加布问。

“谢谢，不过都差不多了，再烤个肉饼就行了。”乔说，“待在空调房里——如果那还能算得上是空调的话。”自从乌莎坚持要在屋里吃饭之后，乔就把客厅的窗式空调开到了最高挡，可那台机器太老了，铆足了劲也没能降下几度。

乔在屋外的火塘上煎了四个火鸡肉饼，烤好了圆面包。当她端着食物进屋时，客厅的灯开着，加布和乌莎坐在沙发上看乌莎的蜡笔画，画上有他，有苔比，还有弗兰西斯·艾薇的房子。

“乌莎说你们前天开车去厄巴纳租了一套房子。”加布说。

“是的。很抱歉没能在出发前找到机会跟你打招呼，只不过苔比和我要是不快一点的话，那房子就没了。”

“没关系。”他回望着她专注的凝视，心里明白，她的道歉还包含更多的意思。“能成为乌莎的第三个奇迹，苔比想必很不一般。”

“苔比在很多方面都像奇迹一样，我也说不清究竟是怎么回事。”乔说，“我们俩是在大学二年级的时候认识的，从大三开始就是室友了。”

“乌莎说她将来会当兽医。”

“而且她的名字还是只猫！”乌莎说，“太好玩了，是不是？”

“是的。”他说。

乔把炸红薯条端上餐桌，放在汉堡旁边。“晚餐上齐了。”

乌莎把客厅和厨房的灯通通关掉。“啊呀，有鬼啊。”加布开口，想驱散一点紧张的气氛。餐桌上燃着蜡烛，乌莎挨着加布坐下，乔坐在加布对面。

“沙拉是我做的。”乌莎说。

“做得真好。”他说。

“多出来那个没加奶酪的汉堡是为你准备的。”乔说。

“不知道我吃不吃得了。”他说，“我前两天一直没怎么吃东西。”

“是因为你会吐吗？”乌莎问。

“不，我只是不饿。”

乔料到了，可她还是往烤架上放了第四块肉饼。就像从前为重病将死的母亲准备饭菜一样，她总会多做些，好像这样就能让她吃回健康似的。有时候，她也这样对自己，总担心胃口一旦不好了，癌症就会卷土重来。

幸好她对乌莎从来没有这样的担忧。乌莎饿坏了，那张说个不停的嘴如今被汉堡堵住了，无暇出声。

“我听说乌莎已经成了个相当不错的鸟类学家。”加布说。

“千真万确。”乔说，“她已经找到两个鸟巢了。”

加布举起手跟乌莎击掌，显然在努力装出感觉良好的样子，可他放下手中的汉堡时，连半个都没吃完。看见乔和乌莎还在吃，他只好在自己的沙拉里戳戳点点找些事做。“研究进展得怎么样了？”他问。

“作为第一阶段的野外考察来说，比预期要好。”

“还有几个阶段？”

“至少一个。”

“明年夏天你还会来吗？”

“计划是这样。”

他垂眼看着自己那把在沙拉里戳来戳去的叉子，片刻后才将目光挪回到乔身上。“你为什么研究彩鹀？”

“我做的是栖息情况研究，彩鹀巢很多，容易找到。过去，它们栖息在森林里，但要面对山火和洪水的威胁。近来它们被吸引到我们人类的公路和玉米地周边，但这些栖息地对它们来说并不理想。选择这种灌木环境栖息的鸟类，有不少品种的种群数量都在减少。”

“有意思。”他说。

“所以，我做的事情，就是对比在有自然干扰和人类干扰的两类栖息地中，鸟类筑巢的成功率分别如何。”

他点点头。“你最早是怎么开始进入鸟类这个领域的？”

“这就要说到我的父母了。”乔说，“我爸爸是地质学家，妈妈是植物学家。在我还小的时候，我们家总是全国各地到处跑，露营，徒步。那时候我多半都跟在妈妈身边，也是那个时候，我开始学会分辨一些鸟类。”

“乔的妈妈和爸爸都死了。”乌莎宣告。

加布已经留意到乔在说起自己父母时用的是过去式，因此并没有显得特别惊讶。不过和大多数人不一样，他并没有追问出了什么事。

“我爸爸那时候在安第斯山脉做研究。”乔说，“我十五岁那年，他乘坐的飞机失事，撞在了山上。还有两个地质学家和一个秘鲁飞行员也一起死了。”

“上帝啊。他那时候多大？”

“四十一岁。”

“你妈妈当时在吗，和他一起做研究？”

“不，她在家里带我和我哥哥。因为生了我哥哥，她一直没能完成博士学位。我爸爸得出远门做研究，妈妈不想为了学位把我哥哥扔给托儿所。”

“乔的妈妈是得乳腺癌死的。”乌莎说，“她救了乔的命。”

“如你所见，”乔说，“乌莎对我的家庭很有好奇心。”她看着乌莎，补了一句，“真希望她能像我一样把什么都说出来。”

“就算我跟你说我在赫特拉叶的家，你也不会明白的。”乌莎说。

“我可以的，你知道我可以。”

“跟加布说说你妈妈怎么救了你的命。”

“转换话题是没有用的。”乔说。

“是你在转换话题。”乌莎说，“因为你不想说你妈妈的事。”她推开椅子，离开餐桌去洗手间。

“又一次聪明地躲开了。”乔说。

加布笑起来。

她推开自己眼前的空盘子。“你是不是有点好奇，乌莎说我妈妈救了我是怎么回事？”

“我猜是因为她得了癌症，才让你的病能及时被发现。”

乔点点头。

“那是多久以前的事情？”

“差不多两年前。她是去年冬天过世的。”

“也就是说，在此期间你还得应付你自己的癌症。你确诊的时候已经在读研究生了吗？”

“是的，可我耽搁了两年——忙着照顾妈妈，还要应付自己的治疗和几次手术。”

“不止一次手术？”

乳房没了是显而易见的事，但她还没做好谈论卵巢切除术的准备，何况是告诉一个跟自己同龄的男人。可她不得不把事情都说清楚。

“我的癌症确诊时还是早期，”她说，“但我还是拿掉了乳房和卵巢，因为再次发生乳腺癌和卵巢癌的风险很高。”

他俯身凑近她，整张脸笼罩在烛光下。

“你什么都不用说。”乔说。

他靠回椅子里。“好的。事情总是这样，当你特别想表达什么对的东西时，语言总是那么苍白无力。”

“人们总觉得必须说点儿什么，可那些话从来都不会让我感觉好受些。”

“我明白。我早就明白了，语言并不像我们想象的那么完善。我们和猿人仍然没什么区别，都只能用咕哝来表达自己的想法，偏偏最想交流的东西却只能被锁在脑子里。”

“这是文学教授的儿子说的话？”

“我大概没能继承他的文学基因。”

乔起身收拾盘子，免得他有压力，觉得必须勉强吃完明明吃不下的东西。他搭手帮忙，把自己的盘子叠在乌莎的上面。

“你妈妈是做什么工作的？”她问。

“她当过一阵子小学老师，不过跟你妈妈的选择一样，蕾西出生后她就辞职了。她还是个诗人。”他跟着乔走进厨房，说，“出过两本诗集。”

“真的吗？她还在写作吗？”

“现在不行了。她得了帕金森症，手抖得太厉害，写字打字都不行了。”

“她可以口述，然后让你帮她记录下来。”

“我提过，可她说那会破坏创作的过程。”

“我猜我能明白她的意思。”

“说不定帕金森症把诗歌灵感也一起抖掉了。”

“太可惜了。”

“是的。”

乌莎已经拿出了棉花糖。

“对于棉花糖，你是永远不会腻的，对吗？”乔说。

“我们没有其他甜品了，而且火还烧着呢。拜托啦？”

“去吧。”

“你想吃一点儿吗？”乌莎问加布。

他看向乔。“也许我该走了。”

“再待会儿。”乔说。

“你确定？”

“你那些锁链，挣脱越久才越好，不是吗？”

14

三个人转移到草坪椅上坐下。乌莎忙活着烤她的棉花糖，加布则很安静，闷闷地盯着火焰。乌莎也没怎么说话，加布的沉默让她素日里的活泼健谈也跟着消沉了。

“蕾西明天走？”乔问。

“既然我都能起得来床了，她多半会走了吧。”他的眼睛依然盯着火焰。

“她住在哪儿？”

“圣路易斯。”

“挺好的。”

他抬眼看她：“好什么？”

“开车过来很近啊。”

“要是远一点儿更好。”

“她来得太多了？”

“也不是她想来。只要我妈妈一打电话叫她，她就会来。”

“你妈妈经常这样？”

“我打个盹儿打得久了点儿，我妈妈就给蕾西打电话。我太安静了不说话，她就给蕾西打电话。我早上偷个懒不想干活，她就给蕾西打电话。”

“为什么？”

“因为她觉得我会再度崩溃。”他瞥了乌莎一眼，想看看她是不是听得懂自己在说什么，“她很害怕我不再能照顾她和那些动物。”

“有过吗？”

他发出一声苦笑：“我怎么知道。”

“什么意思？”

“我从来没有机会看看，事情究竟会不会糟糕到那个地步。蕾西总是在那之前就出现了。”

“所以你就闭上嘴，消极罢工？因为你可以这样，她们也希望你这样。”

他的眼睛亮起来，比火光更亮：“一点不错！”

“那真是糟糕。有蕾西在，谁都得闭嘴。看到你能下床时，她那副模样，简直就像气疯了。”

“就是气疯了。每次因为我情绪低落赶过来之后，她都会抱怨。但我觉得她其实很享受，这能让她拥有一种力量感。”

“那就是她不让我们见你的原因。你可能有朋友了，这让她觉得受到了威胁。”

“某个可能给予我动力，让我从床上爬起来的人……就像你们这样的……对了，谢谢你们。”

“谢乌莎吧。我太懦弱，单凭我是做不到的。”

“乌莎，谢谢你坚持拔枪相助。我是说……不是枪……”

乔和乌莎一齐大笑起来。

他看上去好些了——也许真的是感觉好些了，因为他烤了两颗棉花糖，都吃掉了。不过，无论他在这里得到了什么，一回到他家那种有害的氛围中，必定会再次失去。“你出来的时候，你姐姐什么反应？”趁乌莎跑开去追一只萤火虫，乔问道。

“你想也想得到。”他把手里的棉花糖钎子扔进火里，“不，大概想不到，因为你是个正常人。”

“她说什么了？”

他看了看乌莎，确保她听不到。“首先，她疯狂攻击我给乌莎买衣服的举动。我们在谷仓那会儿，妈妈跟她提了这件事。我没搭理她，结果她变本加厉，把我给惹毛了。一向如此。她说我要是继续让乌莎来农场，会被人当成恋童癖。我问她这算不算威胁，她说有可能，还说我把乌莎抱起来的样子看上去很古怪。”

“太离谱了！”

“是的，很糟糕。她还拿你说事儿，来嘲弄我——好像她觉得我们俩在谈恋爱什么的。”

看来乔那时候的感觉没错。“真是个泼妇！就算是猜测你找到了爱人或朋友之类的，不也应该感到高兴才对吗？”

“我的幸福只会让蕾西痛苦，反过来也一样。从我还没出生，她就在恨我了。”

“你知道她对我说了什么吗？”

“什么？”他警觉起来，很显然，他不相信自己姐姐说的任何话。

“她跟我说，我现在就该抛弃你，总好过等我考察结束之后再抛弃你。”

“她真该死！”他一边说，一边抬眼望向自家小屋的方向。

“不必在意，我能明白是怎么回事，只是觉得你应该知道这件事罢了。”

他探究地看着乔的眼睛。“她还说什么了吗？”

“大体就是这些。”

他目不转睛地盯着她，仿佛要找出她的回答背后所隐藏的真相。

“你觉得她会说什么？”

他垂下眼睛，看着自己那双夹在膝盖间搓动的手。“她和我妈妈都觉得是你让我变得消沉——因为在这之前，我最后是和你在一起。”

在他第一次消失时，乔就猜到了七八分，但她不想去追问真假。这个问题只会导向她自己，关乎看星星那晚她为什么突然变得冷淡。她永远不想跟人说起，那些外科手术是如何改变了她对自己身体的看法。她只能暗自面对这样荒芜的自己。

加布转过头看着她，说：“她没有权利这样对你。我很抱歉，把你扯进了我们家的麻烦里。”

“没关系。我也很抱歉刚才说她是泼妇，我不该这样。”

“为什么不？”他抬起双手，拢在嘴边圈成一个喇叭，冲着自己家的方向大喊，“你是个泼妇！”

“我很怀疑她听不听得到。”

“谁知道呢，只要声音大一点，这些房子之间相互都能听到。我敢肯定你能听到我们的母牛叫。”

“的确。”

“我说的是蕾西。”

“好了，到此为止吧。我们应该为她感到遗憾。通常来说，像她这么刻薄总是有原因的。她离婚了吗？还是遇到过什么类似的事情？”

“没有。不过在她为什么会越来越刻薄这个问题上，你说得没错。她一直想得到父亲的认可，非常讨厌父亲在我很小的时候就夸耀我有多聪明。她选择文学专业基本上就只是为了让父亲高兴，为此还一心想成为作家，可是失败了。大概就在那个时候，她才真正变得刻薄起来，总是毫无同情心地取笑我，戏弄我，直到我忍不住发脾气。她乐在其中，总想让我在父母面前表现出糟糕的样子，特别是在父亲面前。”

“非常典型的手足争宠范例。”

“一个二十多岁的女人跟一个小孩子玩游戏，为的只是能够碾压他，然后告诉他他有多蠢，也典型吗？说她刚出生的弟弟长得像只癞蛤蟆，而且一直到他成年以后都管他叫蛤蟆先生，也典型吗？和她在一起，我觉得自己就是世界上最丑陋、最愚蠢的东西。”

“这太可怕了。我真的很难过。”

“没关系。我很早以前就想开了。”他嘴上这么说，可怨愤的语调却否定了这般声明，“从她把我扔在树林里的那天开始，我就不再期待她会喜欢我了。那时我在为妈妈摘鲜花，她就那么走开了。我到现在还记得当时有多害怕。”

“那时你多大？”

“五岁。妈妈花了一个小时才找到我。那天她本来打算写一首诗，所以叫蕾西带我出门散个步。蕾西撒谎说我自己跑不见了，还一直不停地说，要是我能聪明点儿的话，早就自己找到路回家了。”

“天哪，但愿她没有孩子。”

“她有两个儿子，都被她宠坏了，现在都上了大学。”

“她有工作吗？”

“她在家当全职妈妈，虽然一直在写作，但一本书也没出过。她觉得自己让父亲失望了。其实她原本就不该为了讨好他而选择这个专业，特别是在意识到自己并没有写作天赋后。”

这个话题还没聊完，乌莎就回来了。“你们在说蕾西吗？”

“是的。”乔说。

“刚才我在那边时，你们为什么大喊大叫？”她问加布。

“只是闲着好玩。”

“我还以为蕾西来了，要带你离开。”

“她不能拿我怎么样。”

“你要留下来吗？”

“我一会儿就走了。我肯定你们两个都很累了。”

“你必须留下！”乌莎说，“要是回去了，她们又会把你关起来。这一次她们一定会记得锁门，那我们就没法救你出来了。”

“倒也不至于到这个程度。”他说。

“求你了，好吗？乔也希望你能留下来。乔，跟他说不要走！”

“也许你不该回去。”乔说，“也让你姐姐看看，你还有自己的生活。你妈妈也应该学会明白这一点。她为什么不去圣路易斯跟蕾西住住，好让你也能喘口气？或者雇个人照顾她。是谁决定你就该一直负责提供照顾？你还这么年轻，这副担子太重了。”

加布凝目望着她。

“抱歉。”她说，“我一累就容易胡乱发表意见。”

“不用道歉，你说的句句都是大实话。”

“那就给她们一个教训，今天睡在沙发上。乌莎可以跟我睡——如果你愿意的话。”

“可以，没问题！”乌莎大叫着，高高举起双手，“明天加布可以跟我们一起去萨莫斯溪！那是最棒的地方，加布！像个魔法森林！”

“我还从来没见过魔法森林呢。”他说。

“那里的确神奇极了。”乔说。

15

“嘿，乔……”加布站在三十码外齐胸高的灌木丛里。

“什么？”她高声回应。

“我觉得这儿有个鸟巢的标记不见了。”

她赶紧穿过树丛朝他走去。“我不相信！难道你真的能在第一次野外考察的第一个小时里就找到一个鸟巢不成？”

“里面有三个白色的蛋。”

“那是靛蓝彩鹀的巢！”

乌莎听到动静，也朝这边跑过来。她和乔同时来到加布身边，一起低头看向筑在草茎间的鸟巢。“恭喜你，找到了你的第一个鸟巢。”乔说，“见鬼，这下我得给你也开一份野外考察助理的工资了。”

“说不定比我卖鸡蛋赚得多。”

“现在我们都是鸟类学家啦！”乌莎说。

加布伸出一根手指碰了碰小小的鸟蛋。

“有点震撼，是不是？”乔说。

“我以前见过鸟巢，但在努力寻找时恰好能找到一个，感觉更好。”

“瞧着吧，搜寻鸟巢会让人上瘾的。这其中另有奥妙……你正在解开荒野的小秘密。”

他笑了。

“我听着是不是像个疯子？”

“不，我完全能明白。”

他看着乌莎照乔的口述做记录，在一张新的数据表格里填上地点、日期和状态描述。她很用心地在“发现人”一栏填上了“加布里埃尔·纳什”。

“我也为科学贡献了一条数据，我的存在再也不是毫无意义的了。”他说。

乔喜欢这个说法。“我们最好赶紧走。”她说，“鸟爸爸鸟妈妈已经快急疯了，我们可不希望把猎食者给招来。”

“没有猎食者能碰我的鸟巢。”走出一段路后，加布冲着森林里大喊。

“也许这么说一下就能有魔法来保护它了。”乌莎说。

“那可以当作一个新的研究课题。”加布说，“《论魔法在保护鸟巢免受猎食者侵害中的应用》。”

“我敢说你一定能拿到美国国家科学基金会的科研经费。”乔说。

“乌莎·梅吉尔是我的联合作者。”

“哦，你绝对能拿到经费。”乔说。

加布开局时的运气并没有延续到下一个观测点，不过他对最后一片考察区域抱有很高的期待——那是乌莎的魔法森林。他们在中午过后抵达了萨莫斯溪。加布立刻被草木葱茏的山涧、长满青苔的瀑布和汩汩溪流边蕨草遍布的岩石滩给迷住了。他告诉乌莎，他已经感觉到了魔法的存在，并且时不时地宣称自己看到了宁芙仙子、林中精灵或是独角兽。乌莎也开始看到各种幽灵精怪。很快，这两个家伙就沉迷于寻觅奇幻生物而不是鸟巢了。乔喜欢他们这个模样，哪怕这多少有点儿叫人分心，没法专注在工作上。

任务过半，他们在一如往常般清澈的大水潭边坐下，继续吃下半顿午餐。没等乔爬上她最爱的大石头开吃，乌莎就甩掉了鞋子，跑到水里开始抓鱼。“先吃点东西，不然一会儿衣服就全湿了。”乔冲她喊道。

“我不想吃。”话音刚落，乌莎整个人一个前扑，扎进了水潭的最深处。

“我的职业技能也就到此为止了。”乔说着，递给加布一个火鸡切达奶酪三明治。

“她是个好孩子，不需要规矩来约束。”

“只有一个问题叫人恼火——无论我怎么请求，她就是不肯告诉我她究竟从哪儿来。”

加布挨着她在岩石上并排坐下。“她跟你说过她从哪儿来了。”

“是啊，天空中那个大鸟巢。”

“有时候我几乎要信了。”他说，“她跟我见过的任何孩子都不一样。”

“我明白。而且还是没有人找她。”

“你还在上网查？”

“一直在查，但一次比一次艰难。我开始害怕看到她出现在其中某个网页上，那样的话，她就要回到那些连她失踪了都不报警的白痴身边去。”

“他们带不回去的。她会被送到某个家庭里寄养。”

乔抬头看着他：“我们还要等多久再寻求警察介入？已经快两个礼拜了。”

他捏着三明治的手垂下来，瞬间没了胃口。“最近几天我常常在想这个问题。”

“我无时无刻不在想。必须找个办法，把她交给警察。”

“是的。”

他们在沮丧的沉默中吃完了三明治，一边看着乌莎玩水。乔递给加布一个装满水的水壶，自己打开另一个。“早上你回家换衣服时，你姐姐和妈妈有什么反应吗？”

“蕾西大发雷霆，因为她想回圣路易斯。”

“你妈妈怎么说？”

“她惊呆了，什么也没说。”

“为什么惊呆了？”

“你知道原因的。”

“不，我不知道。莫非就因为你在面对高压的大学生活时崩溃过一次？就因为这样，你的生活就比蕾西的更应该拿来牺牲？凭什么？凭什么你就不能抽出一天时间来和朋友放松一下？他们这是故意不让你康复，不让你重新出发，因为他们需要你扮演一个二十四小时在线的全职看护。”

“没那么简单。”

“我不觉得。”

他注视着她的眼睛：“我病了，没办法就这么‘康复然后重新出发’。”

“如果你相信这种说法，那就不可能做到重新出发。”

“和大多数没有体会过这种疾病的人一样，你对抑郁症的看法太乐观了。”他把水壶放在乔的脚边，起身朝乌莎走去。乌莎离溪岸不远，正站在齐膝深的水里，尝试从一棵巨大的美国梧桐虬结的根里抓住什么。

“你看到了吗？”她说，“我抓到一只大青蛙，可它跑掉了。”

“你的帅气王子就这么跑了。”他说。

“谁要愚蠢的帅气王子啊！”

“那聪明的帅气王子怎么样？”

“这片魔法森林里没有王子。”

“唔，很现代的观念。”

乌莎朝深水处走去。“你来吗？”

“我看我得来。”他说，“这会儿我感觉全身上下都在刺痒。”

“那是荨麻的缘故。”

“我知道。从今天开始，‘荨麻’这个词对我来说有了全新的意义。”他脱掉靴子和芝加哥大学的T恤，保留了牛仔裤。乔忍不住盯着他赤裸出来的身体看，因为长期干农活的关系，那副躯干被锤炼得精瘦而强健。他下了水潭，蹚着水走到足够深的地方，猛地一头扎下去，消失了。再钻出水面时，他大笑着甩动头发，水珠四下飞溅。“这水好凉快！”他冲着乔喊，“你也该下来。”

“乔不想弄湿她的资料记录单。”乌莎说。

乔走到水潭边。

“你来吗？”乌莎问。

“既然你这么说，我就非下来不可了。”

“我说什么了？”

“说我不想弄湿记录单，说得我像个书呆子似的。”

乌莎欢呼着跳到加布背上，像小猴子一样挂在他身上。

乔脱掉登山靴，把户外长裤卷到膝盖。麻烦之处在于，她的确不希望一会儿继续工作时把数据记录表弄湿，可那身为了防荨麻和蚊虫而特意里外套了两层的上衣怎么也不可能干。

她解开衬衫领口的扣子，抓住长袖衬衫和T恤的下摆，一把从头上脱了下来。之所以这么做，或许是因为她跟坦纳说过，她很满意自己现在的样子；或许是因为妈妈说过，要她“带着她们两个人的热情活下去”；又或许，她脱光上衣是想告诉加布，她懂得如何“重新出发”。无论理由是什么，上衣已经脱掉，冷水泼溅在火热胸脯上的感觉也棒极了。

乌莎对此没什么反应，平日里换衣服时她已经见过几次乔的胸部了。可加布明显有些不知所措。他的目光第一时间落在了那些伤疤上，然后立刻转开，又挪回来，只是这一次，看的是她的脸。

“要是刚巧有护林员经过，不知道我会不会因为有伤风化的暴露行为而遭到逮捕。”乔说，“但其实根本就没什么东西可暴露，那到底还算不算有伤风化呢？”

“好问题。”加布说。显然，这一点小幽默让他开始放松下来。她感觉很好——头一次向一个男人展露她如今的胸脯，地点是森林的水潭中，而不是卧室。这样没有压力。在丛林间她是放松的，跟从前一样，彻底的放松。她将胳膊插进水里，开始游泳横穿水潭。一个翻身，她钻进水下，一直游到水潭中央才钻出来。乌莎从加布背上跳到她的背上，张开胳膊抱着乔的锁骨。“下水很好玩吧？”

“的确很好玩。”

乌莎将她沁凉湿润的嘴唇贴在乔的耳朵上。“我们来泼加布。”她悄声说。

“好。”乔悄声回答她，“一，二，三——”乌莎从她背上跳下来，落进水里，疯狂地朝加布撩水泼过去。乔给她帮忙，但没那么兴奋。

“不公平，二对一！”他说。

“你块头大。”乌莎说。

加布轻轻挥动双臂，把强有力的波浪推向她们。乌莎抓住乔的肩膀，双腿拼命踢水。

“我投降！我投降！”他说。

“女生赢！”乌莎大叫。

“当然是女生赢，我根本没有机会。”

“嘿，你们听到了吗？”乔说。他们安静下来，听到西南面传来隆隆的雷声。

“还不算近。”加布说。

“可我们还得走一大段路才能回到车上。”乔打算出水上岸了。她不喜欢雷声昭示的距离，何况声音的密集程度足以说明，一场雷电交加的暴风雨很快就要来临。

“我能先吃完我的三明治吗？”乌莎问。

“赶紧吃，趁加布和我穿衣服的时间。”乔说。

他们刚穿好衣服，乌莎刚吞下她的三明治，林子里就暗了下来，雷声愈发响亮了。

“暴风雨移动得很快。”加布说。

“是最糟糕的那种。”乔说。

他们选择走岩石河滩，尽可能避开溪岸浓密的植被，但这样一来就得往上游绕点远路，那里的溪水更深，他们还必须步行穿越森林。风呼啸着冲过树梢，气温降了至少十度，天色变得一片青黑。

“像晚上一样。”乌莎说。

“躲一躲还是跑？”加布问乔。

“我从来不知道该选哪个。”

“我们跑吧！”乌莎说，“太吓人了！”他们撒腿跑起来，乌莎一路哇哇大叫。乔能感觉到，“轰隆隆”的响雷和骤然砸落的大雨给乌莎带来了怎样的兴奋。风驰电掣，越来越强，树枝开始“咔嗒嗒”作响。乔想找个地方避避雨，但什么也找不到。

“快到了。”加布在交加的雷声和风声中大喊。

“乔！”

乔停下脚步，转过身。加布跪在地上，俯着身子，护着乌莎。乔赶紧冲过去，却看到乌莎仰面瘫倒在草木间，面容松弛，双眼紧闭。她的心疯狂地跳起来。“她绊倒了？”

加布拨开乌莎湿漉漉的头发，给乔看血迹。

“被树枝打到了。”

那根树枝足有乔的手腕那么粗。乔跪在乌莎身旁，轻轻揉搓她的脸颊。“乌莎？乌莎，你能听到我吗？”

乌莎睁开眼睛，但瞳孔里一时还找不到焦点。

“我们得带她去医院。”加布说着，伸手横抱起乌莎。乔跑在前面去开车门。

加布把乌莎横放在后座上。“你陪着她。我知道最近的医院在哪里。”

“哪里？”

“马里恩。我和我父母在那儿住过。”他拿过车钥匙，从背包里另外抽出一件T恤递给乔，“用这个按着伤口。”

乔轻轻托起乌莎的头，放在自己腿上。加布负责开车，她一直用那件T恤按着乌莎的伤口。雨点、响雷和闪电齐齐向汽车袭来，雨刷疯狂地摆动。一切仿佛都在呼应乔的慌乱。

乌莎想坐起来。“你受伤了。”乔说，“别起来。”

“我没事，一根树枝打到我了。”她勾起头看了看加布，“为什么是加布在开你的车？”

“因为我知道医院在哪里。”加布说。

“我不去医院！”乔完全压不住她，“我要回家！别去医院！”

“你昏过去了至少十秒钟。”加布说，“可能会有脑震荡，而且伤口也需要缝合。”

“我就是开了个玩笑！我没有真的昏过去！”

“你昏过去了。”乔说。

“一切都会好的。”加布说。

“不好！”

乌莎是对的。要是到了医院，就再也没有什么会是“好的”了。要怎么解释乌莎和他们一起出现在森林里？更糟糕的是，她已经在金尼小屋住了差不多两个礼拜了。要是给学校知道，乔多半会有大麻烦。

“警察会来吗？”乌莎问，显然是想到了同样的问题。

“是的，警察有可能会来。”加布说。

“他们会把我从你们身边带走的！”乌莎说着，眼泪刷刷地滚下来，“我不走！”

乔想拥抱她，可乌莎把她推开了。

“我很抱歉。”加布说，“但我们必须做出对你最好的选择，哪怕你不愿意。”

乌莎安静下来，泪珠不断滚下她的面颊。雨势和雷声都减弱了，车里唯一的声响就是雨刷不时刷过的“嗖嗖”声。开到马里恩城外时，他们遇到了红灯，加布随着前一辆车放慢了速度。还不等他们的本田车停稳，乌莎就猛地弹开身上的安全带，拨开门锁跳下车去，反手重重地甩上了车门。乔越过座位猛扑过去，但乌莎已经窜进了树林边缘的一片灌木丛中。等到乔拨开那片稠密的灌木钻进去时，乌莎已经不见了踪影。“乌莎！”她大声呼喊，“乌莎，回来！”

加布从灌木丛中钻出来，扫视着树林。“她一定是躲起来了。这么点儿时间，跑不了多远。”他往林子里跑了一小段，停下来。“乌莎，我知道你能听见！”他喊道，“出来，我们谈谈，好吗？”

“乌莎，求你了！”乔大喊，“出来吧！”

他们搜索了每一棵粗大到有可能藏住她的树。

“她还在跑。”乔说，“我们找不到她了！”

“乌莎！”加布声嘶力竭地大喊，“你出来，我们不去医院了。”

他们等了等。雨滴从树叶上坠下，一只山雀愤怒地鸣叫。

“她跑了。”乔说。

“看来是这样。”眼看乔就要哭出来了，加布又说，“会找到她的，我们沿着她跑的方向开车去找。”

"那是个承诺吗？"乌莎的声音从他们背后传来。

他们转过身。她就站在路边的灌木丛边。

"要是你们不答应带我回家，我还会再跑掉的。"她说。

"可是……你的家在哪儿？"加布说。

"我地球上的家就是和乔在一起！"她大喊。

"乌莎……"

"如果你们说话不算话，就再也不是我的朋友了！你刚才说了，我们不去医院！"

"我们不去。"乔说。

"你发誓？"

"我发誓。"乔慢慢地朝她走去，让她保持平静，"你的头怎么样了？"

"没问题。"

乔走到她面前，拨开她的头发查看伤口。"看，不流血了。"她对加布说。

"那是因为她这颗脑袋是我这辈子见过的最硬的脑袋。你刚才到底在哪儿？"

"在一个金属东西里。"乌莎说，"就在这里面。"她领着他们俩钻进灌木丛，指着一个管道出口给他们看，那是一段带瓦楞纹的排水管，雨水打着旋儿从里面流出来。若不是她领着，他们永远都不会发现她躲在这里面。

"我认输了。"加布说，"这个小外星人比我聪明太多了。"

"我们能回家了吗？"乌莎问。

"我们这就回去。"乔说。

16

乔的本田还没停稳，乌莎就蹦下了车，捡起树枝朝小熊扔过去逗弄。回来这一路她都表现得非常兴奋，像是拼命要证明，她头上挨的那一下完全没问题。

乔打开门。“乌莎，进来泡个澡。”

“你是说冲个澡？”乌莎说。

“不，我不想让你站着洗澡。”

“我没事。”

“最起码，你的头一定是疼的，照我说的做。我马上就进浴室帮你。”

“我不用帮忙。”乌莎说着，还是乖乖地进了屋。

加布依旧套着那件染了血迹的T恤，这时正拿起背包放进他的卡车后座里。“她看起来状态还不错。”

“我觉得很大一部分是装出来的。”乔说。

加布把之前用来按压乌莎伤口止血的T恤丢到背包旁边。

“你收拾好以后会再过来吗？”

“你想让我来吗？”加布问。

“想。要是半夜里叫不醒她或者有别的什么情况，我该怎么办？”

“这就是我们把主动权交给她所必须承担的风险。”

“行了……我已经感觉够糟了。”

加布轻轻拍了拍乔的胳膊。“我很快就回来。”

“欢迎来和我们一起吃晚饭。”

“你确定这里的食物还够吃吗？昨晚我放东西时看到冰箱

已经快空了。”

“我知道，只能用你拿来的鸡蛋做煎蛋饼了。”

“我会带些吃的过来，晚餐就交给我吧。你看上去累坏了。”

“你肯定也是一样。”

他疲惫的笑容证实了这一点。“我们能行的。我很快就回来。”

乔让乌莎脱掉衣服，坐进热水里。清理好她头上的伤口之后，乔把沐浴液挤在洗澡巾上，递给乌莎，让她自己洗身体。从浴室出来的乌莎换上了一套粉红色的凯蒂猫睡衣，是她和加布上一次在庭院旧货市场里买的。接下来轮到乔去洗澡，尽管乌莎不愿意，可乔还是设法让她在沙发上躺了下来，休息一下。

乔冲完澡，换上了短裤T恤，走出浴室时，加布已经在厨房忙活开了。“希望你不介意乌莎开门放我进来。”他说，“我想快一点把晚餐做好。”他把鸡肉放进烤盘里调味腌制，旁边的炉子上还热着面包丁，也是他带来的。

“看起来棒极了。”乔说。

“我想负责做馅儿，可他不让。”乌莎说。

“因为你应该休息。”加布说，“回沙发上去。”

“我不是病残人士。”她一边朝客厅走，一边说。

“病残人士。”加布说，“我姐姐都不会用这样的词，她还是个作家。”

“蕾西怎么样？”

“气炸了——这里的人有时候就是这么说的。”他在融化的黄油里加了些水，调匀，再把面包丁倒进去，“要我说，她大概在怀疑我们是不是实施了一场谋杀。”

“血迹！你怎么解释的？”

“我跟她说乌莎受伤了，结果又引来一通长篇大论，批评我如何不该带着别人家的孩子到处乱跑。她威胁说要报警。”

“她会吗？”

“你永远不知道蕾西会干出什么。”

“你这次离开时她说什么了？”

“她要求我停止我幼稚的行为——留在家里——这是她的原话。她说，不管怎么样，她明天一早就要走。”

“那你今晚得回家吗？”

他停下手上搅拌的动作，转身面对她。“你要我今晚留下来，我留下来了。”

“但总得你自己愿意才好。”

“我愿意，我也担心乌莎。”

“晚餐要我帮忙做点什么吗？我们好像还需要一道蔬菜。”

“都准备好了。蕾西和我妈妈有多的青豆王米放在冰箱里，只要热一下就好。”

一个小时后，他们坐了下来，餐桌上放着鸡肉、焗烤面包丁和蔬菜。加布还带来了半盒大理石纹巧克力冰激凌当甜点。乔撑着了，吃不下冰激凌，乌莎和加布倒是一人吃了一碗。“看来，你脑袋上挨的那一下至少没有影响胃口。”加布对乌莎说。

“我早就跟你们说了，不用去医院。”

“好吧，你把我们吓坏了。你的魔法森林到此为止了。”

“那不是森林的错。”乌莎说，“是我让它发生的。”

“你让一根树枝敲了你的头，差点要了你的命？”

“才不会要我的命，不过就像我跟苔比和乔说过的，有时候不得不先出一点坏事，然后才能有好事发生。”

“那么，接下来的好事是什么？”加布问。

“你又留下来过夜了。”

“你知道你受伤的话我就会留下来过夜？”

“不能说知道，一切就这么发生了。我们赫特拉叶星人会释放出一种看不见的微粒，有点像夸克——但不一样——如果我们遇到了喜欢的地球人，这种微粒就会起作用，让好事在我们的生活里发生。”

加布放下勺子，搁在自己的空盘子里。“那么，我猜这些有点像夸克的东西可能是在发射好的波频振动。”

“它们可以改变人们的命运。”

“我在这里过夜真的这么好吗？好在哪儿呢？”

“我和乔都喜欢你。”她端起冰激凌碗，喝掉化在碗底的冰激凌汁，“再说了，你也不想跟你那个凶姐姐待在一起，对吧？这是另一个好处。”

“你怎么看，科学女士？”他问乔。

“有什么不可以呢？我们看不见重力，可它对我们影响重大。”

“真理。”他站起身，把乌莎的碗叠在自己的碗上面，“也许明天我就能在枕头底下找到一百万美元。”

“大概不会。”乌莎说。

“为什么不？”

“那些夸克微粒知道你真正想要的是什么。”

“我不想要一百万美元？”

“我想是的。”

“可恶。”他走到水槽边开始洗碗。

“你有没有地球人说的那种叫‘布洛芬’的药？”乌莎问乔。

“你头疼吗？”

“只有一点点。”

“不要说谎，疼得有多厉害？”

“有点厉害。”看到乔和加布交换了一个眼神，她说，“我不会有事的，只是听说冷毛巾加布洛芬很管用。”

她从前一定有过这样的经历。是谁曾在她生病时这样照顾过她，那个人又为什么不报警说她失踪了？

乔和加布带着乌莎回到沙发上，给了她一片布洛芬，让她躺下来，把一条冷毛巾搭在她的眼睛和前额上。他们关掉房间的灯，点燃乌莎那两支蜡烛。下一秒，乌莎便沉沉睡去了。乔坐在沙发边，关切地盯着她的一呼一吸。

“你不能这么坐一整夜。”加布说。

“我必须守在她身边。”

“我来把她抱到你床上去吧。”加布抱起乌莎，走进第一间卧室，把她放在双人床垫上，床垫是直接扔在木头地板上的。他拉开乔的毯子，为乌莎盖上，细心地掖好肩头，又拨开覆在她脸上的头发。当他抬起头时，看到乔在微笑。“你这就打算睡了吗？”他问。

“我会尽量醒着，好看着她。”

“不介意我坐在床边吧？”

“当然不。”她起身去把两支蜡烛拿进来，一支放在梳妆台上，另一支放在床头柜上，然后在床垫上坐下，面对着乌莎。加布坐在乌莎另一边的地板上。

“我今天过得很愉快。”他说，“当然，是在乌莎受伤之前。”

“你对高温、昆虫和丛林穿越都适应得非常好。”

“更不用说蜇人的荨麻了。”

“是啊，不过这个还是不提为妙。”

两个人都陷入了沉默。加布拿起乌莎身边的书。“《五号屠宰场》。”他念道，然后捧起书翻开，“我还从来没见过这本书的精装版，这得有多老了？”

“一九六九年印刷的，就是这本书出版那年。”

他抬头看着她：“封面也是首版的？一定很值钱。”

“品相不太好了，不过的确是无价之宝。它是我祖父留下来的，传给了我爸爸，然后是我哥哥，最后是我。我妈妈也读过不止一次。”她伸长胳膊，越过乌莎，从加布手中接过书，放在自己盘坐的双腿上。“我们经常讨论这本书。”她说着，轻轻地抚摸封面，“这是我们家所有人最爱的书。”

“我爸爸也会喜欢。”

“什么？”

“这样的方式，通过一本书，与你的父母延续联系。”

的确如此，而且还不止这一本书。她拥有父母的几乎全部藏书，每晚入睡前，或是偶尔失眠时，她都能在书中找到他们留下的讯息。阅读时，她的手指触碰着的，是他们曾经触碰的书页，父亲和母亲就在那里，与她同在。

“你的家庭听起来很有意思，每个人都喜欢这样一本不寻常的书。”

“我们家的确很有意思。”她说，“不过说实话，多少有一点怪。有时候，这会让我和哥哥很难跟别的孩子打成一片。”

“怎么回事呢？”

她想了几秒钟，说："自打进入野生生物学领域，我就注意到，大多数在大自然里工作的科学家和其他人多少有些不同。这也许跟他们长时间远离人类社会的舒适安逸有关，但最根本的差异并不在于他们能够抛开社会生活，而是他们似乎更需要这样。大自然对他们来说不可或缺，是精神体验的需求。"

烛光下，加布双目灼灼地盯着她。

"我的父母就是这样，很少带我们去做其他孩子常做的事，类似去游乐园啊，去度假海滩之类的。我们的周末就是去徒步，划皮划艇，寻找蝾螈或化石。我们家的度假旅行常常都是野营性质的，有时候会去到很远的地方，比如到缅因州看海鸭，到犹他州看岩石构造。无论到哪儿，我们都会玩'石头狩猎'的游戏，就是去找矿石和宝石。"

"酷。"

"是的。你该看看我家的收藏，我爸爸对地理的激情会传染，完全是一种狂热。他总是指着身边的环境向我们解说地理地貌。光听我这么说你也许会觉得挺枯燥，其实不是。当他描述大自然的力量是如何塑造地球时，那种方式简直就是诗意的。"

"听起来，他是个有趣的人。"

"是的。还有我妈妈，她也拥有自然的力量，却是另一种形式——松弛的微波涟漪式。如果我在学校或朋友之间遇到了麻烦，她总能让我觉得，那根本就不是什么大事，然后帮我找出其中积极明朗的一面。还有她的花园，绝对一级棒，那就是一片城市中心的原野，有鲜花、池塘和草木。我的朋友苔比常常说，她坚信有精灵住在我妈妈的花园里——它就是那么有魔力。"

"你们住在哪儿？"

“埃文斯顿，我爸爸在那里的西北大学教书。”

“真的假的！那儿离我爸爸教书的地方不远。”

“到芝加哥还是挺远的。”她说，“你爸爸在芝加哥大学，你们是住在城里吗？”

“在布鲁克菲尔德，住在我爸爸从小长大的房子里。你知道那里吗？”

“知道，我去过几次布鲁克菲尔德动物园。”

“我家离动物园只有半英里。”

她垂下眼帘，看着膝头的书。“真是奇怪……”

“怎么？”

“当初从你手里第一次买鸡蛋时，我从没想过我们的成长背景是如此相似。”

“你觉得我就是个只会端着枪乱瞄的愚蠢红脖子乡下佬？”

“我不知道你是什么人。”

两个人都不知道接下来该说什么了，但这样的沉默并不尴尬。乔站起来，把书放到床头柜上，又到客厅拿来沙发上的枕头和毯子，放在乌莎身边的床垫上。“你看起来很累了。”她对他说，“为什么不躺一会儿呢？”

“你确定？”

“我们俩都在这里，能把她照顾得更周全。你醒的时候可以看看她，我也一样。”

“我觉得她没问题。”

“她那么快就睡着了，而且我们说了这么久的话，她都没动一下。”

“因为她累坏了。”

“的确，还是让她好好睡一觉的好。”

“好主意。”

乔把手机闹钟设到早上七点，吹灭了那两支蜡烛。回到床垫上躺下时，她听到加布在乌莎另一侧做着同样的动作。

“你那边地方够吗？”她问。

“足够睡觉了。”

嵌在窗户上的空调发出“嗡嗡、咔咔”的声响，乔只希望这不会影响加布睡觉。她更愿意在夜里倾听原野和森林的声音，不过要是屋里太闷热，也就没法睡得安稳。

“很抱歉跟你唠叨了这么多我家的事。”她说。

“不必道歉，我很喜欢听。”他说。

“有机会的话，我也想多听听你父母的故事。跟着一位诗人和一位会在树林里造木屋的文学教授长大，一定很奇妙。”

片刻的沉默后，他说：“的确很奇妙，但不是你想的那种。”乔在黑暗中支起胳膊，半撑起身子，想看看他。“这话怎么说？”

“没什么。”他翻过身，把脊背留给了乔。

17

窗户“咔嗒嗒”地响个不停，乔睁开眼睛，仔细辨认外面的动静。就在这时，又一阵长长的响雷将窗框震得拼命摇晃起来。她先伸手探了探乌莎的鼻息，然后抓起手机——六点零三分。又过了几分钟，她终于连上了网，点开天气预报。墨西哥湾的热带风暴余威扫到了伊利诺伊州南部，预计降雨至少会持续到中午。远处，又一阵雷声滚过。

“来得正是时候，又一场暴风雨。”加布说。

“是啊，看来我只能多睡一会儿了。这对乌莎有好处。”她关掉手机闹钟。

“下雨你就不工作？”

“下雨天把鸟从窝里惊出来就不好了。”

“有道理。”

“加布？”乌莎坐起来，睡眼蒙眬地看向他。

“再睡会儿。”乔说，“下雨了，今天不出门。”

“好。”她侧身蜷起，一手搂着加布，又睡着了。

“好了，看来我一时半会儿是起不来了。”他说。

“别起来。”乔说，“下雨的早晨最舒服了。”

他们又睡了两个钟头。乌莎首先醒过来，仰面躺着，一手搭在乔的身上，一手搭在加布身上。“真像个鸟巢，我觉得自己就是一只小雏鸟。”

“我打赌你也跟小雏鸟一样饿了。”乔说。

“是的，不过我一点儿也不想离开鸟巢。”

加布坐起来，说：“你的一半鸟巢要去洗手间了。”

“加布！”

“抱歉，小鸟，我去煮些咖啡。愿意的话，你可以再躺会儿。”后半句是对乔说的。

“不。”乔说，“我也有同样的打算。”

乌莎的鸟巢转移到了厨房，在那里，她的“喙”被煎蛋、英式松饼和切片橙子填得满满的。洗好碗碟后，加布从卡车里取出工具来通厨房下水管道，最后把所有管子都拆了下来。就在他忙着将它们组装回去时，小熊突然在门外叫了起来。乔站在门廊上，眼看着蕾西那辆银色SUV停到了加布的皮卡旁边。她沿着门前的人行小道大步走过来，毫不理会连绵落下的雨水和小熊的威胁。“我要见加布。”她宣布，径直迈步进屋。

“请进。”乔冲着她的背影说。蕾西在厨房门口停住脚步，看见加布正蹲在地上拼水管，乌莎则坐在餐桌旁用她新得的彩色铅笔画一只靛蓝彩鹀。“还真是一幅天伦之乐图啊。”她说。乌莎的反应就像是看到山怪闯进了屋子，加布立刻站起身来。

“我猜她的破水斗比我今天要走这件事更要紧。”蕾西说。

“我看是的。”他说。

蕾西的火力转向了乌莎：“我听说你昨天受伤了。”

乌莎轻轻点了点头。

“怎么回事？”

乌莎不安地看了一眼乔。“暴风雨来了，一根树枝掉——”

“你父母对这事儿怎么说？我打赌他们一定很担心。”

“你来这里有什么事吗？”加布问。

“好几件事。”蕾西说，“多谢你昨晚洗劫了厨房，现在我们需要重新采购了。”

“大冰箱里多的是吃的。”

“噢，冰箱里可没有厕纸，偏巧我们还刚好用完了。还有，妈妈的湿疹软膏也用完了，你还没帮她买回来，她很心烦。”

“等这里的事情处理好我就去。”

“太晚了，我得走了。”

“我以为你现在就已经上路了，不是吗？”

“我也这么以为，偏偏你还在金尼家闲晃，家里还有很多事等着处理。”她冲着水槽点一点下巴，说，“乔治会感激你帮他修好这个的。也许你可以应聘给他当个杂工。”

蕾西从鼻子里喷出一声轻笑，离开了。加布的眼睛变得很奇怪，像玻璃一样。他转过身，盯着窗户外面，双手紧握水槽边缘。小熊吠叫着送蕾西离开，加布回过身，刚才的愤怒或是其他什么情绪从眼里消失了，不留一丝痕迹。

“给乔治·金尼当杂工，这背后有什么深意吗？”乔问。

“没什么，只说明蕾西就是蕾西。”他就地坐下，继续修管道。

接下来，乔花了两个小时把记录表上的数据输入到笔记本电脑里，加布拿着一副旧扑克牌教乌莎玩对战和单人纸牌游戏。十二点半时，雨依旧瓢泼一样下着，乔决定放弃野外工作计划，她得好好利用这个休息日，去洗衣房和杂货店走一遭。

乔问加布能不能留下来陪乌莎。她不想冒险把乌莎带到维也纳警局附近，万一碰到狄恩警官就不好了。如果乌莎终究要被警察带走，那么移交过程的主动权也必须掌握在乔的手里。不过她很清楚，到目前为止，小外星人乌莎才是掌握主动权的一方。

乔把两条用脏了的厨房毛巾塞进脏衣包里，加上乌莎的衣服，袋子已经快塞不下了。加布和乌莎坐在餐桌旁等番茄汤煮开。加布在教她玩扑克，拿牡蛎饼干当筹码。

“先是枪，现在是赌，”乔说，“你还真是坏影响的源头啊。”

“坚持不了多久了。”他说，“我们一直在吃我们的‘钱’。”

“很抱歉这里没有其他东西可吃了。”她说，“我会多买点儿吃的回来。”

“别忘了通心粉和奶酪！”乌莎说着，把手里的五张牌一股脑儿放到桌面上。“我有三个A，我赢了！”

“不许再用你的夸克作弊了！”加布说。

抵达镇上后，乔在洗衣房附近的一家咖啡馆里叫了份主厨沙拉，看着窗外悠闲而熙攘的小镇生活，她终于在熟悉的孤独中放松下来。过去这一年，她常常在心绪宁静时想起逝去的人，她的母亲和父亲，还有手术前的她自己。然而今天，她想的是活着的人——乌莎和加布。乌莎头上的伤好转了，这让乔松了口气。假如当初把乌莎送进医院，谁知道会发生什么。她和加布会不会遭到警察的盘问调查？无论发生什么，有一点是肯定的：乌莎将不能再和乔待在一起。万一乌莎被迫离开她和加布……乔根本不敢去想那一刻的情形。幸好，食物很快送了上来，她还来不及想太多。

乔把沙拉顶上的切片鸡蛋拌进菜叶里。放在几个星期前，她做梦也想不到，那个谜一般的鸡蛋男会成为她生活的一部分。因为小外星人的出现，一些看似不可能的事就这样发生了。她微笑着想起早上的情景：乌莎依偎着加布，全心全意地信赖他那温柔的天性。

她吃着吃着停了下来，专心体会一种令人惊讶的感觉油然升起。过去，当她被某个男性吸引时，常常会有这样的暖流在身体里涌起。她松了口气，原来自己的身体依然能够体会到这种感觉。不过也说不定是替代激素在起作用。

暖流在她冷静的评估下退去。这就是拥有双重理性基因的生活。无论如何，爱上加布这种事都不合时宜。她的研究是个大项目，通常至少需要一名助手协作才能完成。既然他并没有表现出任何超越友谊之外的兴趣，又有什么理由拿她的情感康复来冒险呢？他在她家里过夜也有两个晚上了，就连最细微的表示都不曾有过。

没人行动。也许他是被她的身体吓退了，又或者，只是被“癌症”两个字吓住了。像他这样富于同情心的人，大概不会想和一个缺乏正常生理构造的女人在一起。她叉起最后一口沙拉，吃掉，付账，离开。

回到家时，最后一丝乌云终于散去。金尼小屋旁的森林漂亮极了，金色的阳光下，每片叶子、每根树枝上挂坠的雨珠都闪烁着宝石般的光泽。

加布和乌莎不在屋里。加布留了纸条：

我们到溪里捞鱼去了，拿了那个破洞的网。你明白的，这得花些时间。愿意享受挫折的话，来找我们。

乌莎也在旁边写了一句：

希望你买了馅饼！！！

乔买了荷兰苹果派，顺便还买了点儿香草冰激凌。收拾好食物、杂货和干净衣服后，她决定放弃去溪边，着手准备晚餐的意大利面。差不多七点钟时，乌莎冲进前门，嘴里嚷嚷着：“你买馅饼了吗？看我们抓的鱼，真好看，叫鲈鱼！加布还教我认龙虱！它们身体下面带气泡，这样就可以在水下供氧了。”

“很酷啊！”乔说。

“我们还找到了这些幼虫，叫石蛾，造的房子会动哦，它们还会吐出像丝一样的东西，做成一个管子，然后在上面滚上沙子、小石子和木屑，这样就可以把它们柔软的身体藏在里面，不被吃掉了。”

“我见过，”乔说，“很神奇。”

加布走进厨房，把两个沾满泥沙的罐子放到水槽里，和乌莎一样，他的衣服都湿透了，上面满是斑斑点点的泥浆。乔尽量不去想他在森林和溪水里的样子该有多好看。“我都不知道，原来你还是个水生昆虫专家。”

“我可不是。”加布说。

“他就是。”乌莎说，“每样东西的名字他都知道！”

“你是自学的，还是有谁教你的？”乔问。

“乔治·金尼教的。好香啊，是什么？”他揭开锅盖。

“火鸡肠做的意面酱。”乔说。

“耶，馅饼！”乌莎欢呼着捧起厨房台子上的馅饼。

“放回去。”乔说，“那是饭后甜点，你得先把‘绿色的东西’都吃掉，才能轮到它。”

门外，小熊突然狂躁起来。

“见鬼，一定又是蕾西。”加布说。三个人一起走到窗前，不料却看到一辆警车沿着石子路开过来。下一秒，乌莎就消失了。后门“吱嘎”一声打开，又“嘭”的一声关上。乔不由得生出一股似曾相识的感觉。

“真他妈该死的蕾西！”加布说，“她过来那会儿我就知道要搞鬼。”

“我们怎么说？”

“照实说，尽量有什么说什么。”

乔走出纱门安抚小熊，让它不要纠缠警察，加布则待在门口的过道上。这次来的不是K. 狄恩。这一个年纪大一些，四十五六岁的样子，看上去却比大部分二十多岁的人还要精瘦健康，深棕色的眼睛里闪着警惕而锐利的光，带着几分谴责。

“你是乔安娜·蒂尔？”警官问。

“是的，我是乔安娜。”乔说，“有什么能帮忙的吗？”

警官走上前，完全不在意那只正冲他狂吠的小狗，目光仍旧牢牢锁定在加布身上。

“有什么问题吗？”乔问。

“也许该由你来告诉我。”警官拖长了调子，慢吞吞地说，“有人叫我来这栋房子里找一个受伤的小女孩。”

“谁？”

“你要知道这个做什么呢？这条报警信息究竟是真是假？”

“是有个女孩会到这里来。”她说，“两周前我报过警。”

他没料到她会这样回答。

“来的是狄恩警官。”她说。

警官点点头，严厉的态度缓和了些。显然，他跟狄恩警官很熟。

“可是那个女孩看到他来就跑了。”

“她为什么跑？”

“也许是害怕被送回家吧，她身上有瘀青。”

“你跟凯尔——狄恩警官——说过这个吗？”

“说了。”

“那个女孩后来又来过吗？”

“是的。有人报警说她失踪了吗？”

“有人报警说她有危险。你最后一次见到她时，她受伤了吗?”

“那是昨天，她的头破了，我帮她清理了伤口。”

“伤口像是因为虐待造成的吗？”

“不是，是在暴风雨里被一根树枝打到了。”乔的胃抽紧了，也许她说得太多了。要是他问起事情是在哪里发生的，该怎么回答?

“你见过她家里的人吗？”警官问。

“没有，我不知道她住在哪里，她不肯告诉我。”

警官朝加布望去。

“那是我的朋友，他就住在旁边那栋房子里。”乔说。

“你是这栋房子的主人吗？”警官问乔。

“我是租客，在这里做研究。”

“哪种研究？”

“研究鸟类。”

“好吧，总得有人干这个。”他说着，自己也忍不住笑了起来，接着大步走向加布，“你见过那个小女孩吗？”

“见过。”加布说，“她也会来我家。”他知道蕾西一定会把这事儿说出来，特意补了一句。

“她去做什么？”

“她喜欢那些动物。”

“你知道她现在人在哪里吗？”

“可能就在附近什么地方。”加布说。

“那是知道，还是不知道？”警官盯着他的眼睛，问。

“不久之前她还在这里，可现在已经走了。我们不知道她去哪儿了。”

警官点点头。“不介意我进屋看看吧？”他问乔。

这个要求让乔很意外，她一直以为警察得拿着搜查证才能进别人家。不过，加布冲她点点头，示意应该让他进去。“没问题。”她说完，返身拉开前廊门。

乔和加布跟在警官身后走进屋里。幸亏乔已经把乌莎的干净衣服全都收进了衣柜里，可万一他拉开抽屉检查怎么办？

警官在小小的房子里转悠着，一个一个房间看过来，一样一样东西检查。走到厨房时，他指了指用磁力贴粘在冰箱上的画，是乌莎画的靛蓝彩鹀。“那是谁画的？”他问。

“那个女孩。”乔说。

“你经常让她进来吗？”

“我很少在家，白天基本上都在野外做调查。”

“我问你是不是会让她进屋。”

“是的，因为我觉得她很可怜，显然没有得到合适的照顾。”

“这个女孩有名字吗？”

“她说她叫乌莎·梅吉尔，不过我觉得应该是假名……因为这其实是个星座的名字。”

“我知道那是什么。”警官说。他走到后门外，先是四下打量了一圈草地边缘，接着又走进那个废弃的棚子里彻底检查了一番。乔和加布站在前院的山核桃树下，看着他搜索房子周遭，他走到哪儿，小熊就跟到哪儿。“好吧，我没有看见小女孩。”警官说，“但为这孩子着想，如果再见到她，希望你们能给警察局打个电话，我不胜感激。”他抽出一张名片递给乔，“晚安。”

“晚安。”乔和加布异口同声回答。

他们目送警官爬上巡逻车，小熊一路叫着追在车后送他离开。等到警车完全消失在视野中，加布说："我得回家一趟，把蕾西踢回圣路易斯去。"

"别惹急了她！她可能干出更糟糕的事情。"

"我知道。其实只要我回去，她自然就会走。"

"这就是她这么干的理由。真不敢相信你竟然跟这么一个坏心眼的女人有血缘关系！"

加布抬脚走开。"回去之前，我想先把乌莎找回来。"

乔跟着他朝屋后走去。"上一次出现这种情况时，她没有走远，不过那会儿是在夜里。"

他们站在长满荒草的野地里四顾张望，轻声呼唤乌莎的名字，但不敢太大声，因为担心警官半路绕去纳什家再停留片刻。之后，他们顺着一条铺满断枝折叶的小路走到野地另一边，再往外是一片斜坡，一直插进森林里去。他们找了没多久，太阳就开始落山了，两个人都没带手电筒。

加布站在后门口，望着外面越来越暗的野地。"她躲起来了，应该是想等天黑以后再回来，看看警车走了没有。"

他们做了意大利面，却都没吃多少，馅饼也没动。十点了，他们在屋后的火塘里燃起篝火，想告诉乌莎，可以回家了。两个人就这样坐在草坪椅上等着，忧心忡忡，也没什么心思多说话。一直等到十点半，加布说："她要么是迷路了，要么就是根本没回来。你觉得呢？"

"她很信任我，之前两次都回来了，可她这么聪明，也很难让人相信她会迷路。她应该知道沿着火鸡溪就能走回这里，而且今晚的月亮也够亮，能看得见路。"

“我倒有个推测。”加布站起身面对草甸，“她从后门跑出去以后，可能直接往北穿过了那片深草，确保这栋房子一直隔在她自己和警察之间。假如她从后面那个斜坡下去，就会走到加斯里溪。”他指了指东面，说，“火鸡溪在这个小山坡旁边分流了。如果她离开的时候横穿了加斯里溪，又等到天黑以后再回来，很可能就看不到火鸡溪的分岔口。说不定，她会一直沿着错误的溪流走，还以为能找到我们。”

“你说得没错。火鸡溪的分岔口植被茂密，乍一看不太像一条溪流。”

“她知道那里的地形情况吗？”

“我想她不知道，她平时就只在这屋子和棚子旁边活动。”

他注视着漆黑的野地，捻着胡子。

“你是不是想起自己被蕾西扔在林子里的事了？”乔说。

他露出几丝惊讶的神色，似乎没料到她会将这两件事联系起来。“的确，我刚刚想的就是这个。”他说，“你有好一点的手电筒吗？我想沿着加斯里溪找一找。”

乔从装备中翻出一盏头灯给加布，自己拿了支普通电筒，然后招呼上小熊一起出发，期望它能听到或闻到乌莎的踪迹。

加布小时候在金尼家消磨过许多时光，知道下山通往加斯里溪的路哪一条最好走。他们一边走，一边不时喊一喊乌莎的名字，慢慢地蹚着水沿小溪寻找，还时不时被树根或石头绊到。小熊很喜欢这场旅行，动不动就冲进黑黝黝的树林里搜寻一番，但总会及时跑回来。

“如果她真的走出这么远，一定已经知道走错路了。她会掉头回来的。”四十分钟后，搜寻依然一无所获，乔开口道。

“我知道，要回头吗？”加布问。

“我想再往前走一点，现在还不是放弃的时候。”

他点点头，跟着她一起走。“乌莎，我是乔！出来！”她大声喊。又过了十五分钟，他们决定回头。乔努力忍住，不让自己哭出来。

加布不由得伸手搂住她。“没事的。”他说，“她很聪明，不会有事的。”他还穿着之前和乌莎一起下河捞鱼的衬衫，已经干了，可依然散发着溪水、湿沙和小鱼的气息。乔闭上双眼，任由自己沉溺在他这意料之外的亲昵所带来的温暖中。他搂得愈发紧了，看来他也需要她。

小熊突然叫起来，沿着溪流朝金尼小屋的方向冲去。乔和加布立刻弹开，跟着它一起往前跑。突然间，小熊的叫声停止了，他们转过一个弯，头灯和手电筒的光亮落到乌莎身上，她跪在溪水中，怀里搂着小熊。“乔！”她大喊着蹚过一片浅水滩，扑进乔的怀里，一阵呜咽迸了出来，“那个警察是来找我的吗？”

“他已经走了。”加布说。

乌莎转身抱住他的腰。

“你去哪儿了？我们刚才经过时你怎么没听到？”他问。

“我迷路了！”她说，“我想走那条通到主路的小路，可一直没找到。天黑了，看起来都不一样了！我回过头又走了很久，可还是找不到。”

“然后你就又回头了？”他说。

乌莎点点头，抬手抹过脸上脏兮兮的泪痕。

“她在我们西南面，我们却朝着东北方去找了。”他说。

“你很聪明，知道要跟着小溪走。”乔告诉她，“不过这条溪不对，它叫加斯里溪，不是火鸡溪。”

“所以看起来不一样了。”加布说。

“我吓坏了。”乌莎说，新的眼泪又流下来，“以为再也见不到你们了。”

加布蹲下身子，说：“到我背上来，我背你走一段。”乌莎爬上他的后背，双手搂住他的脖子。加布抓住她的双腿，站了起来。

“我会不会太重了？”乌莎问。

“乔，我背上是有只小石蝇在说话吗？”

“我想我应该是听到了它在吱吱叫。”乔说。

“加布和我今天看到一只石蝇幼虫。”乌莎说，“它们吃腐殖质。”

“词用得不错。”乔说。

“我今天刚学的，那是腐烂的植物和动物形成的一种黏黏的东西。”

“听起来很好吃。”乔说。

“你们吃馅饼了吗？”

“没有，我们在等你。”

回到金尼小屋后，加布在他的卡车旁放下乌莎。“我得走了。”他一边摘下头灯递给乔，一边说，“我必须回去，确保蕾西今天晚上就打包好行李。”

“我觉得是她报的警。”乌莎说。

“我也这么觉得。”他转向乔，“千万别让其他人看见乌莎。暂时就不要带她到路边找鸟巢了。”

“我明天不在火鸡溪路工作。”

“很好。”他微微侧身转向汽车，“估计等我们再见时……”

“什么时候？”

“不知道，至少得确保这场风波完全平息。”

乔跟着他上前几步。她以为他们会再次拥抱，可加布直接爬上卡车，开走了。

18

第二天，乔让乌莎多睡了几个小时。这也让雨后第一天的鸟巢追踪滞后了许多，她们不得不追赶进度，晚一些收工，直到日落之后才回到火鸡溪路，错过了加布每周一的晚市鸡蛋售卖。“我们能去一趟加布家吗？”乌莎问。

“不行，蕾西有可能还在。”

“我可以偷偷溜进去，看看她的车在不在。”

“我们再也不偷偷摸摸了。”

第二天，类似的对话又来了一遍，再往后一天也一样。三天过去了，加布音讯全无。乔后悔没问他要个手机号码，不过她又庆幸两个人没通过信息。出于某种说不清的心理，她无法想象跟加布用这样的方式交流。

第四天早晨，乔让乌莎睡到了天色破晓。“下雨了？”乌莎睁开眼睛，发现天色已经灰白。

“我特意让你多睡会儿。我们今天先检查火鸡溪路。”

“我喜欢。”乌莎坐在餐桌旁，睡眼惺忪地啃一块松饼。

乔和乌莎平常都是天还没亮就从家里出发了。要是从火鸡溪路开始，迎接她们的将是清晨合鸣的鸟叫，这是长夜过后鸟儿宣示领土主权的欢歌。同往常一样，她们在屋后给小熊喂食，然后趁机离开。“开过第一个巢了。”乌莎指着窗外的橘色小旗说。

“我打算停在几个鸟巢之间。我们可以沿着公路走一走，先找找看有没有新的鸟巢。”

清晨是寻找鸟巢的最佳时机。经过漫长的一夜，雏鸟都饿了，它们的父母会频繁回巢照顾小鸟，有时候，这能直接指引乔找到鸟巢。她开过加布家的车道，停在约四分之一英里外的路边杂草地上。乌莎抓起乔给她的简易双筒望远镜，跳下汽车，渴望地望着加布家的方向。“我们今天能去看加布吗？”

“很快就能见到他了。”乔说，“今天是星期四，他早上会出来卖鸡蛋。”

“除非他又病了。”乌莎说。

乔绝对不会承认，之所以选择这天早晨在他家附近工作，理由之一，就是想确认他是否一切都好。

乌莎边走边抬头望着乔，问：“加布为什么会生病？”

“我也不清楚。”乔说。

“我觉得是因为蕾西。”

“不止这个。人体是非常复杂的，在我们的身体里有各种各样的基因、激素和化学反应，都会影响到我们的情绪。有时候这些东西还会相互作用，让人感到难过。”

“一直这样吗？”

“一般来说，不会一直这样。”

“蕾西来之前加布就没有难过。”

“我们所处的环境，就是那些发生在我们身边的事情，也会影响身体里的化学反应。”

“蕾西让我的身体产生难受的化学反应。”乌莎说。

“我也是。”乔说。

她们查看完道路另一头的鸟巢，便掉头朝纳什家车道的方向走去。正当她们拨开落满石灰石尘埃的灌木枝条，准备查看一个主红雀的巢时，加布的皮卡车声传了过来。“加布！加布！”乌莎大喊着，高举起两手用力挥动。

加布放慢车速，冲她笑一笑，挥了挥手，可是没有停车。

“他为什么不停车？”乌莎问。

“我猜他是不想打扰我们工作。他也有工作要做。”

“那他可以就只停一下！”

的确可以。

一个小时后，这一区域的工作终于告一段落。离开时，她们开车经过路口，只见加布坐在那把蓝色遮阳伞下，面前立着他的招牌，上面写着“新鲜鸡蛋”。乔把车开到路肩下，停在他的卡车后面。乌莎蹦下车，跑向他的桌子。“我们很想你！”她说，“你怎么没过来？”

“我觉得最好让事情平息一下。”他说，目光紧紧锁在乔渐渐走近的身影上。

乔走到乌莎身边，问加布：“蕾西走了吗？”

“前天走的。”

也就是说，她在这里又多待了一天。“你怎么样？”

“非常好。”他脱口而出，显然察觉到了这个问题之下暗藏的意思。

“我今天能留在加布的农场吗，像以前那样？”乌莎问，“可以吗？拜托？”

“那得看加布怎么说。”乔回答。

“以后都不可以了。”加布说。

“为什么不可以？”

“你知道为什么。要是我妈妈告诉我姐姐，说你又到农场上来了，蕾西会再报警的。”

“我可以待在你妈妈看不到的地方。”

“这主意可不怎么样。”他说着，撇开视线，望向一辆朝鸡蛋摊子开来的车。

“今天晚上我能去看小猫吗？等乔和我回来以后？那时候天就黑了，你妈妈不会看到我的。”

“珍，你好啊？”他开口打招呼。来的是一个中年女人，穿着一身护士服。

“我累死了，得赶紧回家睡觉去。”女人说，“要一打。”她递给加布五块钱。

“谢谢你，夫人。”他说完，低头为她找零。

女人自己动手，从桌上拿起一盒蛋。“祝你愉快，加布。”

“你也是。”等到珍转身离开，加布拿起了放在腿上的书。那是一本名叫《禅与摩托修理艺术》的旧书。

“可以吗？”乌莎不屈不挠。

“什么可以吗？”

“今晚去看小猫。”

“我解释过原因了，你不能再去我家。要是警察再来一次，肯定会把你带走，送到你该去的地方。”他看了看乔，补上一句，“他们必须做正确的事情。”

乌莎盯着他，好像从来不认识他一样。

“来吧。”乔说。乌莎不肯动。乔抓起她的手，硬拉着朝汽车走去。加布将视线死死锁在手中的书上。

“加布为什么这么生我们的气？”等到汽车重新上路以后，乌莎才问。

“我们不该瞎猜，他未必是生气了。”她倒希望他只是生气而已，可他表现出来的比这更糟。他显然关闭了他的情绪，将她们隔绝在外了。

这一天跟平常没什么两样，可一切都感觉怪怪的。乔从来没见过乌莎像这样闷闷不乐，就连看到一只狐狸从玉米地边上跑过去，她都没什么反应，始终保持沉默。乔心想，也许她们应该直接冲到纳什家去，不管有没有提前跟加布打过招呼。

但注定她们没法这么干。本田车的车头灯光刚刚触碰到纳什家漆黑的车道，就映出了加布坐在敞开的皮卡车门边的身影。他站起来，招手示意她们下车。

“怎么了？”乔隔着车窗问。

“我一直在等你们，你们今天有点晚。”

“我去了趟杂货店。”

“你们饿吗？会不会等不及先去看小猫？”

“不会！”乌莎兴冲冲地说。

“跟我来。”

到了谷仓门口，乔一只脚才刚踩下刹车，乌莎就跳了出去。“我能进去吗？”

“勒住你的马缰，等一等乔。”加布说。

“但愿我真有马缰可勒。”乌莎说。

谷仓里很暗，加布拧亮提灯为她们照路，方便她们去找小猫。他把提灯放在猫窝旁边的干草垛上，母猫从阴影里走出来，“喵喵”叫着迎向他。

“看，它们长大了这么多！”乌莎说，“差不多会走路了！”她挨个儿抚摸每一只小猫，叫唤它们的名字。一手一只地兜起朱丽叶和哈姆雷特，把它们举起来，用脸挨一挨，蹭一蹭。“你们想我吗？我很想你们。”

“你能出来一下吗？”加布问乔。

乌莎趴在地上，看朱丽叶和哈姆雷特笨拙地打架。

“乔和我很快就回来。”

一出门，加布就关上谷仓门，领着乔走到乌莎听不见的角落。“我想为今天早上的行为道歉。”

“这话你该对乌莎说。”

“她不高兴了？”

“我想是的。”

他盯着地面打量了半天，似乎准备说点什么。过了会儿，他抬起头看着她，说：“这就是她不能再来的另一个原因了。”

“我不太明白你在说什么。”

“她陷得太深了，而我也……”他的目光闪了闪，躲开了乔的眼睛，“这样不会有好结果的。你一天不把她交给警察，我们所有人的处境就都会更糟一点。”

乔被他的用词激怒了。说“你”，而不是“我们”，就好像留下乌莎这件事跟他一点关系也没有，他这是在推卸责任。

“你有没有想过你在做什么？”他问，“你在和一个孩子建立亲密关系。等你回归你的校园生活时，她会心碎的。你养了一只狗，等你离开，它就得挨饿，何况你还让乌莎跟它在一起。无论她最终去哪里，那只狗都不可能跟着她。”

她不需要加布来教训自己。每一天，她都在用同样的问题质疑自己。

“我不能再参与进来了。”他说，“所有人都会受伤的。”

“看上去更像是伤害已经造成，而你想在情况变得更糟之前提前跳车。”

“是的，伤害已经造成了，也许对她的伤害比对我们两个的更大。这件事已经过头了。”他在等她回答，“你觉得不对吗？”

“对，事情已经超出了我能想象的程度。”乔用脚尖在碎石地上划出一道沟，“当我知道我的母亲必定会在几个月之内死去时，我有两个选择……”她抬起头，看着他，“我可以让自己跟这种痛苦保持距离，也可以拥抱它。也许是因为失去父亲时我没能有机会告诉他，他对我来说意味着什么，所以我最终决定拥抱痛苦。我拥抱得太紧，到最后，连她的疼痛和恐惧都变成了我自己的。我们分享一切，深爱彼此，就像死亡根本没有近在眼前一样。当事情结束时，我的一部分也随着她死去了。直到今天，我也没能完全恢复，可是在做出选择，决定陪伴她走进黑暗时，我是清醒的。我见过一些人，他们也曾失去所爱，每个人都说有遗憾，都希望自己当时做了这个那个，希望自己当初付出了更多的爱。可我没有遗憾，一丝一毫也没有。”

加布无话可说。

“我猜你是不可能理解的。”

“愚蠢的农场小子并没有那么蠢。”他说，“我常常在想，你和乌莎之间发生的这些事，会不会和你的经历有什么关联。但这毕竟和你妈妈的事不一样。最后你还是会遗憾和后悔的，爱她只会增加她的痛苦。”

“万一结果跟你想的不一样呢？”

“怎么个不一样法？”

“我可以争取收养她。”乔从没将这个诱人的念头宣之于口。此时此刻，到底还是说了出来，感觉很好。

加布只是凝视着她。

“我知道，得经过资质评估什么的，可我觉得未必很难。虽说我是单身，但他们明文列出的领养资格我都具备。我父亲生前买了一大笔人寿保险，因为他的工作很危险。我妈妈用其中一部分又买了一份保险，因为她是单亲妈妈。我完全有足够的经济能力抚养乌莎，可以请人在我去学校的时候照顾她。对于小熊我也有安排。我现在住的地方是不能养狗，不过，苔比很懂得该怎么为流浪狗找到收留者。我希望她的某位兽医朋友能收养它，那样乌莎就可以去看望他们。”

“不管你有多少钱，或者你对那只狗有什么样的安排，有一个事实是无法改变的，那就是，你欺骗过警察。”

“我没有犯法。”

“你犯了，我们两个都犯了。你知道那个警察跟蕾西说了什么吗？他说，在你自己家里收留别人家的孩子，可以被视为危及儿童安全，更别说那孩子还受了伤。严重的可以视同绑架。在你做过这样的事情之后，你真觉得他们还会让你领养乌莎吗？”

“我一直以来都只是为她好！乌莎可以证明这一点。”

“那么等到她告诉他们，说她每天跟你一起出门工作，在酷暑烈日下一待就是十二个钟头以上，又会怎样？”

“是她想去的，而且把她一个人留在家里更不好。”

最后这句话的苍白呼应着加布的沉默。

“好吧，你知道吗？”乔说，“我绝不会让蕾西毁掉我的生活，就像她毁掉你的生活那样。”

“这跟蕾西没有关系！”

“没有吗？她临走前的最后一天还真是达成了了不起的成就，夺走了你所有的快乐。今天早上，乌莎和我已经见识到这种变化了。如果你任由事情继续发展下去，任由自己害怕跟其他人发生联系，那到头来，你一定会变得跟她一样痛苦。而这恰恰是她想要的。”

乔转身朝谷仓走去，推开门，招呼道：“乌莎，走了！得趁还有力气做饭，把晚餐解决了。”乌莎从干草堆背后钻出来，问：“加布能和我们一起吃晚饭吗？”

“我看不行。”

乌莎跑向加布，在两辆车和谷仓之间迎上了他：“你想过来吃晚饭吗？我们有辣椒和玉米面包。”

“听起来真棒，不过我还得回去陪我妈妈。”他揉一揉乌莎的头发，说，“吃得开心，年轻人。”

开车回家的路上，乌莎仍然很安静，乔也一样。汽车在洒满月光的私人车道上停下，小熊冲上来围着车跑来跑去。“你和加布都生气了吗？”乌莎问。

“不算生气。”

“那是怎么了？”

“加布已经决定不再跟我们一起了。他还是很喜欢你——永远不要怀疑这一点——可他害怕之后可能发生的事。”

“可能发生什么？”

“首先，他担心会招来警察，那样就会有麻烦。”

“他不会有麻烦的。我会告诉警察，说我的家在星星上。”

“你知道的，他们不会相信。”乔侧身坐在座位上，转过头看她，却只看到一个在幽微黑暗中略深一点的黑影，“我希望很快有一天，你能把真相告诉我。现在你应该已经足够信任我了，对吧？你知道，我会竭尽全力让你得到最大的幸福。”

乌莎扭头盯着车窗。

“要是……”

乔一动不动，甚至不敢呼吸。她想让乌莎拥有一个安静、安心的空间，让她能说点儿什么出来。她很确定，乌莎就快要向她说出某些非常重要的事情了。

可乌莎只是定定地注视着黑漆漆的森林。

“想说点什么吗？”乔问。

她回头看着乔，说：“如果我真的是从另一个世界来的呢？你有没有，有没有哪怕一秒钟，相信过我？”

她的勇气消失了，也可能根本就没想说什么。无论如何，乔都能理解她的两难。乌莎·梅吉尔是想象出来的，只是群星中一个像大熊一样的隐约形状，这个女孩就生活在这样的星座里。像这样一个痴迷于勾勒线条、涂抹颜色的孩子，必定要精准控制自己的每一个举动，否则就会陷入可怕的宇宙里，再也无法逃脱。而那个宇宙，就依托在她描摹的图画上，那个宇宙中有她自己。

“你为什么不相信我？”乌莎追问。

“我是个科学家，乌莎。”

“你相信有外星人吗？”

“考虑到宇宙的广袤性，的确有可能在某些地方存在别的生命形式。”

“我就是他们中的一个。”

有时候，乔会尝试着去想象，究竟是什么样的事才会让一个孩子不愿意再当人类。这样的想象总让她不知所措，眼下又是如此。幸好天黑了，乌莎看不到她的眼泪。

“你和加布以后还会说话吗？”乌莎问。

“买鸡蛋时会说的。”

“就这样了？”

乔不愿说谎。“是的，也许就这样了。”

19

第二天一早，乔走进客厅，打算叫醒乌莎，却发现她不在沙发上，也不在浴室里。乔拉开通往玻璃前廊的门，只见小熊蜷在地垫上，迷迷瞪瞪地抬起头来看她。一只空碗放在它身边。

乌莎知道不能在前廊上喂狗的，一定是半夜就把小狗放了进来，然后用吃的让它保持安静，自己趁机溜了出去。要说她会去什么地方，乔完全没有怀疑。她折身回屋，确认乌莎的紫色鞋子不见了，乔为她准备好早上穿的衣服也不见了。乔匆匆换上衣服，吃了点东西，和往常一样准备好午餐，又打包了足够她和乌莎两个人喝的水。带上装备出门时，她“嘘”着声把小熊赶出门廊，给它添了一碗狗粮，放在屋后的水泥地上。

在黎明前的黑暗中，她径直把车开到了纳什家。她知道加布通常很早就起床，去挤牛奶或者干其他晨间工作。但愿自己不用去敲门。当汽车颠簸着开过那条坑坑洼洼的小路，转向谷仓方向时，车头灯光落在了加布身上。他手里拎着提灯，牛仔裤扎在橡胶靴里，显然听到了她的动静。乔摇下车窗，说："乌莎跑了。"

"见鬼。我们去小猫那个谷仓看看。"

"我的第一反应也是这个。"

他招手示意她往谷仓去，自己一路小跑跟在车后面。他们进了谷仓，朝后墙走去。加布手里的提灯照亮了乌莎的身影，她和六只小猫睡在一起，蜷起的身体形成了半壁温暖的巢穴，母猫的身体是另一半。乔和加布没有动，谁都不愿破坏这美丽的画面。

母猫从地上爬起来，从跟它联手筑巢的另一位"母亲"身上踩过，把她给惊醒了。乌莎伸手挡住照在眼睛上的灯光。"加布？"她咕哝道。

"还有乔。"他说。

乌莎眯缝起眼睛看向他们。

"你为什么会在这里？"乔问。

乌莎坐起来，头发里还挂着几根干草。"我不想再也看不到小猫或者加布。"

"那难道不应该由加布来决定吗？"

乌莎站在原地，看着他。

"我很抱歉。"加布说，"乔和我有些分歧，关于接下来该怎么办。"

"什么接下来该怎么办？"乌莎问。

"关于你。"他说，"我觉得你需要找到一个稳定的家庭安顿下来，无论它在哪里。"

“我在星星上有个稳定的家。”

“他不想再听这个了。”乔说，“我车里有鸡蛋三明治，给你做的。要跟我来吗？”

“我更想待在这里。”

“在地球上，我们并不总能得到自己想要的。”

“那是因为你和加布都不知道你们想要什么。”

“我现在没心情跟你辩论，乌莎。”乔拉起乌莎的手，把她拉出谷仓，带她离开，“你要么跟我上车，要么留在这里，承担加布报警的风险。”

“你会吗？”她问加布。

他没回答。

“我走了。”乔说。

乌莎跟着她走到车前，爬进后座。“再见，加布。”她可怜巴巴地说。

“玩得开心。”他说完，帮她关上车门。

乌莎又一次沉默了，在跟随乔追踪鸟巢的整个过程中都没怎么说话。这一次，乔也没有尝试鼓励她开口，甚至很感激这种沉默。没有乌莎在一旁叽叽喳喳地干扰，她的思绪更清晰了，回归了遇见乌莎和加布之前的理性。到这一天结束时，她几乎认同了加布所说的每一个字。在她私自收留乌莎这么久之后，不可能再有人认可她申请成为领养父母的资格。也就是说，加布是对的，最好的做法是立刻把乌莎送走，长痛不如短痛。

那天夜里，趁乌莎拿出彩铅画画时，乔再次打开了失踪儿童网站。她已经好几天没上去看过了，尽管前景让人痛苦，可她还是希望能看到乌莎出现在名单上。这样的话，就有了一个无可辩驳的理由，让她可以站到警察一边，送走这个女孩。然而，失踪名单里依旧看不到这个一边脸颊有酒窝的、醒目的女孩。

乌莎画了一只帝王蝶，乔把它也贴在冰箱上，就挨着那幅靛蓝彩鹀，然后提醒她换好睡衣去刷牙。两人各自上床，乌莎睡沙发，乔在卧室。和往常一样，乔关掉灯，乌莎扬声对她说：“乔，晚安。”

夜晚常常让乔感到心神不宁，加布的背叛愈发加重了这种不安。没有了他，要独自背负对乌莎的责任，实在是太折磨了。凌晨一点，她睁开眼睛，清醒极了，干脆起身到客厅去看看乌莎。

她不在。

乔盯着空空如也的沙发，思索着该怎么办。如果开车去加布家，就等于让乌莎控制了自己。如果不去，早上照常出外工作，那么等她被发现时，加布很可能会报警。

如果他报警了，乌莎就会跑。对于这一点，乔非常肯定。乌莎也许会尝试躲在金尼小屋附近，那将会给她、金尼一家，乃至于支付房租的伊利诺伊大学生物系带来一场大风暴。

如果乌莎不藏身在金尼小屋附近，那就有可能去任何地方。她有点太轻信了，外面有各种各样的危险人物，随时可能利用她这一点。

乔将双脚塞进平底鞋里，抓起钥匙和手电筒。和前一晚一样，她发现小熊被关在门廊上，旁边有只空碗。她没理会，任由那只小狗因自己的离开而懊丧地叫个不停。

来到通往纳什家的小路口时，她熄掉本田的车头大灯，打开停车指示灯。接着，她放慢车速，小心翼翼地沿着车辙往前开，尽可能减小声音。快到小屋时，她关掉了所有前灯。整栋房子漆黑一片，只有走廊上亮着一盏灯，因为开了空调，所有门窗都关得严严实实的。只要她耐心点儿，慢慢开，也许加布和他妈妈就不会被吵醒。

借着路灯的指引，乔沿着道路慢慢挪到牲口棚外。她熄灭引擎，轻轻合上车门，一直到走进谷仓以后，才拧亮手里的电筒。她绕过干草堆，电筒照向猫窝的方向。母猫眨眨眼，冲她“喵喵”叫了几声，可乌莎不在。乔在谷仓里搜寻了一圈，手电筒的光亮扫过每一个橱柜和角落。乌莎不在。

走出谷仓，她打量着其他建筑：一个奶牛棚，里面堆着两小堆牧草；一个脏兮兮的猪圈；一个鸡舍，外面围出了一大圈空地给鸡活动；还有一个小木头房子，大概是加布的工具房。乔觉得乌莎应该不会进鸡舍，那么剩下的就是牛棚和工具房了。一想到这家人持有枪支，要在这里偷偷摸摸地做进一步搜寻，她有些害怕。只好去把加布找出来了。

乔沿着谷仓小路向木屋走去。来到路灯留下的一片阴影时，她停下脚步，抬头打量起木屋，回忆那天晚上和乌莎一起到加布卧室里探望他的情形。她们绕过了客厅，加布的房间是左手第二间。乔沿着木屋的左墙走，经过客厅的大窗户，然后是第一间卧室的小窗户，在下一扇窗户前停了下来。但愿加布不是那种喜欢在黑夜里胡乱扣扳机的人。她曲起一根指节，轻轻地敲了敲窗户。没有反应。她加大一点力道，又敲了敲。灯亮了，窗帘分开，加布出现在灯光照亮的方框里。

当他的目光扫过来时，她起了反应，比她所能设想到的更加强烈。

她走上前，靠近窗户，挥了挥手。加布拔开窗销，把窗户抬起来。“又跑了？”

“是的，我已经去谷仓看过了。”

“估计也不会在那儿，她太聪明了，同样的事情不会做第二次。我这就出来，前门会合。”

她走到门廊前，在台阶下等着。几分钟后，加布出来了，穿一件黑色T恤，套着工装牛仔裤，脚上踩着皮便鞋，手里还拿了一支手电筒。

“我真的非常抱歉。”她说。

“但愿你看出来了，事情已经失控了。”

“我知道。我把你妈妈吵醒了吗？”

“没有。”他越过她，领头朝那片谷仓畜棚走去。乔默不作声地跟在后面。他们先检查了工具房，然后是牛棚，加布还进鸡舍里看了看，惹起一阵不满的“咯咯”声。退出来后，他站在鸡舍前想了想。

“也许她终于还是走了。”乔说，“她今天几乎没说过话。”

“她知道她待得太久了。”

“你觉得她真走了？”

“不，倒不如说这个游戏是她在做主。”

“我们别忘了，她只是个被吓坏的小孩子。”

“是的。”他朝另一个方向走去。

“这是去哪儿？”

“树屋。”

乔缀在他身后大概一百码外，顺着一条小路一直走，直到他的手电筒照亮了一块朽蚀的指示牌。牌子上稚嫩的笔迹写着“加布的家”，已经褪色了。紧挨在宅邸标识牌下面，还钉着另一块同样残破的木板，上面写着“请勿擅……”。加布举起手电，照向一棵巨大的橡树，树上有座不可思议的树屋。树屋悬得很高，大概有三个加布那么高，由四根长长的支柱撑着。一架迷人的旋转楼梯上用树枝搭出了曲曲弯弯的扶手，一直通到入口。

“这是我见过的最棒的树屋。”她说。

“我很喜欢这个地方，是我七岁那年爸爸带我一起造的。我们把屋子架在吊脚柱上，这样就不会伤到树了。”他朝绕着树干的盘旋楼梯走去，“砰”地一脚重重踏在第一级台阶上，“还是那么结实。”

“乌莎知道这个地方？”

“她在这里消磨了不少时光。我去卖鸡蛋时她就躲在这里，免得被我妈妈看到。”

“她竟然会不想跟你一起去卖鸡蛋，真叫我吃惊。”

“她想去。”

“那你为什么不让她去？”

他转头看着她。“有意思，你竟然想不到吗？”

“想不到什么？”

“我不敢把她带到路边。要是被她在躲的那些人看到了怎么办？到那时，我就只能让他们把她带走，因为我也不知道怎样做才是对的。”

“很理智。”

“你需要多一点这东西。”

这一刀戳到了痛处，可是乔没有心情反击。“我都已经被外星人控制了，还能指望有什么理智？”

从走出木屋起，他的脸上就带着怒容，这时才放松下来，微微露出一丝笑意。

“你或许不相信，”她说，“在这个外星女孩出现以前，我一直是个理智的人，理智到几乎惹人讨厌的地步。”

“我明白那种感觉，只要看到她，就得努力对抗她的夸克攻势。”他伸手一引，“你先上，我殿后，免得你绊倒。”

她并不需要帮助，但还是接受了这份温暖的援助与关心，权当是和解吧。他放开她的手指后，却又再度触碰了她，这一次是扶在腰上，轻轻地，引着她往上走。究竟是他骨子里原本就是一位绅士，还是说，他也渴望与乔有身体接触，就像乔渴望他一样？就目前掌握的信息看，乔猜测前者的可能性更大。

扶手很结实，这很好，因为楼梯一直上旋，升到了危险的高度。乔登上楼梯顶端，举起手电筒朝屋里照去。屋子被两根大橡树枝分成了两个部分，一张小吊床悬在墙壁和一根树枝之间，另一半空间里放着一套儿童尺寸的桌椅，那书桌的模样乍看就像板条货架。小屋有两个露台，坐享森林美景，一个对着通向树屋的小径，一个远眺脚下草木繁茂的美丽山涧。乔举着手电筒朝山谷里照了照，想象了一下当年小加布国王一般俯瞰领土的模样。

“不太对劲。”加布在她身后说。

她回过身，加布的手电筒照在小书桌上。桌面上搁着两支带橡皮擦的铅笔和一本带插图的童话故事，还有好几张用石头压住的白纸。那些石头里有闪光的晶体，像是乌莎会搜集的那种。

乔顺着加布的目光看向乌莎的铅笔画：一幅卡通风格的青蛙，一幅惟妙惟肖的新生小奶猫，还有最底下一幅，画面上是一个长方形墓穴，用铅笔涂得乌沉沉的，一个白色十字架立在土堆前，上面没有刻字。乌莎在坟墓的一侧写着“我爱你”，另一侧写着“对不起”。

“坟墓里有人。”乔说。

“我知道。”他拈起那张纸，和乔一起细细研究画上的坟墓。在用铅笔全部涂黑之前，乌莎先画了一个趴着的女人，眼睛闭着，长发齐肩。“上帝啊，”加布说，“你和我想得一样吗？”

“有可能是某个跟她很亲近的人死了，所以她才会一个人出现。”

他点点头。

乔从他手中抽走那张画。“我奇怪的是，为什么要写‘对不起’。”

“确实叫人毛骨悚然。”加布说。

“拜托，别跟我说你觉得是那个小姑娘杀了人。”

“谁知道究竟发生了什么？所以你更该尽快把她交给警察。”

乔把画放回桌上。“你知道吗，我已经厌倦了你突如其来的道德良心。我想你大概是忘了，在做出收留并且尽可能多了解她这项决定时，你也是决策者之一。”

“你又来了。”

“我又怎么了？”

“你用攻击我来逃避有关乌莎的问题。”

“在有关乌莎的问题上，还有谁比你逃避得更厉害吗？你扔下我们，好像我们是两只你懒得再继续费心照管的流浪猫——当然了，我知道你对猫要好得多。”

他逼上前，低头正视她的脸：“这么说也太过分了！”

“这么做才太过分了。”

“我必须做些什么。我们已经陷入大麻烦了，你还不明白吗，乔？我们可能因为绑架罪而被捕，坐牢。”

她双眼紧紧盯住他的眼睛：“这不是你背弃我们的理由。”

他无法继续保持这样的眼神接触，由此更说明，他想通过转移视线来隐藏什么。加布意识到乔已经察觉了他的秘密，不禁想要转身离开。

乔不假思索地一把抓住他的小臂，说：“不要。”

他转头看着她，五官仿佛能工巧匠精心雕琢出来的一般。“不要什么？”

“不要对我封闭你自己。无论我们两个之间出了什么问题，我们都需要谈一谈。”

他冷漠的面具渐渐淡去，消弭在纯粹的恐惧中。

至少，他明白她说的是什么。“我们可以坦诚相对吗？”

他回过身，把胳膊从她手中挣脱出来。“我一直很坦诚，可我自己的情况一团糟，你知道的，我不能这样。”

“你并没有一团糟。”

“没有？”他交叉起双臂，抱在胸前，“我从来没跟女人在一起过，这得有多糟？”

“聪明。”她说。

他放下双手。“什么？”

“你让我想起了乌莎，一刻不停地垒墙，哪怕对站在自己身边的人也一样。”

“这跟眼下的事又有什么关系？”

“你指望我被吓跑，转身离开这个二十五岁却从来没有和女人交往过的男人。你这么说不过是为了摆脱我，就像用你的病来让我保持距离一样。”

他咬紧了牙关，眼睛向楼梯瞥去。

“请不要现在就从我的身边逃开。”

“我们得去找乌莎。”他说。

“这真的是你想说的吗？”

“你想要我说什么？”

她低头看着乌莎画的坟墓——黑暗的长方形里关着一个死去的女人——仿佛看见了自己母亲那个空空的大理石骨灰盒。乔完成了母亲的最后一个心愿，将她的骨灰撒在了密歇根湖上冷冽的白色浪花间。可她没有办法丢弃那个骨灰盒，那里还沾染着母亲的身体化作的灰白尘埃。她留下了它。它的“空”永远都在，藏在她的身体里，在她母亲曾经用爱填满的地方，更简单地说，在她的一部分女性躯体曾经存在的地方。

加布随着她的目光看向那座坟墓。

“你要知道，我和你一样害怕。”她说。

他从画纸上抬起双眼，看着她。

“记得你描述的那种感觉吗？碾压心灵的‘他人的可怕压迫感’，也许可以换一种说法：你害怕与人建立亲密关系，害怕这样会让人有机会伤害你。”

加布沉默不语。他从来没有体验过亲密关系，又怎么知道该如何回应呢？

“你说你从来没跟女人在一起过，也包括亲吻吗？”乔问。

“高中时，我不知道该怎么和女孩相处。我有社交焦虑。”

“从来没吻过？”

“从来没有。”

两个人站立在幽暗森林的半空中，就像站在一个支点上，一个终于登上的诚实的塔尖。乌莎把他们带到了她想让他们去到的地方，尽管任何一个瞬间的小小情绪波动都可能让他们失去平衡，坠下这锥尖般的制高点。乌莎是一定要找的，不过乔知道，她肯定躲得很好，很安全，不会有任何真正的危险。此时此刻，唯一的危险在于，乔，还有加布，可能任由这短暂的时光流逝，却没能像乌莎那样看清他们自己，没能像她那样，在广袤神奇的宇宙间微微调转自己命运的方向盘。这原本是她送给他们的奇妙礼物。

乔关掉手上的电筒，顺势放在桌面上，又一把拽下加布的手电筒，关掉。加布被突如其来的黑暗惊吓到，倒退了一步。“你干什么？”他问。

“让你放松一下。”

“放松什么？”

“你的初吻。”

20

要在黑暗中找到他一点也不难。他的身体在散发热量——也可能是恐惧。当乔的手掌贴上他的胸膛，他禁不住往后缩了一缩。乔的双手滑上他的颈项。他的皮肤温暖湿润，就像他们身处的这个夏夜。她的手指穿过他的胡须，她的双唇贴上他的双唇。她等待片刻，等他稍稍适应，然后贴得更紧。他睡前洗过澡，可那副精干身躯所散发出的，更多依旧是森林与农场的味道，盖过了淡淡的香皂气息。“我喜欢你的味道。”

"真的？"

"我的嗅觉特别灵敏。"她双手下滑，找到他T恤的下摆，把衣服往上推。她将脸颊贴上他的肌肤，深深吸气。"唔……"

"乔……"

她抬头面对着他。"什么？"

他的嘴寻找到了她的。一个额外的吻。

当四唇分开，她将身体紧贴住他。他也想要这个，将她搂得更紧。他们是如此契合，如此轻松自在，仿佛早在第一次路边相遇的那一刻，他们的身体就已经知道了这个结果，提前为此做好了准备。他们相互交融，再一同融入夜色之中。她从来不知道，黑暗能给人这么好的感觉。

"这会不会太碾压你的心灵了？"她问。

"这是最棒的心灵碾压。"他说。

可他们之间还悬着一个乌莎，那幅坟墓的画始终让乔放心不下。"真希望能整晚就这么待着，可我们得去找乌莎了。"

他退后一步，一只手仍然搂着她的腰。"我想我知道她在哪里，只剩最后一个地方没找了。"

"那她最好真的在那里。"

他伸出手去摸索手电筒。乔先一步摸到一支，打开来。在她看来，初次释放过性兴奋的男人总会显得不太一样。不知怎么的，他们好像总会变得柔软起来，特别是眼睛。她想知道，加布眼里的她是不是也不一样了。他一眼不眨地注视着她。

"你觉得她在哪里？"

"小木屋。有段时间我们家人太多了，爸爸就另外造了个木头小屋。蕾西的两个儿子到了年纪够大的时候，都很喜欢跑去那里过夜。”

“乌莎知道那个地方？”

“我带她去过一次。想要让这个小姑娘保持住新鲜感，觉得好玩，就得绞尽脑汁想尽办法。”

“这话不假。”

他拉着她的手朝门口走去，直到开始下楼梯，才不情愿地放开。他领头走在前面，两人从树梢间那令人眩晕的氛围里下到了柔软的森林土地上。“这边。”他说。

他们走过“加布的家”指示牌，转上另一条小路。几分钟后，一座小小的木屋在加布的手电筒光柱下出现了。屋顶是铁皮的，十足的乡村风格，让乔想起夏日营地里那种度假小屋。除此以外，整个屋子都是用雪松板造的，没上彩漆，悬空架在木头支脚上，离地面约莫三英尺高。“真漂亮。”她说，“谁又想得到，一个文学教授竟然这么会造房子？”

“亚瑟·纳什就是那种人们会用‘多才多艺’来形容的人，他什么都会。”

乔跟在加布身后踏上木头台阶，走进一个玻璃门廊，门廊上放着两把摇椅，椅子正对森林。加布慢慢推开木门，常年不用的铰链生了锈，发出“吱吱呀呀”的呻吟。门里是一个小小的空间，放着一张桌子和几把椅子，再往里是两间卧室。加布举起手电筒往左边卧室照去，乔检查右边。“在这里。”加布说。乔几步赶上去，看见乌莎蜷着身子侧躺在一架高低床的下铺上。她还穿着睡觉前换上的蓝色印花睡衣，脑袋下面垫着当枕头的是乔放在门廊沙发上的小毯子。她的眼皮轻轻地颤动着，显然正在做梦。

“不要提坟墓那幅画。”乔悄声说，“今晚先别说。”

他点点头。

乔关掉手电筒，挨着床沿坐下，轻轻抚摸乌莎的头发。“来，大熊，醒一醒。”

乌莎那对哀怨的棕色眼睛睁开了。睡意迷蒙间，她咕哝出的第一句话就证实了，这场潜逃是有规划的。“加布在吗？”

“我在。”加布走上前来，小心地不让手电筒照到她的眼睛，“乔和我决定，从现在开始，你必须睡在上锁的狗笼子里。”

乌莎一骨碌坐起来。“不，我不。”

“你会习惯的。”

她迷迷糊糊地笑了。

加布在她面前转身蹲下，就像她在溪边迷路那晚一样。“到我背上来，我背你回家。”

“背过去也太远了。”乔说。

“那我就把她背到你车上，然后跟你们一起开车回家。”

“你跟我们一起来？”乌莎问。

“是的。上车，加布里埃尔号特快就要发车了。”

乌莎赶忙爬到他的背上。

“瞧瞧现在是谁在纵容她。”乔嘀咕道，“这是怎么回事？”

他背着乌莎走出门，胡子下面悄悄闪过一个笑脸。乔把小毯子夹在胳膊底下，跟在他们身后离开。来到车旁，加布先把乌莎送进后座，然后自己也钻进去，挨着她坐下。

“你确定？留下你妈妈一个人没问题吗？”乔说，“要是她需要起床上厕所怎么办？”

“这个她还是能自己来的，感谢上帝。不过她的平衡感越来越差了，还怎么也不肯用蕾西买的助行支架。”

乔一边发动汽车，一边透过后视镜看了他一眼。乌莎依偎在他胸前，他的胳膊搂着她。她不愿将视线从他们身上转开，却不得不专心应付面前那刻着深深车辙的小路。“见鬼。”她的车底盘被蹭到了，“你的路要把我妈妈的车毁了。”

“这是她的车？”他说。

“是啊。”乔左转进入火鸡溪路，朝金尼小屋开去。那一头，被锁在门廊上的小熊还在拼命叫个不停。

下车后，加布把乌莎抱进屋里。他弯下腰，把女孩放到沙发上，不料她却坐了起来。“你必须睡觉了。”他说。

“不要走。”

“我就待在这里。快睡。”等到乌莎的脑袋安安稳稳搁在枕头上之后，加布为她盖上毯子。乔只开了灶台小灯，这样客厅里就还是黑的。

“你为什么又变好了？”乌莎问他。

“我一直都很好。”

“有时候不是。”

“闭上眼睛。”他挨着沙发坐下，胳膊轻轻搭在乌莎身前，等她睡着。乔坐在他旁边的椅子上。等到乌莎的呼吸变得深长而又平稳后，加布指了指前门。他们走出凉爽的小屋，走进闷热的森林。

“我开车送你回去。”乔说。

“我更愿意走一走。”

“是需要消耗一下初吻的能量吗？”

“这样就可以吗？要想把它们全都消耗掉的话，我估计得走上至少三十英里。”

“我也是。也许一个晚安吻能有用。”她伸手拥抱他，给了他一个远不止于晚安的吻。

“我觉得好像适得其反了。”他搂着她，越过她的肩膀望着屋子，“太奇怪了，我开始爱上到这个地方来的感觉了。我以前非常憎恨这座房子，在你让我带鸡蛋过来那天之前，我已经好多年没见过它了。”

乔从他怀里挣脱出来。“为什么恨它？我以为你跟金尼一家走得很近。”

“不完全是。”

“你说过，乔治·金尼教过你水生昆虫的知识。”

“的确教过。”

“好吧，我能看出来，你妈妈很喜欢他，那一定就是你爸爸不喜欢他了。”

“亚瑟和乔治是一种古怪的相爱相杀的关系。”

“怎么说？”

“亚瑟是那种天生自信的人，而且永远都要把自己展示出来。他必须是整个屋子里最聪明的那一个，任何话题的最后一句警句隽言都必须是他说的。乔治和他一样聪明，一样自信，却是安静的那一种。我不知道他现在是什么样子，但在我小时候，乔治·金尼他……那种感觉就像是，他了解宇宙真正的奥妙，只不过纯粹因为嫌麻烦，懒得说出来。”

“静水流深是吗？”

“一点不错。乔治这种不动声色的自信让亚瑟很是介意，所以亚瑟总是想方设法地贬低他，好像开玩笑一样对他冷嘲热讽。

比方说，他常常称乔治是在伊利诺伊大学里‘捡虫子的’，而他自己则是芝加哥大学的文学学者。”

“啧啧，可怜的乔治。”

“犯不着同情他。乔治根本不在乎，对他来说，这些话就像落在鸭子身上的水滴，抖一抖就掉了，连羽毛都不会沾湿一丁点儿。他会跟着大家一起笑，反倒显得亚瑟像个愚蠢的小丑。乔治总有办法占到上风。亚瑟会用有趣的故事和聪明的讨论驾驭社交局面，但只要乔治在场，他就能悄无声息地把全场最聪明的人都聚集到自己身边，话虽不多，却无一不是经过深思熟虑、精挑细选的。”

“他没必要这么做。”

“是的。”

“所以你爸爸和乔治就不再是朋友了？”

“亚瑟到死都和乔治是好朋友。”

“那你怎么会憎恨这栋房子呢？”

他沉默了，双眼一直望进森林深处。“你见过我们两家之间的那片老墓地吗？”

“嘿，莫非你小时候觉得那片墓地里有鬼？”

他扯动嘴角，露出一个扭曲的笑。“是的，恐怕我得说，那里就是有鬼。”

“真的？那个鬼魂叫什么名字？”

他的笑容消失了。“拿上你的手电筒，我带你去看。”

21

乔很想睡上一觉，但她必须弄清楚加布为什么突然情绪低落。她先回客厅看了看乌莎，然后才拿起一支手电筒，回到走道上跟加布会合。“这边。”加布说完便领着乔朝林子里走去。小熊晃着尾巴跟在后头，虽然已经这么晚了，但它还是很享受这场散步游戏。

很快，加布调转了手电筒的方向，照向碎石车道的西边。“很久没来过了，不过我想我们应该从这里进去。”他们折向路边，横插进浓密的杂草与灌木间，没走出多远，林木就豁然疏朗起来，路也好走了。

“我还在念书时，每个月至少会跟父母来这里过一次周末，夏天更是基本上一直待在这里。”加布边走边说，“乔治和琳恩——他的妻子——来得没这么频繁，但我还很小的时候，他们也常常会待在这里。”

顿了顿，他接着说：“十一岁那年，我发现我妈妈和乔治之间有一套暗语。差不多每次都是我妈妈起头，她跟乔治说话时，常常用到‘希望’或者‘爱’这样的词语。”

“我好像没太明白你的意思。”

“要是乔治说了什么，她会回答，‘人们只能怀抱希望了’，或者‘看那落日——你只能爱它’。”

“很古怪。”乔说。

“是的，这引起了我的好奇。”他和乔一起抬脚，跨过一根树干，“所以我开始特别留意他们。绝大多数成年人都不知道小孩子会多么留心听大人说话，也不知道他们能明白多少。”

"的确是这样。"

加布停下脚步，用电筒前后照了照，确认方位，然后领头朝左手边一块半埋在土里的大石头走去。"就这样，我越是偷听他们说话，就越觉得忐忑，不对劲。"

"唔——呃。"

"到十二岁时，我已经可以确定，他们两个有关系。那年夏天，我跟着乔治到溪边去观察昆虫，他说他很累，因为头一天夜里失眠了。"

"那又怎么样？"

"我妈妈经常失眠，她说解决失眠的唯一办法就是出门好好散个步，多走一会儿。"

"这算不上什么证据。"

"我知道，可就在两三个星期以后，我无意间逛到了纳什家和金尼家之间一块新开垦出来的林间空地上。每次去金尼家我都走那条路，多半都是骑自行车。"

"所以你就到了这片林子里？"

"是的，我被绊倒了，就是这个。"他朝左边晃了晃手电筒，照亮了一堆墓碑，"十九世纪时，这里是一座小教堂，一九一一年被烧毁了。在那之前，这一带的很多人都葬在教堂墓地里。"

他们朝墓地走去，加布的手电光柱照亮了最高的一块墓碑。那是座白色的石制十字架，石头已经破了，却让人不由得想起乌莎的那幅画。时光侵蚀了墓碑，上面的字迹却仍依稀可辨。就在十字架的正中央，风化的字迹显示着："霍普·洛维特[1]，

1. 原文为"Hope Lovett"，分别对应"希望"和"爱"。

1881年8月11日—1899年12月26日”。

“霍普·洛维特。”乔说。

“你看出来其中的联系了吗？”

“是的，但你确定这真的有关系吗？也许只是巧合。”

“我想过这种可能性，但最后还是认定，这一定跟我妈妈和乔治两个人的暗语有关。”

“这里就是……”她讨厌说出后面的话。

“你想说是不是他们幽会的地方？”

“是吗？”

“我决心要把事情弄个水落石出。”他说，“就在我发现这个地方之后，又过了一个多礼拜，乔治和琳恩来了，和平常一样，他们来我家喝酒，吃晚餐。我整晚都待在乔治和我妈妈身边，确保自己能听到他们说了些什么，但一直到乔治和他妻子都准备离开了，我还是没等到任何我设想的东西。当时是我妈妈和乔治先出的门，我爸爸和琳恩在后面。我溜到门外，坐在走廊的摇椅上听。乔治说了些类似‘今天真热啊’之类的话，然后，我母亲开口了，她说：‘希望今天晚上能下场雨，降降温。’乔治一笑，但没说话。‘你不爱夜晚的暴雨吗？’我母亲问。然后乔治回答：‘爱。’”

“所以你觉得这是他们的暗号，表示要在墓碑这里约会？”

“当然。”

“听起来相当孩子气。你确定他们所谓的‘有关系’真的不是你那过度活跃的十二岁脑袋想象出来的？”

“我盯了他们的梢。”

“怎么盯的？”

“我在林子里扎了帐篷，就在下面那道山谷里。对那个时候的我来说，木屋和树屋都已经没什么意思了。”

“你偷偷溜出帐篷，来了这里？”

“用不着偷偷溜。我父母允许我在这周围随便活动。”他晃动手电筒，照了照旁边的一堆圆形大石头，“这些石头大概是当初建教堂挖地基的时候挖出来的，我就躲在这里面盯他们的梢。”他朝那堆石头走去，乔跟在后面。“看到了？视野多好！”

“看到了。告诉我后来怎么样了，我快紧张死了。”

“太阳刚落山不久，我就到这里来等着了。我带了水、零食和一本填字游戏，因为我知道，要是手头没点事情做的话，很难保证不会睡着。”

“盯你母亲梢的时候做填字游戏？”

“爸爸和我都爱填字游戏，我很着迷。”

“快告诉我发生了什么！”

“差五分钟到零点时，我看见一道手电筒光从我家的方向过来，那是我母亲。她带了一块毯子，穿着我一直很喜欢的一条花朵图案的裙子。”

“噢，天哪。”

“她把毯子铺在霍普的墓穴上，然后就一直望着金尼家的方向。差不多五分钟过后，另一道光出现在金尼家方向的林子那头，越来越近。我母亲把手电筒放在地上，照亮白色的十字架。乔治·金尼出现了，手里拎一盏旧煤油灯。他放下煤油灯，然后，他们俩就开始接吻。”

“加布，我很抱歉。”

他没在听，只是注视着那个白色十字架。“我母亲一边拉开他的裤子，一边说：‘霍普的鬼魂想我们了。’老乔治也很激动，我从来没见过他那副模样。”

“然后呢，你做了什么？”

“我能做什么？我被困住了。只要稍微一动就会踩碎落叶和枯枝，他们会听到的。我唯一能做的，就只有看着。”他再一次望向十字架，“那一晚，我学到了很多有关性的东西。所有你想得出来的，他们都做了。”

乔抓住他的手，说：“我们走吧。”

“你还没听到最精彩的部分呢。”这句话的声调尖刻得都不像加布了，“后来他们开始聊天。一开始没说什么有意思的东西，可没过多久，乔治突然说：‘你知道加布又跟我一起下河了吗？他对于大自然的好奇心真是无穷无尽。’我妈妈说：‘苹果总是落在树根旁，不是吗？你能抽出时间来跟你的儿子相处，我太高兴了。’”

乔想拥抱他，可他的身体僵硬极了。他的目光自始至终都没有离开那个十字架。她伸手想把他的脸扳过来，却怎么也扳不动。“原来人人都知道。”他说，“我长得和他一模一样，所以我才留胡子，这样就不用每天在该死的镜子里看见他。自从蓄起满脸的络腮胡后，我就再也没看到过自己的脸——从十六岁开始。”

“你父亲知道吗？”

“不可能不知道。他们的私情很明显。我才十二岁都看得出来，而且那时候我对这种事还根本什么都不懂。再说了，我刚才说了，我简直就是乔治的翻版。唯一不知道的人大概就只有琳恩了，乔治的妻子。她不是那种特别有头脑的人，我猜这也是乔治会找我妈妈的原因之一。凯瑟琳有头脑，但也非常有心计。蕾西很像她。”

“蕾西知道？”

他终于肯看她了。“当然，所以她才会那么恨我。她有一张我们父亲的脸，宽下巴、大鼻子，而我继承的是乔治的五官，很柔和。直到那天夜里，我才总算弄清楚，为什么从我还是个婴儿开始，她就一直折磨我。”

“要我说，这也许并不只是长相的问题。”

“就是。我是凯瑟琳和亚瑟两个人之间失败的证据。蕾西敬重她的父亲，她痛恨他竟仍然选择和乔治做朋友，甚至是在这个人染指了他的妻子之后。看明白亚瑟是个怎样的可怜虫，这让她很痛苦。”

“你跟她说起过这些吗？”

“今晚是我第一次跟人说起这件事。”

“你崩溃的时候也没跟心理医生说过？”

“为什么要说？”

“帮助你跟它达成和解。在知道乔治是你父亲之前，你是喜欢他的。他和你母亲从来没想过要让你知道自己究竟是谁。”

“可我已经知道了！你知道吗，那一切结束之后，我吐了，之后整整两天没能下床。他们不明白是怎么回事，我也没有发烧。”

“看来就是从那时候开始的了。”

“什么？”

“遇到烦心事就躲到你的床上去，将世界隔绝在外。”

他瞪着她，眼睛里就像乌莎说过的，“打雷闪电一样”。

“也许一切都和那个晚上有关系。”她说。

“是啊，你还从来没得过癌症呢，你切掉乳房只是为了让自己显得惨兮兮罢了。”

“加布！”

“你知道是什么感觉了？”他迈步走开。

“我不是说你没有抑郁症。”她冲着他的背影喊，“我是在讨论起因。抑郁可能来自遗传，也可能来自外部环境，也可能两者都有。”

他继续走。

“真不敢相信，你又这样！难道这就是你把我带来讲这个故事的原因？这样你就又有一个理由可以把我推开了？”

他的身影消失在树林间，手电筒的光也一同渐渐黯淡下去。乔走到霍普·洛维特的墓前，举起手电筒，照亮十字架。霍普十八岁就死了，就在圣诞节之后，新世纪开启之前。没有比这更悲伤的了。选在墓地跟情人约会，还真是怪。

不过也未必。凯瑟琳是个诗人，也许她觉得这是个隐喻，在为婚姻和孩子放弃了许多梦想之后，对她来说，这里代表着青春与希望的新生。

乔晃动手电筒，左右照了照，其他墓碑也都已经黯淡褪色。叫她吃惊的是，竟有这么多夭折的婴儿与孩子，他们大都葬在曾眼睁睁看着他们离开的父母身旁。也许凯瑟琳是在向他们致意。加布或许就是在这里被怀上的，在霍普的鬼魂的注视下。

乔回身朝乔治·金尼的房子走去，小熊跟在一旁。到家时已经三点四十分了，乌莎睡得很沉。无论如何，乔也不可能在一个小时之后爬起来。她没有设闹钟。

乔努力想要入睡，可满脑子乱哄哄的，所有思绪都围绕着这几个小时里发生的事情打转。就这样一直到四点半，她几乎神志昏乱了。她亟须睡觉，从这些混乱的思绪中解脱出来。那些关于坟墓、关于乌莎笔下被埋葬的女人的思绪，为她和加布在树屋的亲密蒙上了浓重的阴影。全都错了。她不该吻加布，不该收留乌莎。她怎么会让这些乱七八糟的事情干扰了自己的研究呢？

22

“乔？”

乌莎站在床边低头看她，身上还穿着睡衣。乔摸过手机一看，九点十六分！

“你病了吗？”乌莎问。

“没有。”乔说，“你刚起来？”

“是的。”

“你一定也是累着了，跟我一样。”

“加布在哪儿？”

“在他家。”

“他说他会留下来的。”

“他没法留下来，他家里的事全都要靠他一个人照料。你知道的，他妈妈生病了。”

“我们今天会见到他吗？”

“我不知道。”乔起床去准备咖啡和早餐。直到十点二十分，她们才走出家门。车开到火鸡溪路中途时，乔看到了加布，于是放慢车速。加布站在路边，两只手都戴着手套，握着一把金属耙子，身上的衣服已经全部汗湿了。他抬头看到她们，露出了惊讶的表情。乔停下车，扫了一眼那条突然变得雪白的车道，原本尘土飞扬的路面和所有的坑洼沟辙都被新铺上的一层厚厚的白色石子盖住了。她摇下车窗。

“今天上工这么晚啊。”他说着，一边喘气，一边拽起一只袖子擦了擦挂在额头的汗珠，“我以为你们已经出去了。”

“我需要补充一下睡眠。”

“我明白这种感觉。”他冲自家车道扬了扬下巴，“你觉得怎么样？”

“都是你这一早上干的？”

“快递小伙儿帮了些忙。我负责耙路面，清理掉一些杂草灌木什么的。”

“你需要一块新的‘请勿擅入’牌来配合升级的道路了。”

“或者一块‘欢迎光临’的牌子。”说这话时，他飞快地瞥了一眼乔的眼神，然后转眼看向后座的乌莎，“嘿，逃家小兔，你好吗？”

“很好。”乌莎说，“我喜欢你的路。”

“回头一定得来走走看。”

“我们今晚能和加布一起吃晚饭吗？”乌莎问乔。

乔和加布对视一眼。“之前就那么跑掉了，我很抱歉。”他说，俯下身体，靠近了一些。

“我也是——为我说的话。”

“不必在意。”他退后一步，依然戴着手套的双手搭在耙子的把杆顶上，“那么，晚餐？”

“我们应该会晚些回来，得补上落下的进度。”

“我可以先和我母亲一起吃一点儿。”见乔没有立刻回答，他再退开一步，“如果你希望我来，记得告诉我。现在，你们大概得继续赶路了。”

乔点点头，发动汽车。她们先沿北岔溪和杰西河的河岸工作，下一个地点是萨莫斯溪。可她们才刚抵达，西边的天空就黑了下来，昭示着一场午后雷雨即将来临。“跟我们和加布一起来的那天一样。”乌莎说。

“我知道。据说闪电不会两次落在同一个地方，不过我看还是不要冒险了。”乔把本田车从路肩下开了出来。

“我们去哪儿？”

“回家。这场雷雨看来不小。”

车还没赶到金尼小屋，雷雨就落了下来。暴雨滂沱，乔连道路都看不见了，只好靠边停车。乌莎倒是很喜欢。借着等待的时间，乔教她怎样通过数闪电和雷声之间的间隔秒数来推算雷雨中心的距离。

回到火鸡溪路时离五点还差一刻钟，坏天气刚刚结束，雨过天晴。不出所料，临近纳什家时，乌莎的请求又被勾了出来。“我们可以和加布一起吃晚饭吗？他说了要我们告诉他的。”

乔停下车，望着他家那条崭新的白石子儿车道——他已经发送出了明确的信息。可他们的关系还远远不够明朗，如果要继续深入，那她起码也需要看到自己的路能稍稍好走那么一点点。她转动方向盘，拐上了全新的车道。

“耶！”乌莎欢呼道。

开到小屋的时间比之前满地坑洼时少了一半。“趴下去。”趁着本田还没开到加布的皮卡边上，乔说。

"为什么？"

"你知道为什么。我不想让凯瑟琳看到你，她可能会告诉蕾西。"

乌莎缩到了车窗底下。

"我五分钟就回来。"乔说。

"这么久？"

"在这儿等着。"

乔走上门廊台阶，敲响房门。开门的是加布，烤牛肉的香气从门里飘出来。他还是围着那条粉红色的围裙。"我能吻一下大厨吗？"她说。他笑了，却仍然忍不住紧张地回头扫了一眼，然后才碰了碰她的嘴唇。

"我猜你们是因为雷雨才提前回来的。"他说。

乔点点头，说："我们刚到萨莫斯溪就发现有雷雨要来了。"

"难怪你们直接回来了。"

"吃过了吗？"

"我正在做晚餐，做好就可以过去。"

"听起来不错。喜欢烤鲯鳅鱼吗？我打算今晚做给乌莎尝尝。"

"我特别喜欢烤鲯鳅鱼。"

"你妈妈在厨房里？"

"是的。怎么了？"

"我想跟她打个招呼。"

"不用了吧。"他说着，身体堵住了门。

她把他推到一边，走进屋里。加布的母亲坐在餐桌旁，看到乔，立刻露出了微笑。

"凯瑟琳，你好吗？"

"还不错。"她上下打量着乔那身户外装扮和凌乱的头发，"你的鸟类研究怎么样了？"

"挺好的。加布跟你说了吗？他跟我去过一次，还找到了一个鸟巢。"

"真的吗！"她嘴上说着，眼睛望向加布。

乔贴近加布，他闪了闪，可是乔不容他闪躲，伸手揽住了他的腰。凯瑟琳透彻的蓝眼睛锐利起来。

"今晚能把你儿子借给我吗？"乔问，"我想邀请他去吃晚饭。"

"噢……当然……完全没有问题。"凯瑟琳说。

乔吻了吻加布胡子拉碴的脸颊。"六点左右到，行吗？"

"一定。"他颇有些紧张，因为母亲显然就在一旁审视着乔的亲密姿态。乔一松手，他就立刻弹到了灶台边，埋头对着一口滋滋作响的锅忙个不停。

"我还有一个请求，"乔说，"希望不会太过于冒昧。"

加布转过身，一脸惊慌。

"加布跟我说你会写诗……"

"嗨，你说这个做什么！"凯瑟琳对加布说。

"我很想拜读一下。"乔说，"你手头有出版的那两本诗集可以借给我吗？"

凯瑟琳的手抖得更厉害了，不过看样子是因为太激动了。"我猜他有些言过其实了。"

"作为一名生物学者，我绝对不会带有偏见，只是很喜欢这个想法——在诗歌诞生的地方阅读它。你写过南伊利诺伊的自然风光吗？”

“写过。”她说，“我的诗里甚至还有几首关于鸟儿的，其中一首写的就是我发现的一个鸟巢。”

“哪种鸟？”

“一种黄色胸脯的鸣禽。”

“我爱鸣禽。上个月我也找到了一个巢。”

“哦，那很有意思，不是吗？”凯瑟琳对加布说，“你知道书在哪里，帮乔拿一套来。”

等到加布离开房间后，凯瑟琳问：“前阵子经常来的那个小女孩怎么样了？”

“她还是经常来来去去的。”乔说。

加布回来了，递给乔两本软皮平装书，一本名叫《万籁俱寂》，另一本叫《霍普的幽魂》。他望着乔，想看看她对第二个名字有什么反应。“谢谢。”她说。

“送给你了。”凯瑟琳说，“这书根本没人要，至少我自己就一点都不想要。”

“哦，我猜我们总是对自己最苛刻的批评家。好了，我还是赶紧放你回去做饭的好，不然东西就要烧煳了。凯瑟琳，晚上愉快。”

“你也是。”她说。

加布送她出门。“我知道你想做什么，你在使诈。”一走到屋外，他就说。

“什么？”

“你在拉拢她，想让她站在你这边。”

“如果这是一场拳击赛的话，双方的参赛选手都是谁？”

他想了想，说：“我还真说不好，因为你跟她一样有心计。”

“为什么男人总把有头脑的女人说成是有心计？”

“好吧，你跟她一样有头脑。”

乔亲了亲他。“甜言蜜语留着过会儿再说。”

23

加布带了一份奶酪花椰菜来为晚餐加菜。

“不要恶心的花椰菜！”乌莎说，“乔昨晚才让我吃了那个！”

“这里面有拉丝的奶酪。”他说，“拉丝奶酪能让一切东西都变得很好吃，就算是土也不例外。”

“那我能吃土吗，不要这个？”

“我喜欢头脑敏锐的女人，不过最近我身边这样的女人也太多了点儿。”他把装着花椰菜的碗放到餐桌上。“有什么我能帮忙的吗？”

“你已经做过一顿晚餐了。”乔说，“现在该做的就是出去，和乌莎一起享受暖烘烘的热气——多半是篝火的功劳——外加冰啤酒和开胃点心。不过，乌莎不能喝啤酒。”她把一盘薄脆饼干递给乌莎，饼干上铺着切达奶酪。

“这是我做的。”乌莎说。

“看着就棒极了。”加布说。

乔从冰箱里拿出一瓶啤酒，打开，塞进他手里。“出去吧，我马上就出来烤鱼。”

“乔要让我吃一种叫作鲯鳅的东西。”他俩从后门出去，乌莎说。

“我听说过那个，我觉得那是一种巨型毛毛虫。”加布一边说，一边反手关上房门。

乔往化开的黄油里加入佐料，调好味道后，连同鱼和蔬菜串一起拿出门去。她首先把蔬菜串架到火上，等到快熟的时候，再放上鲯鳅鱼块，边烤边往上头刷黄油。虽然天气很热，可他们还是愿意待在屋子外面，坐在那些磨损老旧的草坪椅上吃饭。说不定，当初金尼夫妇还在这里住的时候，这些椅子就已经在了。

“冲过澡之后我读了几首你妈妈的诗。”看到大家都吃完了，乔开口说。

“哪一本？”

“《万籁俱寂》。我想按照时间顺序来读。”

“我也只读过这一本，”他说，“在我出生前两年出版的。”

“你从来没读过《霍普的幽魂》？一首都没有？”

“没有。那是我十三岁的时候出的，就在那年之后……”

“哪年之后？”乌莎问。

“我发现了生命的秘密那年。”加布答道。

乌莎盯着他，想弄明白他究竟是什么意思。她和孩童时代的加布一样，对于成年人言谈举止间的细微变化极其敏锐。如果说他们还想保守那个刚刚萌芽的浪漫秘密，注定是徒劳的。乌莎肯定已经感觉到了他们两人之间的变化。

“哇噢，盘子空了，干干净净。”乔对她说，“连花椰菜都没有了。”

“加了奶酪吃起来就还不错。”她说，“下次你做恶心花椰菜时也该这么做。”

“多谢了。”乔对加布说，“你为我可怜的厨艺设下了极高的门槛。”

“不用客气。不过我担保你的可怜厨艺绝对没问题，鱼非常美味。”

“我可以吃棉花糖吗？”乌莎问。

“再稍微等一会儿。”乔说。

乌莎悻悻地缩回椅子里。

“我有一点事想问你。”乔对她说。

“什么事？”

“昨晚加布和我到处找你的时候，我们去过树屋，在里面看到了你的几幅画。”

乌莎还是无精打采地缩着，表情没什么波动。

“有一幅画着坟墓的画，那上面埋在土里的人是谁？”

“一个死人。”乌莎说。

“当然，但那是谁？”

她坐直身体。“是我。”

“你？”加布反问。

“我说的是这具身体。我借用了一个死去的女孩的身体，还记得吗？”乔和加布静静听着她继续往下说。“借用这具身体让我感觉很不好。我知道这个星球上的人都希望死后能安稳地躺在土里，所以我才画了那幅画。我把她画出来，然后埋起来，还在前面立了一个墓地里常见的那种十字架之类的东西。”

“那为什么要在上面写‘我爱你’和‘对不起’呢？”乔问。

“因为我爱她啊，多亏她，我才有了身体。说‘对不起’

是因为她永远都没办法入土为安了。”

加布望着乔，挑了挑眉。

“你以为那是谁？”乌莎问。

“某个跟你的过去有关的人。”乔说。

“我在这个星球上没有过去。”她爬下椅子，“我能再喝点牛奶吗？”

“当然。”乔说。

“好一个模棱两可的回答。”等乌莎跑进屋子后，加布说。

“我觉得我问的时候她紧张了。”

“面对事实吧，”他说，“她实在是太聪明了，就算心慌也不会显露出来。”

“噢，我必须在离开之前让她把事情说出来。”

“那是什么时候？”

“大概还有一个月，八月初。”

“见鬼。”

“我知道。现在开始这样的事简直就是自虐，对吗？”

“说到这样的事……”他俯身亲吻她，“我早就迫不及待了。你在篝火边忙碌的样子实在太迷人了。”

“你真是个山顶洞人。”

“毫无疑问。”他们再次亲吻。

“你胡子里的烤鱼味道一辈子也散不掉了。”她说。

“作为一个山顶洞女人，你不该在意这个。”

“我不是山顶洞女人。”

“你不喜欢胡子？”

“说实话，不喜欢。我喜欢刮得干干净净的脸。”

他伸手摸一摸胡子。“我可以修一修。”

“你可以刮掉它们。”

“不。”

“坐下。”她说。

“干吗？”

“坐下。”

他刚坐好，乌莎就端着她的牛奶走了出来。

“既然你不肯动手，那我来刮。”乔宣布。趁他还没来得及站起来，她一屁股直接坐在了他的大腿上。

“乔，你们在做什么？”乌莎问。

“我在胁迫加布。帮我把浴室里的剪刀和剃须刀拿出来。”

“做什么？”

“我们要动手刮掉他的胡子，你和我。”乔说。

“真的？”

“不。”加布说。

“你不想看到他变得更帅吗？”

“我不知道……”乌莎说。

“你看吧？”加布说。

“可我想！”乌莎说，“一定很好玩！”

“乌莎！我还以为我们两个是一伙的。”他说。

“我去拿工具。”乌莎冲向厨房后门，手里的牛奶晃了出来。

“我还有一罐剃须膏，不知道以前什么人留下的，在水槽下面。”乔冲着她的背影喊，“还要一盆温水。”

“乔，拜托……”加布说。

“是我拜托你。你都说了，从能留胡子的年纪开始，你就再也没见过自己的脸了。”

“你知道那是为什么。”

“你不觉得是时候停止逃避这个问题，承认你自己究竟是谁了吗？”

“我不想每天看到他的脸！”

“你不是他。再说了，你脸上还有很多你母亲的影子，你的眼睛跟她的就很像。”

“我知道。我试过，想把胡子留到连眼睛也遮住，但不行。”

她伸出手指轻抚他眼睛下的毛发。“已经快了。”她温柔地亲吻他，“拜托，请让我试试。如果不喜欢，还可以再留回去。”她继续亲吻他，“你不想把我给迷死吗？”

“用乔治那样的脸？”

“我见过乔治，不是我喜欢的类型。”

“你在哪里见到他的？”

“生物系办公室。他是名誉退休教授——退休了，但还继续做研究。”

“大人物。他一定是到死都还在做研究的那种人。”

“我导师也是这么说的。他是昆虫学界的传奇人物。”

“是啊，在这里也是。”

乔抓起他的T恤下摆，往上推。

“你要把我的胸毛也剃掉？”

“不，我喜欢胸毛，不过你得把这件衣服脱掉，不然会弄湿的。”

他任由乔把他的T恤拉过头顶，脱掉。乔把衣服扔到椅子上，双手按上他的胸大肌。“真好，”她说，“比我的还大。”

“你的身体很美。”他说。

她从他腿上跳下。

“真的，你知道我是说真的。”

“是啊，那些伤疤显示了我是多么的勇敢啊，了不起啊，巴拉巴拉巴拉巴拉。”

“我没这么说。”

“不管你说什么，我都不会信，所以你最好还是什么都不要说了。”

“这不公平。”

“哪里不公平了？说来听听。”

乌莎出来了。她一手端着一大碗水，另一手拿着剃须刀和剪刀，剃须膏摁在胸前。乔上前帮忙，一起把工具放到了加布身边的小塑料桌上。“我们应该还需要一条毛巾。”乔说。

“我去拿。”乌莎说，“先别开始，等我回来。”她掉头又朝屋里跑去。

“好吧，至少有一个人是享受这件事情的。”加布说。

“我会尽量把它变成享受的。”乔说。

毛巾到了，乔接过来，围在加布脖子上，然后拖过一把草坪椅，放在加布面前，自己也坐下来，双腿夹住他的腿。加布似乎被她张开的双腿和牛仔短裤迷住了，不过他们两个都知道，有乌莎在，事情必须控制在普通级的范畴内。乔拿起剪刀，这让加布的眼神在一定程度上恢复了得体。

“准备好了？”

“没有。”加布说。

可是乌莎大喊：“好了！”

夕阳在他黑色的胡须上镀了一层金光，乔利落地动起刀剪来。贴近皮肤时，她必须格外小心翼翼，免得不小心戳破加布的脸。长胡子修剪得差不多之后，乔润湿余下的胡茬儿，让乌莎用力摇晃剃须膏罐子。然后，她往乌莎手心里挤了一大堆剃须泡泡。“把胡子全部涂满。”乔下达任务。

“这个好玩。”乌莎说着，放肆地把泡沫往加布脸上堆。

“女士们，我需要呼吸。”

乔用毛巾擦掉他鼻孔和唇边的剃须泡沫，然后拿起剃须刀。“来咯……”

“能让我来吗？”乌莎问。

“休想！”他说。

“剃须刀只能由成年人使用。”乔说。

乌莎弓着腰，贴近了观察刀锋的第一击。“他下面的皮肤看起来很正常。”她说。

“你以为会是绿色的外星人皮肤？”加布问。

“我就是外星人，所以就算是那样，我也不会觉得惊讶。”

“你们那儿的人是绿皮肤吗？”他问。

“我们表面看起来就像星光一样。”

乔十分享受这个让加布一点点露出真容的过程。这张脸的确会让人联想起乔治·金尼，但比他英俊得多。前额饱满，鹰钩鼻子高挺利落，下巴有棱有角，这些都和乔治一样。可那微微斜挑起的深邃蓝眼睛来自凯瑟琳，上唇的优美弧度和微笑的轮廓也来自凯瑟琳。乔伸出手指，轻轻抚摸他左边颧骨上一道半英寸长短的伤痕，差点就忍不住吻了上去。“这道疤是怎么回事？”

“你绝对不会相信的。”他说。

“怎么？”

“拿着剪刀跑的时候扎的。”

“看来是真的了。”

“是的，差一点把我的眼珠子给扎出来，那年我六岁。”

乌莎泼掉飘着剃须泡泡和碎胡屑的水，重新打了一盆温水回来。乔温柔地完成了最后的查漏补缺，然后才沾湿毛巾的一头，将他的脸擦干净。他任由她动手擦抹，只深深地望进她的眼底。“还行吗？”他说。

“竟然把这样一张脸藏了这么多年，你真该被罚款。”

“罚款交给谁？”

“我。”她坐上他的大腿，双臂在他颈后交叉，吻上了他的双唇。

“我做到了！我做到了！我做到了！”乌莎唱了起来，挥着拳头，绕着他们俩手舞足蹈。

“你做了什么？”加布问。

“我让你和乔相爱了，我的夸克微粒做的。我就知道！我就知道！”

乔和加布再次拥吻，乌莎继续她的夸克舞蹈，小熊追着雀跃的她打转，又叫又跳。“如果心灵被碾压是这样的感觉，那还真不坏。”加布在乔的耳边低喃。

“这绝对是我的第四个奇迹！”乌莎说。

“也就是说，你只剩下一个了。”加布说。

“我知道，我会把它留给真正的好东西。”

收拾完晚餐的碗碟，加布和乌莎一起开始烤棉花糖。乔在一旁看着，享受他的新面孔和他们相互逗乐的玩笑。

加布坐在乔身边，始终握着她的一只手。“你们俩快看呀。”乌莎说，“我在造星星。”她一次又一次地把钎子插进火里，他们便看着一阵又一阵火星接连消失在繁星满天的黑色夜空中。乔多么希望能一直这么生活下去，享受每一个甜蜜时刻。然而，每和乌莎多共度一秒，对未来的不确定感就在她心头多蒙上一层阴影。如今加布也被裹进这失控般飞驰的命运中来。夏天正在消逝。

等到乌莎换好睡衣准备上床时，加布出门从他的皮卡车里拿来一本已经被翻旧了的《逃家小兔》[1]。“我记得这本书。”乔说。

“每个孩子都记得这本书。赫特拉叶人知道它吗？”加布问乌莎。

“不知道。”

“早上管你叫‘逃家小兔’的时候，我就是想到了这本书。”

“这是给小宝宝看的书。”乌莎说。

“但同样是伟大的文学作品。我父亲是一名文学教授，可他还是非常喜欢这本书。”

“真的？”乔说。

“他喜欢它的表达方式，像这样浓缩地将父母的保护与孩子对独立的渴望之间的冲突表达出来。他常常在晚上为我读这个故事，哪怕我后来慢慢长大了，他也还是会读。”

“我是听我妈妈读的。”乔说。

“上床，小外星人。”加布说，“这能帮助赫特拉叶人了解一

1.《逃家小兔》(*The Runaway Bunny*)，美国著名儿童绘本，出版于1942年，讲述一只想要离家出走的小兔子和妈妈之间充满爱的捉迷藏游戏。

些对地球人来说很重要的东西。”

乌莎爬上沙发，自己拽过毯子盖好。加布读起了小兔子如何告诉妈妈，等自己逃跑时要躲到多少地方来逃开妈妈，它的妈妈又如何反驳小兔子的每一项计划，想出各种各样的办法来找到它。乔一直很喜欢这个兔子妈妈，它是那样有耐心，那样无条件地爱着它的孩子。

等到加布读完以后，乌莎说：“现在我明白你为什么叫我‘逃家小兔’了。”

“这个名字很适合你，不是吗？不过今天请留在床上。乔和我都太累了，没力气再去追你了。”

“你会留下来吗？”

“也许能待一会儿。”

“我会乖乖待在床上的，这样你和乔就可以接吻了。”

“听起来是个很棒的安排。”他说。

24

第二天晚上，加布过来和她们一起吃晚餐。第三天也是。等到乌莎睡着，他们俩便依偎在门廊的烛光下，点的还是乌莎为他们第一次共进晚餐时找出来的两支蜡烛。眼下，他们俩之间的吸引力问题解决了，却对乌莎的问题一筹莫展。如果非要说有什么进展，那就是他们的优柔寡断让情况变得更加糟糕了。“警察”这个词不再出现在他们的词汇表里，他们绝口不提乌莎未来会如何，也不提等到乔离开时要如何。加布沉醉于他的第一段爱情里，开始学着像乌莎那样生活——只活在无穷无尽的每一刻当下，不管过去，不看未来。

乔任由加布享受他的幻梦，也任由乌莎享受她的幻梦。每天十二个小时的工作没有给她留出多少时间和脑力来思考诸如“万一同时失去他们俩”这样的问题。每一天，她都精疲力竭地回家，心满意足地跟加布和乌莎一起蜷缩在他们五彩斑斓的彩虹泡泡里。

加布来的第三个晚上，乌莎上床之后，乔把凯瑟琳的第二本诗集《霍普的幽魂》带到了走廊上。当天早些时候，她就读完了里面所有的诗。看到乔拿出这本书来，加布扮了个苦脸。

“我觉得里面有几首诗我们应该一起读一读。”乔说，“你上次说了，你从来没看过这本书。”

“我的理由很充分。”

“里面有几首诗是关于你的，我觉得你该看看。”

他抢过书扔到地上。“还是不要浪费我们宝贵的时间来讨论我那个纯粹一团糟的家庭了。”他把她拉到沙发上，亲吻她。

“很多家庭都一团糟，重要的是其中有多少爱存在。”她把书从地板上捡起来，“你母亲很勇敢，在这些诗里表达了她的爱。你要是不愿意看，那就我来读，就读几首。”

他往垫子上一靠，俨然一副领取免费福利前勉为其难地应付一段广告的模样。有两首诗写的是加布小时候。凯瑟琳用“情人的孩子”来指代，而只要知晓整个故事，就很容易分辨出来。诗句中渗透着凯瑟琳浓浓的母爱，引得乔差点忍不住哭了出来。第三首诗指向乔治，倾诉着她是多么爱他。至于这本书的同名诗作，《霍普的幽魂》，表达的则是凯瑟琳对于自己破碎家庭的愧疚和忏悔。

到第四首诗读完时，加布已经丢掉了他冷漠的面具。他几乎没有办法忍住眼泪。

“我猜这首诗就写在你发现她和乔治的事情之后。”乔说，“她知道她把事情弄砸了，把你从你父亲身边推开了。”

“他不是我父亲。”

“从生理上说，他就是你的父亲，你是他的儿子。他们都爱你，加布。从你提到过的童年时代的每一件事情中，我都能非常确定地知道，亚瑟、凯瑟琳和乔治，他们全都爱你。他们每一个人都鼓励你最大限度地发展自己的兴趣和天赋，只有非常棒的父母才能做到这一点。”

“他们的确都很鼓励我。”他说，“可从十二岁开始，自从发现那件事之后，我就变成了一个混账小子。他们以为是青春期的问题，谁都不知道该拿我怎么办。”

乔放下书，伸手摩挲他的胳膊。

“当然，后来他们就断定，我的问题是精神疾病。”

“这么听起来，似乎你已经不相信这一点了。”

“跟你在一起我感觉好多了。你觉得这会不会只是暂时的？”

“我说不好。”

“蕾西今天打电话来了。”

“打来做什么？”

“她一直没得到我母亲的消息，有点担心。我猜我母亲不想让她知道我们俩的事情，她担心蕾西跑过来把它给弄砸了。要知道，这几天晚上，我妈妈几乎都是把我推出家门，赶着我到这里来的。”

"我就知道，一个会在墓地里做爱的女人一定非常浪漫。"

他将一道锐利的审视目光投向她。

"爱不是罪过，加布。"

"她对亚瑟·纳什许下过誓言。她应该放他离开，而不是给他戴绿帽子让他蒙羞——最起码，不要和他最好的朋友搅和到一起。"

"谈谈这个怎么样？他最好的朋友。你有没有想过，亚瑟可能觉得这件事没问题？"

"你不是当真的吧？"

"多偶制在动物世界很普遍，在人类世界更是比我们以为的要普遍得多。"

"杀婴和强奸也一样，你莫非也想为它们正名？"

乔垂下眼帘，看着手中的诗集，《霍普的幽魂》。霍普·洛维特，死于一八九九年，十八岁的一个寒冷冬夜里。她得到过爱情吗？享受过性爱吗？在那个时代，如果没有结婚，多半什么都没有。与过去的许多男性诗人不同，一个年轻处女的死亡并不能让乔感受到任何浪漫的因子。处男也是一样。

她把书放到一边，端起两根蜡烛。"来。"她说。

"去哪儿？"

她领着他进屋。两人经过乌莎身边，走进乔的卧室。乔将一支蜡烛放在地上，另一支放在床头柜上，然后回身走到加布身后，锁上房门。

他站在离门不远的地方，没有动弹。"这是要做什么？我不知道我是不是——"

"放轻松。"她说，"我们只是躺一会儿。"她松开牛仔短裤，任它自己滑落，只穿着粉红色的三角内裤和白色的紧身背心，盘腿坐下，抬起头望着他。他从没见过她穿内衣的模样，愣愣地只是站在那里。

她侧身躺下。“来啊，我不咬人的。除非你想让我咬。”

他笑了，目光扫过她的身体，从头到脚。她伸出手，拍一拍床垫，示意他躺下来。

他将双脚从鞋子里退出来。

“裤子。”她说。

“我很确定我现在是遭遇了引诱。”他说。

“你不知道一整天的野外工作有多累人，我说不定会睡着的。”

“哦，不，你不能睡着。”牛仔裤被匆匆剥去。他仰面躺下，乔抱住他，问：“还生我的气吗？”

“本来就没有生气。”

她支起身子看他。“证明给我看。”

他温柔地吻上她的双唇，然后是她的颈项。乔喜欢他爱抚的方式。

他没有经验，因此充满了好奇，分外地细致入微。她肩头的一小片雀斑吸引了他，他就着烛光凑近了细细端详，伸出手指触抚它们。“它们真像北斗星。”

她从来没有像这样渴望一个男人。外科手术什么都没有改变，只有一点例外——她深深地体察到了自己对加布的激情，体察到了这样一个她过去习以为常，实际上却堪称奇迹的身体与心灵的双重体验。

她剥去他的T恤和内裤，俯在他温暖的身体上，两相交叠。

他张开手臂，拥着她。“我知道你在做什么。”

她亲吻他的面颊。“我在做什么？”

“你想告诉我性是多么伟大，觉得这样就可以让我原谅我的母亲和乔治。”

她直起身子，跨坐在他的肚子上，低头看着他。“我们有没有可能把你母亲和乔治赶出这间屋子，然后继续？”不等他回答，她就站起来，脱掉内裤，再重新坐下，“你觉得怎么样？”

“他们走了……走得干干净净。”他坐起来，把她拉到自己大腿上，搂住，“你有没有可能把这件背心脱掉？”

“我敢说你一定宁愿我留着它。”

他将她的脸捧在手心里。“我想要的就是你真实的样子，你明白吗？”

她抬起胳膊，任凭他脱掉了自己身上的背心。

“别无所求了。你是我见过的最完整的人。”他将他温暖粗糙的双手温柔地覆在她胸前的伤疤上，“这里会不会太敏感？是不是最好别碰？”

“只要你不介意，我没问题。”

他抬起双手，只伸出食指描摹她心口处的疤痕。她在他的眼里找不到一丝怜悯或悲哀。他描画着那些线条，就像触抚她肩头的星星一样，充满了爱的赞叹。就像是，他想要了解和探索她身体的每一个秘密。

他的手移到了右边，温暖的手指抚过疤痕。

“从某种意义上说，是这些伤痕把我们带到了一起。”她说。

他望进她的眼睛里。“我觉得也是，还有什么比这更美的呢？”

“没有了。”她轻轻地把他推倒在床垫上，“也许……除了这个……”

25

七月的第一个星期过去了，乔的生活彻底变成了幻梦。她向乌莎的星云漩涡举手投降，臣服于被加布命名为“无限之巢”的永恒旋转的星群。三个人都沉没在无边无际、疾驰飞转的爱之中，没有任何东西能够打扰——他们的过去不行，他们的未来也不行。乔不再查看失踪儿童网站，她猜加布也是一样。

然而，就算是星系也不会永远恒定。首先震动这个宇宙的，是一通来自苔比的电话。苔比有个朋友在和一个英国男人谈恋爱，如今英国男人到美国来找她，这对情侣想借住乔和苔比的公寓，并且愿意为此支付最后一个月的租金。这是好消息，只是乔的东西都还在公寓里。苔比倒是几个星期前就住进了新租下的独栋小屋。乔原本打算等野外考察结束之后再处理这件事，可现在必须专门抽一天时间出来搬家了。

她提早结束工作，好赶上加布周一傍晚的鸡蛋售卖场。加布坐在蓝色遮阳伞下，看到她的本田在他的皮卡后面停下，脸上露出了微笑。“你收工早了。”他说，“突然想吃煎蛋卷了？”

“突然想你了。”她说，弯腰越过码起的盒装鸡蛋吻他。

“你猜怎么着？”乌莎说，“我们明天要去厄巴纳-香槟，你跟我们一起去！”

“慢一点，”乔说，“我说的是我们要来问问他。”

他眼睛里的光彩黯淡了。“为什么要去那儿？”

“我得把我的东西从老公寓里搬出来。我们找到租客了。”

“他们赶着搬进去？”

“他们已经搬进去了，我可不希望我的东西被别人乱动。”

“你的野外考察怎么走得开？”

“一天没关系，现在还活跃的有效鸟巢没前两个礼拜那么多了。”

“可是，专程跑这么一趟就为了搬几样东西？苔比不能帮你处理吗？”

“我不能这么要求她，那可不止几样东西。你愿意来帮忙吗？”

他摩挲着脸颊，就像当初还蓄着胡子时一样。

“我很想带你在那边逛一逛。”

“你可以见到苔比，还能看到那栋漂亮房子。”乌莎说，整个人一踮一踮的，上下晃动着身体。

乔分辨不出他眼里的神色是什么，但看来不妙。

“我们能晚一点再讨论这个问题吗？”他说。

“当然。你什么时候过来？”

“大概八点吧。”

八点，加布没到，乔并不意外。直到九点，他才出现。乌莎睡着了，他们坐在门廊沙发上，像往常一样聊天。“明天跟我们一起去的事，你考虑过了吗？”乔说。

“考虑过了。”

“答案是肯定的吗？”

“我不能把我母亲扔下整整一天不管。”

“所以我今天才特意早些跟你说，这样你就来得及打电话叫蕾西过来。”

“我还以为我们都觉得蕾西不该出现在这里，不是吗？”

“我们不会让她看到乌莎的。”

“现在再给她打电话太晚了。”

“你连想都没想过这个选项，是吗？”

他望着纱门外黑黝黝的森林。

“我们得想个办法，看怎样才能让你进入我在北边的生活。”

“我明白了。”他说，“看来不只是搬几个箱子这么简单。”

“还能有什么事？”

“你想要我搬到北边去。”

“这个我知道你办不到。我不会要求你扔下你的母亲和农场，只是请求你找出一个能让我们两个在一起的办法。”

他微微侧身，面对她。“你真的希望这样？”

“我们现在拥有的东西并不是抬抬手就能得到的。我害怕一旦错过，它就再也不会出现在我的生命里。”

“我明白，我也害怕。”

“那就做点什么来留住它。”她紧扣住他的双手，“哪怕试一试也好。”

“如果你觉得这样有用，那我就去。”

“会有用的。不可能永远是我到农场来找你，你必须有这份意愿去面对这个世界。”

他点点头，但很紧张。

“那明天谁来照顾你母亲？”

“我现在就回去给蕾西打电话。”

“已经九点半了。”

“不要紧，只要我妈妈说一定要她来，她就会来。”

“所以这就是你的打算，你想让你母亲打电话？”

“我不知道。”他从沙发上站起来，“等我先回去跟妈妈说一下看看。不过我知道，她一定想让我跟你去。”

乔跟着他站起来。“因为她爱你。”

“是的。”他吻了吻她的面颊，走出门去。

“我怎么知道你明天到底去不去？”乔冲着他的背影喊。

“我一定去。蕾西会来的。”

26

加布望着外面，芒特弗农镇正从车窗外掠过。从出发以来他就没怎么说过话，乔也觉得让他安静一会儿可能更好。他和蕾西的交接多半谈不上愉快，毕竟蕾西一大早六点钟就从圣路易斯开车赶了过来。

乔看了一眼后视镜。乌莎还在给画上色，这是为苔比准备的礼物，画的是那只叫恺撒的虎斑小猫。乌莎说了，画出所有斑纹需要很长时间。她肯定能画得很好，对此乔毫不怀疑。

加布的掌心在牛仔裤上摩挲着。

“你还好吗？”乔说。

“还好。”他说。

“57号公路一定让你回忆起了些什么吧？”

“的确如此。”

“都是好的回忆？”

“我想是吧。”

她没再多说。

他们经过塞勒姆、法里纳和沃森，一路无言。开出越远，乔就越觉得愧疚，后悔把加布从他的舒适圈里拖了出来。可她必须弄清楚情况可能糟糕到怎样的程度。她已经陷得太深，如果这趟旅行证明加布无法应付外面的世界，那她就不得不早做准备，忍痛斩断他们之间的关系。

来到埃芬汉（就是乔常常为了便宜的汽油和NECCO圆糖停车小驻的地方）城外时，加布突然振作起来。“这里有一家很好的比萨店，我们以前经常去吃。”

“在公路旁边？”

“不，没那么近。”

“你们怎么找到的？”

“我爸爸讨厌连锁餐厅，他很擅长寻找各个地方的当地小馆，特别是小城镇里那种。事实上，为了能找到真正有本地特色的馆子，他很是下过一番功夫。这个州所有地方的古怪饼店和老式小餐馆我都吃过。”

“你爸爸是个有趣的人。”

“你一定会喜欢他的。”

乔期待他能再多说一些，可到此为止了，他再次陷入沉默。她从后视镜里看了眼乌莎，小家伙睡着了。就她那总是忙忙碌碌的小脑瓜来说，这可不常见。“风景太乏味，连乌莎都睡着了。”她说，“如果玉米地和大豆田也能被称为‘风景’的话。”

“对于很久没见过这种景象的人来说就算。”他说，“我如今住在森林里，不常见到这么大片的天空，猛然看到也是一种冲击。”他说过自己有广场恐惧症，也许这就是他一路都这么安静的原因。她几次尝试打开话题，都没得到多少回应，只好作罢。

和预计的一样，他们赶在中午时分抵达了厄巴纳，计划跟苔比直接在老公寓碰头，用她的大众和乔的本田两部车来装运乔的行李。乔希望能一趟就搬完，不然的话，上下三层楼实在太耽搁时间了。

当她和苔比从大四开始就合住的公寓楼出现在眼前时，乔松了口气——总算要搬走了。除了离学校近这唯一的优点之外，无论是丑陋的建筑还是拥挤的环境，这里都与她在手术后所渴望的那种悠然舒适的“家”相差太远。

“看，那是苔比的车。”乌莎说。

“她应该已经在楼上了。”乔说。

他们朝楼梯走去，乔搂住加布的腰，在他的脸上印下一个吻。“饿了吗？”

“还没有。”他说。

“我饿了。”乌莎说。

“等到了新房子，我们可以和苔比一起吃三明治。”

乌莎连蹦带跳地跑上楼梯。他们爬到三楼，沿着外走廊走到307号公寓门前。考虑到新房客有可能在家，乔没有掏钥匙，而是敲了敲门。开门的是苔比，她穿着蓝色蕾丝的无袖露脐衫，配绿色军装裤，裤脚卷起，脚上是一双撕开的红色匡威。“乔乔！你看起来太棒了！”她说着，张开双手拥抱乔。

“谢谢，你也是，我喜欢这个新颜色。”她说的是苔比那头泛白的单宁色头发。

苔比的目光粘在加布身上挪不开，几乎顾不上去欢迎乌莎。乔没跟她说过会带加布和乌莎来，甚至都没说过她恋爱了。每件事都复杂到无法解释，何况还涉及有关乌莎的部分。在他们的小世界之外，不可能有人会懂，哪怕是乔最亲密的朋友苔比也不例外。要解释她的森林小屋生活，就必定要被迫对它加以捍卫，也就意味着，必定会毁掉它那脆弱的美好。

“乌莎，我最爱的小外星人。”苔比弯下腰拥抱乌莎，“你怎么样，女朋友？”

“很好。”乌莎说，“我有幅画给你，在车里。”

“太好了！而且你还穿着我们的颜色。”她跟乌莎击掌，赞叹小姑娘身上的紫色T恤。

“苔比，这是加布·纳什。”乔说，“加布，这是苔比·罗贝蒂。”加布紧张地笑了笑，跟苔比握手。

“等等……加布？”苔比说，“乌莎画里那个小伙子？”

“是的，刮掉胡子的版本。”乔说。

“我们刮的！”乌莎说。

“谁？”

“乔和我。不过我只是打下手，不能动剃刀。”

苔比的震惊完全无法掩饰，或者说，是她的受伤感无法掩饰。如果乔跟一个男孩已经亲密到可以帮他刮胡子的程度，苔比希望自己能知道。而且乌莎也在场帮忙，听起来实在古怪。

“我们先进去吧。”乔说，“外面热死了。”

“空调我还是可以提供的。”苔比说着，退开一步招呼他们进门，“有人想喝水吗？再多我就提供不了了，冰箱里的东西都是新房客的。”

“他们在吗？”乔问。

“出去了，好给我们留出一些空间。”

“你确定他们不会把这地方弄得乱七八糟吗？要是那样的话，我们要负责的。”

“我相信我朋友。那个男人我不了解，不过看着是个有教养的英国人。”她的最后几个字是咬着英国腔说的，逗得乌莎哈哈大笑。

“他们的房租付了吗？”乔说。

“现款结清。”苔比说。

“要用卫生间吗？”她转头问加布，“我想跟乔偷偷聊一聊你。”

加布笑了，这还是这一天来他的第一个笑容。“在哪儿？”

“走廊里，左手边第一扇门。”

卫生间门刚“咔嗒”一声关上，苔比就说：“臭丫头！你总能找到这种超级火辣的小子。为什么没告诉我？”

“我还不确定现在是到哪一步了。”

苔比挑起双眉，要求得到更进一步的说明：“目前到哪一步了？”

“他们相爱了。”乌莎说，“我干的。”

“用她的外星能力。”乔接口道，挤了挤眼。

“就是我！”乌莎说。

“我不在乎是谁干的。你们进入实质阶段了？”苔比悄声问。

乔看了一眼卫生间的方向。“你知道，我不能在这里说这个。”

“行。”苔比抬手揪住乔的领口，说，“不过回头我要让你一五一十地交代清楚，听明白了？”

“听到了。”

苔比放开乔的衣服，张开双臂搂了搂她。“我真心为你高兴，乔。”

卫生间的门开了。

“他弹班卓琴吗？”苔比跟她咬耳朵。

“闭嘴。”乔扔下苔比，上前领着加布走进她的卧室。她拿出衣柜里的衣服，塞了他满满一怀，指使他下楼送到车上。赶在苔比截住她追问更多问题之前，乔自己也抱着满满一怀东西跟了上去。

在四个人的齐心协力之下，不到一个小时，乔的行李就全部塞进了两辆车里。他们开车直奔新房子。进门后，苔比和乌莎忙着做三明治，乔带着加布上下参观，最后展示的是后院。

加布张开双手，合捧住一朵红色的百合花。“这个地方很适合你。”

“总有一天，我会住到森林里去，就像你一样。不过既然眼下还不得不住在城里，那这里的确不坏。”

“你更愿意住在森林里？”

“当然。山上也行，要不然就在湖边。我希望打开门就能看见大自然。”

“那才是人类应该居住的地方。”他望了望隔壁左右的房子，说，“我们不该踩在彼此头顶上生活。”

她贴近他，双手环住他的脖子。“我觉得我们在彼此上面的时候你还挺喜欢的。”

他紧张地瞥一眼后门。

“苔比知道。”她说，“再说了，有什么可隐瞒的呢？”

“我不知道，我在努力习惯这一切。”

她的双手依旧搁在他的后颈上。“你在努力习惯去相信我们。”

“也许吧。”

她吻住他。“我必须相信一切，希望能够不留遗憾，就算……”她说不下去了。这些话，她一直都没办法说出口。

“就算什么？”

“就算癌症卷土重来。”

紧贴着她的那具身体僵硬了。“会吗？”

“可能性总是存在的。不过我的预后很好，治得早。”他抱得那么用力，用力到她都觉得疼了，但这是最棒的疼痛。

“嘿，树藤先生小姐们！”苔比站在露台上招呼，“午餐好了。”

加布到洗手间洗手，乔把苔比拽进起居室。“别问他太多问题。”她压低了声音说，“他有一些不想提的事情。”

“比如说？他上个月用斧头砍死人了？”

“他有一些相当糟糕的经历。总之轻松一点就好。”

“比你那时候还糟？”

“不一样，是另外一种糟糕。”

“我的天！你们两个真是绝配。”

“是啊，稀奇的是我们还就找到了彼此，不是吗？”

苔比抱一抱她。“我会把话题限制在天气和政治上的。不过，等等……他是自由派还是保守派？”

“你知道的，这方面我可搞不清楚。”

“什么？这是我必须首先弄清楚的事！”

“我和他从来没聊过这些。”

“天哪！你们俩在床上真的就那么棒？”

“嘘！”乔回身进屋，看到加布和乌莎都待在厨房里，不由得松了一口气。乌莎的那幅虎斑小猫（和往常一样，画得出色极了）已经被一枚写着“请勿遗弃。为你的宠物做绝育！”的兽医磁贴贴在了冰箱上。

吃午餐时，苔比只问了加布几个平平无奇的问题，像是“你在南伊利诺伊住了多久”之类的。她掌控着局面，只谈政治话题。加布的观点倾向于自由派，乔可以接受。

下午三点左右，他们把车上的东西全部卸下来，搬进了屋里。乔还得赶到学校去处理几件小差事，今天是来不及拆包了。她只能把所有东西都堆在地板和弗兰西斯·艾薇留下的床上。苔比提前为这次搬家腾出了一整天时间，她坚持让乔留下乌莎，只带加布去学校。“外星人和我要做些人类女孩的事。”她说。

“苔比要帮我涂指甲。”乌莎说，“我们要涂紫色的。”

“你确定想留在这儿？”乔问乌莎。

“确定。”

乔很希望能和加布散着步穿过“州立街区”，一路走到学校去。可是她不光要回生物系处理一些事，之后还得赶在下班前跑一趟格林街上的银行，只好开车了。半路上，加布说起：“我上一次来这里时还是个孩子，可这些街道看着真是眼熟。我猜，乔治·金尼就住在这一带吧？”

“有可能。”乔说，“有学生管这一区叫‘教授区’。”

“我记得。我们来过两次，我父亲每次都拿这个开玩笑。”

“为了挖苦乔治？”

“毫无疑问。”

她把车停在靠近莫瑞尔楼的地方，那是生物系动物学专业的办公室所在地。她要去提交有关秋季课程的书面文件，不过，在那之前，她想先带加布逛一逛这个四四方方的校园。她拉着他的手，走进那一栋栋老房子环绕着的巨大矩形空间里。“很漂亮的校园。”加布说。

“那是伊利诺伊俱乐部，学生中心。”她指了指北面说，“南边最远处那栋有拱顶的大房子是弗林格尔礼堂。”

他们沿着一条斜穿对角的小路走。学校里没什么人，盛夏总是这样。只有三两个学生懒洋洋地在草地和校园最南面晃悠，另外还有个打着赤膊的男孩在跟狗扔飞盘。

“让我想起芝加哥大学的校园了。”

“我还从来没去过那里。”

“也很漂亮。”

“你想过回去上学吗？”

“没有。”

“答得真够快。”

“为什么不能快？”

“因为把你这么天才的脑子藏在森林里简直就是犯罪，就像把你的脸藏在胡子下面一样。”

他停下脚步，转头看着她。“我知道，这就是你带我来学校的原因。”

“这是我的世界，加布。如果你能找到办法融入进来，那么一切都会容易得多。”

“你说过你想住在森林里。”

“我还得花上几年时间才能拿到学位，然后才能找到一份大学里的工作。”

他在一张长椅上坐下，双手抱住头。“这是不可能的。我们究竟怎么会开始的？”

“在我印象里，好像就没怎么控制。”

他抬起头看着她，说：“我也是。你知道吗？从你第一次找我买鸡蛋开始，我就被你吸引了。”

“你的举动看起来可完全不是那么回事儿。”

“你当然不会知道，当你转身离开时，我是怎样在看着你。”

“你是说看我的屁股？”

他微微牵动嘴角，笑了笑。她拉着他的手把他拽起来。“幸好你是个恋臀癖，不是恋胸癖。”

“我是个恋臀癖？”

“是的，就像《仲夏夜之梦》里的那个家伙。”

“尼克·波顿。”

她拉着他往前走。“快点儿，尼克，我还有事要办。”

他们走进莫瑞尔大楼，爬楼梯到生物系办公室所在的五楼。乔让加布待在门外的楼层大厅里，免得她自己忙着处理文件时，他还得勉强应付秘书的聊天。“好了，我们去银行吧。”她走出办公室，说。

加布打算从他们上来的楼梯走。“不，不，这边。”乔说着，指了指东面的楼梯间，“走这边下去，离我们停车的地方更近。”他们沿着长长的走廊，经过了一扇又一扇办公室门。生物系的教授和研究生基本上都离开校园去做夏季考察了。

“去完银行是不是就回去了？”加布问。

“只要先打一仗就行。”

“怎么说？”

“乌莎早就盼着要跟苔比一起到一家她很喜欢的餐厅吃晚饭了，可以吗？”

“我看没什么问题。”

乔伸出手，握住他的手。“那是一家比萨店，很轻松的地方。”

“加布？”从他们身后传来一个男人的声音。

他们回过身，松开手。是乔治·金尼博士，正站在一扇敞开的办公室门前。他朝他们俩走上前来，明显有些疑惑，但依然面带微笑，两只眼睛紧盯着加布。“刚才看到你们两个经过，我还以为是幻觉呢。”他在加布面前站定。就像凭空出现了一面神奇的时光之镜，年迈的面孔对照着它年轻的模样，年轻人面对着自己的未来。

27

乔没想到他们俩竟是如此相像，个头也差不多高。金尼博士也有一对蓝眼睛，只是颜色略浅一点。他的头发白了，跟加布一样偏分，只是加布往左分，他往右分。跟加布比起来，金尼博士更纤瘦一些，但也很健康，是一个七十三岁的人能拥有的健康身材。

“你把胡子刮了，我差一点没认出来。”金尼博士说。

加布听出了这句评论里的讽刺意味，但什么也没说。

或许是为了缓解这份沉默的尴尬，金尼博士转向乔，说：“见到你真好，乔。你的研究进展如何？”

“非常好。”

“很高兴听到你这么说。希望客厅里那台空调没太让你心烦，我是不是该换一台新的？”

“不要紧，我用得不多。”

“看来你已经认识你的邻居了。”他说着，瞥了一眼加布。

“是的。”乔说。

“我们该走了。”加布对乔说，就好像金尼根本不存在一样。加布完全没有掩饰他的轻蔑，金尼博士一定早就习惯了这样的态度，可即便如此，也免不了吃了一惊。他并没有就此退回办公室，而是开口道：“加布……”

加布嫌恶地抬眼看着他。

“我想跟你谈谈，”他抬起手，指着大厅那头的走廊上一扇敞开的门，“在我的办公室里。”他放柔语调，又补了一句，说：“如果那也算办公室的话。一旦你变成所谓的名誉退休者，他们就只肯给你一个柜子似的小隔间了。清洁工有时候还把拖把往里面放。”

乔笑了。加布没笑。

金尼博士的双眼一直锁在加布脸上，不曾挪开。“琳恩病得很重，最多只有一个月时间了。”

“我很遗憾。”加布终于开口了。

金尼博士点点头。“请到我的办公室来，我需要跟你谈一谈。”

“看起来你们似乎需要一点私人时间。”乔说，“你们先聊着，我先去一趟银行。等你这边结束了，咱们在大楼前面的长椅那边碰头。”后半句是对加布说的。

“听起来不错。”金尼博士说。

乔转身就走，不给加布反对的机会。“谈多久都行。”她回过头，又补了一句。

她巴不得加布每分每秒都守在自己身边，可还是独自走了出去。她也不知道自己是怎么找到汽车又一路开到银行的，她的每一个脑细胞都牵系在加布和金尼博士身上。

等她开车赶回莫瑞尔大楼时，加布并不在长椅上。要么是他心慌意乱地跑出来，忘记了碰头地点，要么就是他还在和金尼博士谈话。乔在长椅上坐下来等。十五分钟后，她刷起了手机。

四十分钟了，她越来越担心。也许加布已经崩溃跑掉了？她犹豫要不要到金尼博士的办公室去看看，可要是他们还在谈，贸然闯进去会显得很奇怪，也太冒犯了。她也想过要不要给苔比打个电话，看看加布有没有回去，可她没法解释为什么会打这样一个电话。

又过了十分钟，加布终于从莫瑞尔大楼里走了出来，浑身无力的样子。乔迎上前，可他只管自顾自地走。“你还好吗？”

“好。”他说。

“怎么回事？”

“聊了聊，什么都谈了。”他继续走，完全没在意方向。

乔只好默不作声地陪他一起走，等他自己回过神来。到了那片开阔的四方空地上，他停下脚步，眼神这才凝聚起来，左右张望一下，似乎想分辨自己究竟身在何处。接着，他又开始走，走得很快，仿佛已经认清了方向，急着赶去一样。他走到最近的一棵树跟前，停下脚步，颓然倒在它拉长的树荫下。他仰面躺在草地上，双手掌根死命地压在眼睛上。乔挨着他坐下，轻抚他的胸口。

“你是对的。”他说，手依然压在眼睛上，“我父亲，亚瑟……他什么都知道，这一切都是他允许的。”

乔想说“我很抱歉”，可那毫无意义。

他放下双手，睁开眼睛看着她。“他很高兴乔治给了凯瑟琳一个儿子，也很高兴自己有了个儿子。亚瑟一直都不太行，难得才有几次行的时候，蕾西就是那几次里面碰巧有的。”

他重新将双掌盖在眼睛上。“琳恩的肝坏了。我从来不知道，原来她这么多年一直酗酒。小时候我还以为她那副死板的面孔和沉默寡言的性子都是因为她太迟钝、太无趣。现在想来，应该只是醉了。”

“他从来没说过。”乔说，“我听到的传言也只是说他的妻子病了。”

他的手依然捂着眼睛。“你猜他问我什么？”

“什么？”

“他说，等琳恩死了，他想跟我妈妈结婚。他请求我的许可。”

这完全不在乔的意料之中。不过，她猜想，金尼会这么强硬地要求跟加布谈话，多半就是因为这个。“你怎么说？”

他又一次放下双手，看着她。“你是不是故意的？带我从他的办公室门口走，你希望出现这样的情况？”

“不是！我根本不知道那是他的办公室。我只跟他说过两次话，两次都在大办公室里。”

“他说他是两年前搬进那个小房间的。为了照顾琳恩，他不得不提前退休了。”

“两年前我已经住院治疗癌症了。我离开学校时，他的办公室还在昆虫学系。”

加布点点头，算是认同了乔并没有参与谋划这场会面。

“他知道你妈妈有帕金森吗？”

“他知道，但还是想跟她结婚。”他坐起来，朝她看去，“你哭了？”

“我想忍住的。”

“为什么哭？”

“我觉得这个故事很美，也很叫人难过。也许琳恩知道乔治不爱她，也许就是因为这样她才会开始喝酒。”

“所以这件事一点儿也不美，他们的自私毁掉了其他人的生活。”

他们的爱改变了生活。对于乔来说，这才是重点。

“他把事情的来龙去脉都告诉了我。”加布说，“他那时要去肖尼森林完成生物课程研究，还说服了我爸爸也去那一带。他们大四的一个周末，乔治、琳恩、亚瑟和凯瑟琳结伴去野营。我打赌你猜不到发生了什么……”

“乔治和凯瑟琳相爱了。”

“是的，可他们什么都没做。后来，乔治和亚瑟进了不同的研究生学院，但还是走得很近，互相在对方的婚礼上当伴郎什么的。再后来，两个家庭也走得很近，甚至到了那个时候，乔治和凯瑟琳依然没有什么接触——反正乔治是这么说的。”

“反正事情最后还是发生了，既然如此，他又有什么必要说谎呢？”

“说得对。”

“他们是什么时候在一起的？”

“我爸爸买下南伊利诺伊的那栋房子之后。我家旁边那片地产挂牌出售时，他还在造我们自己家的木屋。本来他想干脆把隔壁也买下来，可我母亲说不如问问乔治和琳恩有没有兴趣，这样一来，等他们放假下来时，大家就可以住在一起。”

“我好像嗅到了一点别有用心的味道。”

“你嗅到了吗？”他讽刺地说。

“亚瑟是什么时候发现他们的事的呢？”

“我妈妈怀孕以后。他知道那不是他的，因为他们已经好几年没有性生活了。在怀上我之后的第四个月，妈妈把亚瑟和乔治叫到一起，坐下来谈往后该何去何从。”

“很好，我更喜欢凯瑟琳了。这样的方式很酷。”

“他们决定不离婚，并且一致同意瞒着琳恩，因为酗酒已经让她变得很脆弱了。关于这一天的事情，乔治从来没跟他的妻子或两个女儿提起过。”

“她们没发现你们两个长得这么像？”

“我猜琳恩是太沉浸在她自己的哀伤里了，至于金尼家的女儿，她们很少见到我。我生下来的时候她们都已经是蕾西那个年纪了。”

“很显然，他们还决定瞒着你。”

“那是亚瑟提出的两个条件之一：我要作为他的儿子被抚养长大；乔治和凯瑟琳不能在他的产业范围内做爱。”

“所以他们才在林子里约会。”

“是的。墓地在金尼家的地盘上——离开纳什家也就几英尺。毫无疑问，在那里幽会也多少有点开玩笑的意思。”

“你真觉得是个玩笑？”乔说，“你母亲是个富有同情心的人——从她的诗里我能看出来——她一定知道亚瑟有多受伤。”

“是啊，毫无疑问，她知道。”他刻薄地说，“可是，嘿，他有安慰奖啊，对吧？他得到了我。”

乔摩挲着他的胳膊。“是的，他得到了你。”

他扯断一根草茎，又掷到地上。“你知道乔治说什么吗？他说他想真正成为我的父亲。”

“你怎么说？”

“什么都没说。那纯属胡扯。他说他的两个女儿永远都不会知道，这可能吗？”

“现在你已经知道了整件事情的经过，为什么还这么恨他呢？很明显，乔治和你母亲都留在了他们不爱的人身边，唯一的理由就是要让伴侣幸福。也许他们知道自己不必这么做，可在那个时候，他们都有了孩子，孩子可能因为父母婚姻破裂而受到伤害。而当他们终于在一起了，他们又竭尽全力，选择了伤害最小、波及人数最少的方式。你难道看不出他们这样的牺牲所蕴含的美好吗？更何况，这么多年来，他们还得一直承受着爱情的煎熬，不是吗？”

“如果那是你的父母，你就会明白我的感受了。”

“我还是会这么想。如果能让我的父母回来，我愿意他们去爱任何一个他们想要爱的人。”

他拽断更多草茎，团在掌心里揉搓。

“我们得快点儿走了。”她说，“乌莎还在苔比那儿，我们把她扔下太久了。”

他完全沉浸在自己的思绪里，没听到她说话。“我出来之前，乔治说，今天我经过他的门口，就像是冥冥中有某种奇特的天意在主导。他说，就在我们经过之前，他还在想着我。”他拍掉手上的草叶，望向她，“你知道我在想什么吗？我在想乌莎的夸克粒子。自从那个女孩出现以后，真的发生了一些非常古怪的事情。”

28

加布一心只想回家。乌莎想去有《紫色吃人怪》那首歌的餐厅吃比萨，可加布完全没有心情吃晚餐或聊天，就连回到乔的新房子时，他都不肯下车。乔跟乌莎和苔比解释说他感觉不太舒服，不顾乌莎的抗议和眼泪，把她塞进了汽车后座。“我们可以在回程途中停下来吃东西。”乔说，“也许找家麦当劳，你可以吃个冰激凌。”

“我想和苔比一起吃比萨！”乌莎说。

“我很抱歉。”

“能跟你说几句吗？屋里说。”苔比赶在乔上车之前说。

乔跟着她走进屋，有些担心她会说什么。无论苔比想讨论的是加布还是乌莎，她一定都会步步紧逼，可是乔已经没有力气应对了。

“我很吃惊你今天会带乌莎过来。”苔比关上大门，说。

“是吗？”

“别装得好像这事儿一点都不奇怪似的。到底怎么回事？她说她跟你住在一起。”

“我想是吧。”

苔比的绿眼睛瞪大了足足一倍。“你必须把她交给警察！”

“你知道的，她会跑掉。”

“那你就让她上车，不要说你打算带她去哪里。”

“她太聪明了。我们试过，她跳车了。”

“真的？”

“我们差点就没能把她找回来。”

“我们是谁？她跟我说加布在你那里过过夜。”

“这有什么关系吗？”

“你不能跟别人家的孩子玩家庭游戏！这会惹上大麻烦。再说了，等你的野外考察结束以后又要怎么办？”

“我还没跟乌莎谈过……别激动——”

“什么？”

“我应该会争取领养她。”

苔比一巴掌拍在自己额头上。“真他妈见鬼，你是当真的。”

“是的。”

“弗兰西斯·艾薇说过，不能有孩子。”

“你觉得这能阻止我吗？我爱这个孩子。”

两个人都沉默下来。乔自己也惊呆了，她的震惊一点儿不比苔比少。

“乔……”

“什么？”

“我觉得你应该给你在芝加哥的医生打个电话。”

“我有很多医生。”

“你知道我的意思。”苔比说。

“你是说心理医生，你一直管他叫‘死亡博士’的那个？”

“是的，就是她。”

“你知道她跟我说过什么吗？她说比起从来没有面对过死亡的人，幸存者会更加全情投入地去生活，去爱。”

“说真的……你到底在干什么？”

“我猜我就是那个幸存者。”乔拉开门，大步离开。

“我爱你，乔乔！”苔比站在门廊上大喊。

“我也爱你，苔贝丝。”

他们朝着57号州际公路开去，三个人都沉默不语，各自忍受着各自或大或小的伤痛。一路上没有人说过一个字，直到来到马顿城外。

“我爸爸喜欢这里的一家烤肉店。”加布说。

乔踩下刹车。“要停车吗？我们得加油了，乌莎也饿了。”

“我想吃比萨！”乌莎说。

加布转头看她。“再往前一点，公路附近有一家很好的比萨店，是那种有自动点唱机的老式地方。”

“我要苔比！”

“我想他们不提供这个。”他说。

“闭嘴！”

“嘿，这可不对。”乔说。

加布回头望着挡风玻璃，车里再一次陷入沉默。乔开过了马顿。

“对不起，加布。”几分钟后，乌莎说。

“接受道歉。我也很抱歉，毁了你的计划。”他回身重新看着她，“你想试试前面那个吃比萨的地方吗？我像你这么大的时候经常去，我也很喜欢点唱机。”

“我打赌他们没有《紫色吃人怪》。”

“我们会找到一些好东西的。”

“你最好确认一下那地方还开着。”乔说。

“肯定开着。那里都是本地人在光顾，永远人山人海的。”

他在手机上查到了餐厅的具体位置。乔从后视镜里看了看乌莎，她又在画画。看来彩色铅笔和速写本会是笔大开销。“你在画什么？”乔问。

“紫色吃人怪。”

对乌莎来说，画画似乎是一种自我抚慰。每当想要什么东西，或是想念什么人时，她总是把它们画出来，像是以这种方式满足自己的期待。

他们抵达埃芬汉时已经是黄昏了。这么晚了，如果只是乔自己一个人，她会更愿意买点快餐带着路上吃，而不是停下来一本正经地吃顿晚饭。不过，既然加布想重温童年旧地，那么，她也想。此时此刻，他需要的或许就是重新与父亲建立联系。

加布忙着指点前往餐馆的路线。乌莎差不多整个人都趴到了她的速写本上，全神贯注于画作之上，完全不理会越来越暗的光线。乔在寻找停车位。“把你画画的家什都带进去吧，”加布说，“他们烤比萨要一点时间的，这样你也可以有点事情做。”

餐馆房檐下挂着一溜彩色灯泡，乔打量着彩灯下长长的一排摩托车。“你确定就是这里？”

“就是这里。”加布回答，为乌莎打开车门，“感谢上帝，这儿一点都没变，停车场还是满地碎石子。瞧瞧这里停着多少车。”

“瞧瞧这里有多少哈雷摩托。”乔说。

“我知道，很棒不是吗？地道的20世纪60年代风格。”

“我可看不出来这究竟有多地道。”

“亚瑟知道。他不在真是太可惜了，他很喜欢晚上的这个地方。”

“看起来有点乱。”

“你瞧，这就是现代人的问题。他们生活在灰色的快餐世界里，稍微瞥到一抹颜色就慌了。像这样的地方，对他们来说就过分真实，不过，这才是那种会上演真正有趣的人性故事的地方。”

“我觉得自己在听一场纳什博士的文学讲座。”

“的确，但我对此表示完全赞同。想象你在读一本书，这里是书中描绘的一个场景。什么麦当劳之类的，就让它们一边儿歇着去吧。”

“要我说的话，这两种餐厅在书里会用在完全不同的地方。”

“一点不错，完全没有可比性。一个隐喻着我们生活中一切沉闷枯燥的东西，另一个告诉我们，微小的不可预见性依然存在。”

“只要这种不可预见性里不包括摩托车手的拔刀相向就行。我准备好了。”

“摩托车手的拔刀相向——那可真是太棒了！”

“知道吗，你身上亚瑟的这一面有点儿吓人。”她说。

“乌莎，本世纪内你有没有从那辆车上下来的打算？”加布问。

“我不想在这里吃东西。”乌莎说。

“现在轮到你了吗？别！”

“我不饿。”她说，“我想回家。”

“这地方绝对安全。”

“不是的，我就是不饿。”

“她今天晚上是怎么了？”加布问乔。

“她还在‘苔比戒断期’，这可不容易熬过去。先进去，找个位子，我来跟她说。”

“要不要先给你们找根撬棍防身？”

她用力推一推他的肩膀。“快去，趁我还没有累趴下，赶紧去找个位子。”

乔弯下腰，探身到打开的车门里，对乌莎说：“加布真的很想在这里吃饭。拜托，就当只是为了他，能配合一下吗？哪怕你不饿？”

“这地方看起来傻乎乎的。”

“那就带上你的铅笔和画纸，不要看它。”

乌莎没有动弹。

“你听到加布说的了，他爸爸很喜欢这个地方。他两年前过世了，对于加布来说，这是重新和父亲建立联系的一种方式。你知道这意味着什么吗？”

“知道。”

“那就来吧，为了加布。他已经找好位子了，在等着我们呢。”

乌莎不情不愿地从车里蹭下来。乔探身取出彩色铅笔和速写本，顺便看了一眼“紫色吃人怪”——它就翻开在最上面。“真棒。”乔说，“我喜欢你把它的嘴画成这样。”

“它必须有那么大，这样才能把人整个儿地吞下去。”

“这些牙齿真吓人。”

“其实它再也不会吃人了。它去了朱丽叶和哈姆雷特住的魔法森林，他们告诉它应该做个好人。”

“你那部朱丽叶和哈姆雷特的戏里也会有它吗？”

“不知道，我只是画的时候假装它是在魔法森林里。”

她们踏上亮着彩色灯泡的破旧木头门廊。乔用力拉开沉重的木头大门，前脚刚迈进去，就明白亚瑟为什么会痴迷这样一个地方了。房子里面几乎全是木头做的——木头地板、木头板墙、木头卡座、木头桌子——所有木头都被磨得发亮，就像加布说的那样，仿佛浸透了时光的气味和无数的人生故事。这里的空气中飘荡着松木和比萨的香气，还有汗水、威士忌和烟草的味道，通通混杂在一起，仿佛老橡木桶中陈年红酒的岁月味道。南茜·辛纳特拉上世纪六十年代大热单曲《这靴子是离开时穿的》正从彩灯闪烁的自动点唱机里飘出来。歌曲完美契合氛围，只是笑声和说话声几乎把它给淹没了。店里很暗，基本上全靠彩灯照明，只有最里面的三张台球桌上方悬着几盏灯。台球桌边围着一群文身男女，他们喝着啤酒聊着天，看着球滚来滚去。

无数双眼睛落在乔和乌莎身上，目送她们朝加布走去，后者已经在屋子正中的一张餐桌旁坐了下来。乔发现，这家店的老主顾大多都是本地人，他们多半也看得出，她和加布都是过路人。他们三个的T恤牛仔裤装扮倒是跟这儿很合拍，只是乔那件T恤上印着“美国鸟类学会”几个字，无疑让她显得分外突兀。

那是一张小方桌，乔在加布对面坐下，乌莎坐在他们俩中间的椅子上。“很棒，不是吗？”加布说。

“我不得不承认，这简直就像穿越时空，回到了从前的年代。不过，我猜他们全都知道，我们是时间旅行者。”

“他们才不在乎，我们这可是在支持本地经济。”他拉起乌莎的手，端详了一下她薰衣草色的指甲，“这颜色真漂亮。苔比帮你涂脚指甲了吗？”

乌莎点点头：“脚上是深紫色的。”说完，她拿起铅笔，趴下继续画她的紫色吃人怪，她的脸都快贴到了纸上，光线太暗，不这样没法看得清楚。

加布翻开菜单，说：“乌莎，你想吃什么比萨？”

她没有抬头。“都行，你选吧。”

考虑到乔很少吃红肉，更不吃腌制过的肉，他们点了一个大比萨，一半纯素，一半是香肠和意大利辣味肠。

“喝点儿什么，亲爱的？”一个四十来岁模样的女服务员问。她化着浓妆，扎着马尾辫，头发是深紫红色的。

乌莎埋头画画。

“儿童鸡尾酒怎么样？”加布问，“我以前来这里经常喝这个。”

“好。”乌莎头也不抬地说。

乔看了看她全神贯注在做的事，她正在画紫色吃人怪身边的树木和其他植物。“那是魔法森林吗？”乔问。

“是的。”

“看上去像是一片危险的丛林。”

“那是魔法，会保护它的安全。”

“那些牙齿不能保护它自己的安全吗？”

“有坏人的时候不行。”

加布看着乔，挑高了眉毛。他留意到了，乌莎的情绪有些古怪。“想玩点唱机吗？”他问，“现在没人用。”

“你想去就自己去吧。”乌莎说。

“我去看看有没有你那首歌。”加布离开桌子，走到自动点唱机跟前。

“乌莎，有什么不对吗？”乔问。

“我不想来这里。”她说。

“很抱歉。多谢你能为了加布坚持下来。”

加布还没回到桌边，他点的第一首歌就已经飘了过来，是《少年心气》。

“你是涅槃乐队的歌迷？”等他回到座位上，乔问他。

“不管从哪个方面说，都算不上，不过我喜欢这一首。”

乔的水、加布的啤酒和乌莎的儿童鸡尾酒一起送上来了。加布端起杯子，说：“我提议，咱们碰个杯。”

乔端起她的水，问：“为了什么？”

“为凯瑟琳和乔治的结合，祝他们百年好合。”

“当真？”

“这是个好主意，至少在这件事上，我们家总算有个人有了结果。”他举起杯子往前送了送。

“乌莎，我们在干杯。”乔说。

“我不明白。凯瑟琳是你母亲。”乌莎说。果然，她一直都在听着。

“当然是。”他说。

“她要结婚了？”乌莎问。

“有可能。”乔说。

“乔治是谁？”

“乔治·金尼。”乔说。

“我们房子的主人？”

“那不是我们的房子。”乔说，“不过没错，就是他。端起你的杯子来干杯。”

乌莎跟他们碰了碰杯，抿了一口。第一口她喝得很小心，不过在那之后，杯子里甜甜的饮料就飞一般地下去了一大半。“乔治结婚了吗？”

“结了。”加布说，“不过很快就没有了。”

“他们要离婚了？”

“类似吧。”

“要结婚的话，你妈妈好像老了一点。”乌莎说。

“不管年纪多大，人们都是可以得到爱情的。”乔说。

乌莎却没在听了。她僵在椅子上，直愣愣地盯着屋子另一头。乔顺着她的视线望过去。她看的是吧台的方向，一个看上去挺邋遢的年轻人正拿着电话贴在耳朵上，眼睛望着他们的方向。接触到乔和乌莎的视线后，他转动高脚凳，面对吧台，只留给她们一个背影。乌莎还在看着什么，可乔分辨不出来了。

“是什么让你们两个这么着迷？那边有个帅小伙儿还是怎么的？”加布问。

乌莎抓起一支绿色铅笔，在她的魔法森林里再添一片叶子。

“你就是这间屋子里最帅的小伙儿。”乔说。

“那不过是因为我的对手全都是上了年纪的摩托车手罢了。”

他错了。店里的人都相当年轻，特别是坐在吧台边的那些。乌莎之前看的那个家伙从吧台高脚凳上站起来，擦着他们的桌子边走过，经过时一直盯着他们看。乌莎望着他走出了餐馆。

“你认识那个人？”乔问。

“什么人？”她说。

“你刚刚看的那个。”

“我看的是门上那个东西。”

“那块马蹄铁？”

“为什么要把那个挂在那里？”乌莎问。

“为了给从门下走过的人带来好运，是一种迷信。”

乌莎又盯着马蹄铁看了几秒钟，然后埋下头，继续画画。

到这时，加布已经敞开怀抱，情绪饱满地接受了凯瑟琳和乔治的未来。这家餐厅大概也有功劳。他跟乔聊音乐，聊这聊那，一直聊到比萨上桌。乌莎还在涂涂抹抹，那充当保护屏障的树林越来越复杂，重重围绕在她的紫色外星人周围。

加布对比萨大加赞赏。乔也很喜欢，不过她总觉得，亚瑟对这家餐馆的热爱为加布眼中的比萨加了很多印象分，这是他自己没有意识到的。加布坚持付了账单，还给了女服务员一笔丰厚的小费。

出城路上，乔停下来加油，顺便让乌莎上了个厕所，因为她之前怎么也不肯用餐馆的洗手间。她依然陷在古怪的沉默里。乔估计她是累了，所以才会这么没精打采。只希望接下来这段路她多少能睡会儿吧。

一路上，乔和加布跳转了好几个话题，却只字未提乔治的事，因为乌莎一直醒着。她坐立不安，不断从这边窗户挪到那边窗户，乔不得不一而再、再而三地提醒她系好安全带。

转上乡村公路时，乔看到后视镜里有灯光。后面那辆车也跟着他们拐了过来，之后足足跟了六英里，一直跟到了火鸡溪路。

“别跟我说他们也要在这里转弯。”她说。

“谁？”加布问。乌莎扭头朝后挡风玻璃望出去。

“我们后面那辆车。”乔说，“我发誓，它已经跟着我们很长时间了。”乔转过弯开上火鸡溪路，那辆车突然加速，消失了。

“他们迷路了。”加布说，“看到‘前路不通’的牌子才发现这不是他们要找的路。”

乔把加布送到他改造好的新车道边上，不过在路口就停了下来，免得让蕾西看到乌莎。她下车跟加布道别。“虽然出了乔治这档子事，但整趟旅行还不错，对吗？”

“很有意思的旅行，真的。不知道我今晚能不能睡得着。”

她笑了。“这是暗示吗？我是不是该留着前门不要上锁？”

他吻了吻她。“在老地方留一把钥匙。至于房门，你晚上得通通锁好了。”

29

乌莎想睡在乔的床上，可是乔不答应。她只在乔的房间里睡过两晚：一次是加布留下来过夜，一次是她伤了脑袋。乔必须很小心地坚持和她分床睡，如今她还打算提出领养申请，就更得格外谨慎。如果她和乌莎睡在一起，可能会引起一些不好的猜疑。那样的话，那些人就有可能向乌莎询问一些让人不舒服的问题，探究她和乔的关系。

等到乌莎换上凯蒂猫睡衣，刷好牙之后，乔把她送到沙发上躺下，关掉所有大灯，只留下灶台前的一盏小灯。她吻了吻乌莎的面颊，说："做个好梦，人熊。"

"加布会过来吗？"

"我想不会。他自己大概都没发现，他累坏了。我们全都累坏了。"

"我希望他在这里。"

乔直起身子，说："睡吧。我们明天都多睡会儿，现在已经很晚了。"

乔转身走开，乌莎说："别关你的门。"

"好。"

"我能跟你一起睡吗？"

"你知道规矩的，快睡吧。"乔多希望自己能答应啊。她从没见过乌莎害怕睡觉，哪怕在她第一次来的时候都没有。也许跟她画了那个长着大牙的外星人有关系，画完之后她的情绪就一直不对劲。

空调的"嗡嗡"声很快就将乔送入了梦乡。可最多才过了两三个小时，她就被小熊给吵醒了。她看了一眼手机，两点十分。太晚了，那只小狗不可能是在迎接加布，也许是有浣熊或鹿经过。偏巧空调也停止制冷了，乔倒是希望它赶紧再运转起来，这样就能盖住狗叫声了。

突然间，小熊狂吠起来，急促得好像连气都接不上了。就算乌莎现在还没醒，再这样下去，也要被吵醒了。乔不得不爬起来去安抚小狗。

刚走到客厅门口，乔就定住了。她感觉有些发冷。乌莎站在沙发边，呆呆地看着她，那具小小的身体不自然地僵着，炉前的荧光灯映得她小脸发青，仿佛幽魂一样，眼睛宛如两个黑洞。她又变成仙女的弃婴了。

"乔……"她开口了。

乔努力忽略自己狂乱的心跳。"回床上去。"她说，"外面也许只是来了只郊狼，我还是把小熊放进门廊里来的好。"

眼看乔抬脚要朝前门走去，乌莎猛地冲到门边，背贴着房门，张开双臂。"别出去！"

"为什么？"

一声呜咽从她的嗓子里钻了出来："坏人！有坏人！"

乔浑身发冷。"什么坏人？"

她哭了出来："对不起！我该告诉你的！他们会把你也杀了！对不起！对不起！"

小熊的叫声停了大概十秒钟，接着立刻又叫起来，这一次，叫声离房子更近了。乔一把抓住乌莎的肩膀，说："别哭，告诉我怎么回事。是不是餐馆里的那个人？"

"是！但不是他！"

"那不是重点！"乔抓着她的肩膀摇了摇，试图摇出些更明确的东西，"告诉我怎么回事！我必须知道！"

两声枪响传来，小熊发出一声可怕的哀嚎。

"小熊！"乌莎尖叫起来，"小——"

乔伸手紧紧捂住她的嘴。"安静！"她嘘声道。

小熊的哀嚎还在继续。又是一声枪响，哀嚎停止了。乌莎抽噎得喘不过气来，几乎崩溃。乔双手捧住她的脸，强迫她集中精神。“外面有多少人？你知道吗？”

“我……我想是两个，在那辆车里。我不敢肯定！他们杀了小熊！”

“从埃芬汉出来就一直跟着我们的那辆车？”

乌莎点点头，她抽噎着，胸口起伏，身体抖个不停。

“你必须停下来，别哭，拜托！要是被他们听到声音，他们就知道我们在哪里了！”

乌莎大口大口地吸气，使劲咽下她的哭泣。这片刻的安静给了乔一点时间，让她能集中精神想一想。在生存本能之外的那部分大脑里，她知道，那些人一定和乌莎的过去有关系。可除此之外，她没有办法思考更多，此时此刻，她满心想的都是要确保乌莎的安全。那些人随时可能朝屋里开枪。打911报警必须先描述她们所在的偏远方位和路线，这要花不少时间，太浪费了。她只能期望加布也听到了枪声，然后打电话报警，但没有任何东西能给她保证。

如果那些人要进屋，只有前后两扇木头房门能走。这栋老房子的地基是抬高了的，地板下面垫着厚厚的一层煤渣，窗户都开在墙壁内侧一半高的地方，因此，要从外面翻窗进来并不容易，太高了。乔做的第一件事，就是把乌莎从门边拉开，她担心那些人会朝着大门开枪，木板门挡不住子弹。然后，她站在自己的卧室门口，努力调动脑细胞。那些人肯定知道枪声把她们吵醒了，小熊破坏了他们的偷袭行动，因此，他们一定在小心戒备。他们没有看到乔在加布家门口放下他的那一幕，肯定以为屋里有三个人，会担心加布和乔手里也有枪。

可要是屋里继续安静下去，他们就会胆大起来。他们会知道，猎物被困住了，那么，接下来就是踹门闯进来了。乔和乌莎必须从窗户逃出去，而那就意味着，在躲进树林之前，她们得先跑过屋子周围的开阔地带。走廊上的两盏驱蚊灯足够让那些人看清她们，朝她们瞄准开枪。

一句歌词掠过乔的脑海，是加布在自动唱机上点的那首涅槃乐队的歌。黑暗中没有那么危险。“趴下来，待在这儿别动。”她悄声对乌莎说。乌莎乖乖照做，整个人紧贴在门边的地板上。乔匍匐着挪进厨房，飞快按下炉前小灯的开关，然后蜷缩在黑暗中，等待着，看会不会有事情发生。他们看到灯灭掉，也许会有些担心，也许会猜想有人正端着枪，趴在屋子里守株待兔。

稍待片刻后，她爬到后门边，猛地弹起来，关掉驱蚊灯，再飞快地重新趴下。现在，屋子后面完全黑了。只剩下前门外的驱蚊灯还亮着，那个她关不了，因为开关在门廊上。她趴在地上，抬手拉开装刀具的抽屉，把最大的一把刀抽了出来。

她握着那把刀，爬回乌莎身边。“起来，轻轻地。”乔悄声说，伸手握住乌莎冰冷汗湿的手。乌莎站起来，身体颤抖着。虽说靠近窗户是个冒险的举动，可乔必须准备好一个出口。她自己卧室的窗户下半部被空调堵住了，何况，无论怎么看，另一间卧室的窗户都是更好的选择，因为它刚好开在房子背后，黑暗的那一侧。要是那些人从门口进来，乔和乌莎就可以从窗户爬出去，跑进树林。

这个计划很不错，会奏效的，除非包围房子的不止两个人。可要是还有更多人的话，到了这个时候，他们肯定已经开始进攻了。

乔拉着乌莎走进闲置的卧室，把窗户推上去。窗户卡住了，一定是因为夏天的空气太潮湿，窗框变形了。乔用尽全身力气摇晃窗户，终于，木头窗框让步了。空调刚才已经开始重新运转，但愿能盖住这边的声响。

乔用刀割开纱窗。“要是他们进来了，你就从窗户跳出去，穿过林子朝加布家跑。”乔贴在乌莎的耳边悄声说，“不要走大路，从林子里穿。如果觉得有人在追你，就躲起来。天这么黑，他们找不到你的。”乔转身打算走开，乌莎一把抓住她的胳膊。“我去拿我的电话和你的鞋。”乔解释道，却还是不得不用力掰开乌莎的手。

她爬回自己卧室，四下里摸索着寻找她放在地板上的手机。找到以后，她把门锁拨到反锁档位，然后才出门，回身把卧室门反锁上。接着，她在客厅找到了乌莎的鞋子，回到闲置的卧室，关上房门，反锁好。这样一来，就多出两扇房门挡在那些人面前，需要他们踹开了。这多少能为乔和乌莎争取到一点时间，方便她们避开歹徒的视线，逃进森林里去。

乔用颤抖的双手把乌莎的紫色运动鞋套在她冰冷的赤脚上，系牢。到这时，她才发现忘了拿自己的鞋，可是来不及再冒险出去一趟了。

她拉着乌莎来到推开的窗户边，让她贴墙躲好。从枪声响起到现在不过短短几分钟时间，感觉却像过了一个小时那么久。就算加布听到了枪声，也不可能来得这么快。乔在手机上按下911，电话没接通。她在房间里换了个位置，重新拨号。她眼睁睁看着电话努力尝试连接，每白白度过一秒，她的神经都更绷紧一分。

前门传来重重的一脚踹门声。乔惊跳起来，差点脱手扔掉手机。

“乔！”乌莎说。

乔把手机放在地板上，紧紧抱住她。“没事的。照我说的做，穿林子走，一直走到加布家。要是找不到他家，就跑得远远的，藏起来。等安全以后，我们会去找到你的。”有人一直在踹前门，后门也传来了踹门声，跟前门的动静合并成可怕的声响。很好，两个人的位置乔都清楚了，但现在还不能把乌莎送出去。要是现在跑出去，很可能被后门那个人看到。乔托起乌莎，让她坐在窗沿上。两扇门都被踹破了。乔和乌莎紧紧贴在一起，分享彼此同样狂乱的心跳。那两个人中的任何一个都随时可能破门而入，乔希望是后门那个。

一声短促的爆裂声响起，接着又是一声——前门的人在开枪打门锁了。他开了第三枪，几乎与此同时，伴随着木头断裂的声响，厨房门锁失守了。乔扶着乌莎，把她放下去，送到屋外的地面上，可她竟呆站着不动，抬头看着乔。“跑！”乔压低了声音，“快！我跟着就来！”

乌莎朝西面的树林跑去。就在乔正往窗外爬的时候，她听到火鸡溪路上传来了汽车引擎急迫的轰鸣。她跳到地上，朝林子里跑去，加布的皮卡刚好疾冲着转过弯角，碎石飞扬。他朝空中开了一枪，想把枪手引出屋子。

对乔来说，这个时机挑得真是再糟糕也没有了。她不巧正跑到空地上，无遮无挡。好在，至少乌莎已经跑进树林里了。

加布的皮卡打着滑在乔的本田旁刹住。他跳下车，俯身趴下，利用车头作为掩护。

“加布！小心！”乌莎的尖叫声传来。

“不！回去！”一眼看到乌莎跑出林子，乔放声大叫。

乔拼命往前跑，听到身后传来重重的脚步声。枪声响起，后门那个人在朝乌莎开枪了。也许是朝乔开枪。加布试图掩护乌莎逃跑，可前门的人也在朝他开枪。

这简直就是在战场上奔跑。乔的身边回响的全都是枪声，她脚下猛地一软，整个人扑倒在地，左大腿后侧火辣辣的。乔动弹不得，被枪伤吓住了。打中她的那个人踏着重重的脚步从她身边跑过。

他是冲乌莎去的。乔爬起来，感觉不到疼痛，可受伤的腿让她没办法跑快。借着黯淡的星光，她能看到乌莎在朝加布的卡车跑。马上就要到了。那人开了火。乌莎倒下了。乔停下脚步，手死死按在嘴上，捂住自己的尖叫。那个人知道她在那里，他回过身，枪口对准了乔。

加布发出一声野人般的怒吼，扣动了扳机。他完全暴露在空地上，要把那个人的注意力从乔的身上引开。那人暂时放过了乔，转身开火，可他最多只打出两枪，就向后一跌，软软地倒在了地上。

加布仍然站着不动。“趴下！”他大喊。

乔应声趴倒在地，眼看着他朝那个人跑过去，缴下那人的枪，拍拍打打地搜遍了那人的全身上下。他搜出了另外一把武器，同样缴下。

“有多少人？”他大声问乔。

“应该是两个。乌莎受伤了！”

“我知道。你不要动，趴好！”他飞快地朝乌莎跑去，手里端着枪，随时保持戒备。

乔听到他对乌莎说话的声音，松了一口气。她一定没事。接着，加布扔下乌莎，朝乔跑过来。“你受伤了吗？”

“一点点。乌莎怎么样？”

他没有回答。

“告诉我！”

“情况不好。”

“我的天！”她爬起来，拖着左腿朝乌莎跑去。“你必须趴下！”他一边跟着她一起跑，一边说，“我杀掉了两个，但万一还有呢。”

乔扑倒在乌莎身边，加布俯身护住她，警惕地打量着四周，防备有漏网的偷袭者冒出来。乌莎仰面躺在地上。不需要照明，乔也能看到她伤在了哪里。微弱的星光足够让乔看到她那件粉红色凯蒂猫睡衣上洇开的一摊深色。那一枪打在了她的右腹部。她还有呼吸，但意识已经模糊，小小的身子抖个不停，眼睛直直地盯着乔，却仿佛并没有看到她一样。“救护车来了吗？”

“我们听到第一声枪响时，蕾西就打了911。”

“他们不一定会带救护车来。”

“这些交火的声音她都能听到，他们会叫救护车来的。”他放下枪，看上去还是很担心，摸出电话打给蕾西。“警察来了吗？”他说，“救护车呢？不是我。乌莎伤得很重。”顿了顿，他又说，“是的，那个女孩。”他听了几秒钟，然后挂断电话。

“蕾西打了两次电话。”他说，“第一次她说我们需要警察。听到交火以后，她又打了一次，告诉他们必须多派些警察来，还得带上救护车。”

“要是他们没能及时赶到怎么办？”乔哭着说。

“他们会赶到的。”

“没人认识这条路。”

“警察知道地方。蕾西说她会再打一次，告诉他们乌莎受伤了。”他脱下T恤，“用这个按住伤口，用力按住，但别伤到她。”他重新抓起枪。

乔把T恤按在那可怕的伤口上，却不知道究竟该按多重才合适。“万一是个对穿伤可怎么办？”

“有可能。”他说，“他开枪时离得很近。”

乔一手按住前面的伤口，一手探到乌莎的右边身子下面。她摸到了，有血从乌莎背后渗出来。子弹有可能是从任何一边打进去的。她脱掉自己的T恤，塞进乌莎身下，双手同时用力，按住两处伤口。“你会没事的，亲爱的小虫子。”她俯下身用嘴唇轻轻碰一碰乌莎的脸颊，“留下来，陪着我和加布，好不好？请努力留下来，陪着我们。”

乌莎醒了，眼神聚焦到乔的脸上。“别……别哭。”她上下牙打着战，声音从齿缝间挤出来，“乔……不要哭！”

“我忍不住。”乔说，“对不起，可是我忍不住。”

乌莎望着她的眼睛。“你哭……哭了，是因为……因为……爱我吗？”

“是的！我非常爱你！”

乌莎笑了。“就是它了……第五个奇迹。这就是我最……最想要的，我让……让它发生了。”

乔哭得更厉害了，乌莎的眼角也滚下了泪珠。

“乔……”

“什么？”

"如果我死了，不要太伤心。这不——不是我。"

"你不会死的！"

"我知道。现在我可以回——回去了，我见到了五个奇迹。如果我走了，不要伤心。"

"你要留在这里！我想做你的养母，我可以领养你。我准备告诉你的……"

"真的？"她的眼睛亮了，看起来更像那个快乐的乌莎了。

"你可以跟苔比和我一起住在那栋漂亮房子里，你喜欢吗？"

"喜欢……可我感觉不太好。我也许……也许得回到星星上去了。"

"他们来了！"加布说。

乔听到一串警笛声远远地传了过来，可那声音太远了，乌莎的眼睛已经闭上了。

"乌莎！"乔说，"乌莎，别离开我！"

"星星……"乌莎喃喃地说，"乔……我看见星星了。"

"乌莎，不！留在我们身边！"她拼命用力按住乌莎的伤口，可是胳膊不听使唤了。她双腿发软，终于撑不住了，身子歪斜着滑下，仰面瘫倒。她也看到星星了。熊在哪里？乌莎的大熊座在哪里？哪些星星是它们？

加布的手抱住了她。"乔！你流了很多血！你的裤子都湿透了！"他说得没错。自从被那个人打中，她就一直在跟脑子里的迷雾对抗。现在她闭上眼睛，听凭黑暗降临。她会找到乌莎的。她会找到她，就算必须亲自爬上天空，把她从星星上拽下来。

30

乌莎。乌莎。乌莎。这是一条咒语，将她从麻醉中拽了出来。睁开双眼，发现看到的是医院病房时，乔丝毫不感到意外。也不害怕。她太熟悉这种环境了。

一个中年护士正在帮她调整输液药袋，眼睛看着她。“这就醒了？我以为至少还要再过一个小时。”

“你知道跟我一起进来的那个小女孩吗？她还好吗？”

“你问错人了。”

“意思是，他们让你不要说。”

“你感觉怎么样？”护士问道，伸手拎起她的手腕测脉搏。

“很好，至少有力气听一听事情进展的消息了。”

“你知道自己出了什么事吗？”也许她必须先确认乔能够承受那些消息。

“我大腿后侧中枪了。”

“你知道现在是在哪里吗？”

“马里恩？”

“你在圣路易斯。”

“圣路易斯？”

“你不记得了？你是被直升机送进医院里来的。”

这下她明白了，她的确记得，只是当时还以为那些直升机螺旋桨的巨大“嗖嗖”声是她的幻觉。“我的腿怎么样了？”

“你输了好几袋血，做了血管和组织修复手术。等医生来了会跟你详细解释。”

“有没有一个叫加布里埃尔·纳什的男人在这里？”

“你感觉现在能见访客吗？”

“是的，我想见他。”

“真的确定没问题？”

“是的！”

护士走出病房。几分钟后，房门开了，不是加布。进来的是一个制服警官，还有一个穿白衬衫和卡其色长裤的男人。这两个人都佩着枪，也就是说，穿便服的那人一定是个探员。他们都差不多四十五六岁，警官大约六英尺高，黑眼睛，黑色短发，探员比他矮五英寸左右，浅色眼睛，金色头发，头发扎成一个又短又粗的马尾。两个人都满脸的严肃，让乔恨不得自己压根儿就没醒过来。

“乔安娜·蒂尔？”探员问。

“是我。”

“我是凯伦探员，从埃芬汉来，这位是维也纳来的麦克纳布首席副治安官。”

“我需要知道乌莎的情况。她死了吗？请告诉我。”

“你怎么知道她叫乌莎？”他问。

“她告诉我的。”

“她跟你说过全名吗？”

“你就真的这么着急开始？你马上要向我提出一百个问题，却连一个我最关心的紧要问题都不肯回答？”

“我们不能回答，是因为她还在手术，顶多也就是刚刚做完，进入术后观察期。我们不知道她能不能挺过来。”

乔双手捂住脸，她想躲开所有人，藏起来，可眼下，这是她唯一能做到的了。她还以为乌莎死在了金尼家。“她在这里吗，这所医院里？”

探员顿了顿，说：“在。”

另一个警察，那位麦克纳布，向凯伦探员投去了不赞同的一瞥。出于某些理由，他不希望探员透露乌莎的行踪。

“你知道那些人为什么要带着枪来杀乌莎吗？”乔问。

“请让我们来问问题，蒂尔小姐。”麦克纳布警官说。

“你现在感觉还行吗？”凯伦问。

她给出了肯定的答复，于是，在接下来的二十分钟里，回答了他们许多的问题。麦克纳布去过犯罪现场，问的基本上都是关于枪击的问题，凯伦则更关注有关乔和乌莎之前相处的过往。虽然他们没有说，可很明显，许多问题都是为了印证加布的证词。乔尽可能把他从整个事件排除出去，可两个警察不断把话题拉回到他身上。“当时加布里埃尔·纳什在现场吗？”那个探员常常这么问。

当乔谈起乌莎，说到她是怎么会和自己一起生活时，一切听起来都不对劲了。她能从这些男人的眼睛里看出他们的评判，也能从他们的问题里听出来。随着问询的继续，乔开始想，自己或许真的陷入大麻烦了，严重的法律问题。焦虑联合其他种种压力，一同侵蚀着她的头脑和身体，很快她就精疲力竭了。眼看她的思路渐渐失去条理，表述也不再流畅，警察决定暂时离开。

“加布在这里吗？”他们离开前，乔问。

“一个小时前在。”凯伦说，“休息一下吧。”

他和副治安官走出门去。

乔按下呼叫键。“能不能帮忙看看，休息室里有没有一位访客在等着，如果有，能把他带进来吗？”护士进来后，乔问。

“是你的亲属吗？”

“不是。”

“目前这个阶段，只有亲属才能进来。”

“那不应该是由我来决定的吗？”

“你得跟你的医生说。”

“那好，让我跟他说。”

“我说不好他什么时候会在。巡房的时候他会来看你的。”

医院这是在推托，乔很清楚，可她太累了，没力气争辩。药力在发挥作用，她放弃了抵抗，昏睡过去。

她睡了几个小时，再醒来时，医生已经来过了。她心急如焚，只想知道乌莎的消息，可这会儿当班的是另一个护士，比前一个还要少言寡语。护士给她用了镇痛药，她再一次睡了过去。当感觉到有嘴唇触碰自己的脸时，乔还以为是在做梦。她努力撑开沉重的眼皮，落进了一双熟悉的绿色眼睛里。“苔比！”

“这家医院的设施太旧了，乔乔。”苔比说完便转过头，冲着幽暗的窗边招呼，“过来，吻她。她需要这个。”苔比让到一边，那里站着的是加布。他满脸憔悴，脸颊上冒出了一圈胡茬儿。一时间，他和乔都只是呆呆地凝望着彼此。

“来啊，纳什，吻她。”苔比说。

他俯下身，抱住她。他们拥抱了很久很久，然后才遵照苔比的指示，接了一个短短的吻。“你们怎么进来的？”乔问，“从我今天早上醒过来开始，他们就一直把访客挡在外头。”

“全靠苔比。”加布说，“她只用两分钟就让看守打开了门，我争取了整整一天都没能做到。”

"你怎么做到的？"她问苔比。

"我说你是个孤儿，还是个癌症幸存者，除了我们就无依无靠了。"

"她很有说服力。"加布说，"楼层护士都快哭了。"

"对付医院的食人魔我有经验。"苔比说，"要知道，乔经常来这些地方，她一定很像食物。"

"你怎么知道我在这里？"

"加布说的。"

"我知道你会希望她来。"他说，"她在大学通讯录上留了联系方式。"

"我总会登记通讯录。"苔比说，"你永远不知道什么时候有哪个热辣帅哥会想要你的电话。"她冲加布挤挤眼。

"没人知道你哥哥的电话。"加布说。

"很好。"乔说，"他最好不要知道。"

"你必须给他打电话。"苔比说。

"你知道的，他才刚搬到华盛顿安顿下来。我的健康问题已经够给他的生活添乱了。"

"乔……"加布说。

"好，好，我会给他打电话的。他们跟你说过乌莎的情况吗？"

"他们什么都不告诉我。"加布说，"本地新闻里也没什么线索，整件事被说成是入室盗窃未遂。他们只说两名男子中枪身亡，一名儿童和一名女子中枪被直升机送进了医院。"

"那已经说明了一些问题。"乔说，"乌莎一定是熬过手术了！要是一个小女孩在抢劫中身亡，消息一定早就传得沸沸扬扬了。”

“你说得对。”苔比说，“媒体绝不会错过拿孩子的悲剧博眼球的机会，这种消息甚至可能传到芝加哥去。”

“加布……”乔说。

“什么？”

“我刚刚反应过来……你杀了两个人。你还好吗？”

“还好。”

“干吗一脸沉重的样子？”苔比说。她猛拍加布的背，说：“这男人是个英雄，他救了你和乌莎的命。”

“并不是她说的这么回事，对不对？”加布说，“我差点害死你们两个。要不是我在那个时候出现，乌莎根本不会中枪。”

“你不能因为这个而负疚，那个时候你不可能知道是什么情况。”乔说。

“不，我感觉糟透了。乌莎从藏身的地方跑出来警告我，她从林子里跑出来大叫的时候，我甚至都不知道你在哪里。我想掩护她，可那个人从后门跑出来，我却被前门出来的家伙开枪缠住了。我没办法同时拦住他们两个。”

“那是不可能做到的事。”

“可你做到了。”他说，“我跟警察一起进到屋里看过，我们一起推测出你都做了什么。你一直等到他们破门而入之后才把乌莎送出窗口，所以她一定可以安全逃脱，很可能你也可以——他们还没来得及打破你们躲的那个房间的门。我们找到了你的手机，电话还通着，连通着911，他们在对面听到了交火的全过程。就因为这样，他们才会派直升机出来。”

“我只要一想到你和乌莎锁在那个房间里……”苔比说不下

去了。她再次抱住乔，吻了吻她。“你的腿不会有事吧？骨头肯定没事，不然就该打着石膏了。”

“主要是血管的问题。护士说我会恢复的，不过我还没找到机会跟医生谈一谈。我很难一直保持清醒。”

“你流了很多血。”加布说，“昨天夜里你昏过去时……我很怕你和乌莎都会死。”

“真希望我们能去看看她。”乔说，“想想看吧，她该有多害怕啊。”

“看看这个。”苔比说着，从手提包里摸出手机，划开屏幕，点了几下，举起来给乔看。那是一张学校的报名照，上面的乌莎微笑着，照片上横着一行字：“失踪，乌莎·安·杜普雷”。

“我几乎每天都会上这个网站去看！”乔说。

“一定是最近才发布上去的。”加布说。

“我不该停下来的。”乔说。

“我也停了。”他说。

乔从苔比手中接过手机，读起了乌莎照片下面的详细信息。她是六月六日在伊利诺伊州的埃芬汉失踪的，八岁。她的九岁生日是在八月三十日。

“真不敢相信，她才八岁！”乔说。

“我明白。”苔比拿回手机，说，“那才三年级。”

“简直不可能。”加布说。

“第一天晚上，我跟她说话时，她甚至用了‘致意’这样的词。”乔说。

“也许她真的是个住在人类孩子身体里的高智能外星人。”苔比说。

一个护士走进来查看并记录乔的体征。“我什么时候能下床？”乔问他。

“明天早上你就要开始做物理治疗了。”他说。

护士离开后，加布在床沿边坐下，握住乔的手，说：“他们说我们只能待一小会儿，有些事情我必须告诉你。”

“一定不是好事。”

“的确不是。我们有麻烦了，不过你的麻烦更大，因为乌莎住在你的出租屋里，还跟着你一起出门工作。”

“是警察跟你说的吗？”

“他们暗示过。我跟他们说了，在收留乌莎这件事情上我跟你负有同样的责任，但似乎用处不大。”他用力握紧她的手，“我不想聊这个，你才刚刚开始恢复，可我必须说。如果你有律师的话，打电话给他。我猜你有可能因危害儿童安全的罪名遭到起诉。”

危害儿童安全。不可能，她所做的一切不过是为一个遭到遗弃的小女孩提供食物、庇护和爱。这不可能。

可下一秒，她看到乌莎在星空下奔跑。枪声一次又一次响起，乌莎一个踉跄扑倒在地上。这全都是因为乔没有及时把她交给警察。乔任由双臂无力地垂落到眼睛上，哭了。

31

第二天一早，有人敲响了病房的门。“请进。”她一边回答，一边拉了拉自己身上的病号袍子，遮住打着绷带的腿。她希望来的是加布和苔比，他们两个就住在附近的一家旅馆里。但从门口走进来的，是她的学业导师。“我说……你打算什么时候再告诉我你中了枪，差一点就没命了？”肖恩问。

“如果可能的话，永远不说。我猜你多半已经厌倦了我这些没完没了的麻烦和问题。”

“我可没有，而且，如果能早一点知道，我就会第一时间赶来这里。”肖恩将他修长的身体窝进乔面前的椅子里，“你哥哥来了吗？”

“我昨晚跟他通过话。他是想来，不过我告诉他我一切都很好，要是他专门跑来，我会生气的。”

“一切都很好？”肖恩的目光投向她包扎着的伤腿。

“是的。你怎么知道这件事的？”

“乔治·金尼告诉我的。警察必须联络他，因为事情发生在他的房子里。”

“这消息一定让他很震惊，一场枪战，还有两个人死在了他的地盘上。”

“时机很糟糕。当天夜里早些时候，他的妻子刚刚死了。”

“琳恩死了？”

肖恩的白眉毛困惑地高高挑起。“你认识琳恩？”

“不……不算认识。”

他审视了她几秒钟。“乔治跟我说，就在同一天，你带了一个他认识的人进学校——加布里埃尔·纳什？”

乔点点头。“他去帮我搬家，我租了新房子。”

“乔治说他家就在金尼小屋旁边，他们家和乔治一家是老朋友。”他停下来，等乔解释她和加布结识的过程，可乔沉默着不说话。“乔治告诉我，这位加布似乎是救了你的命。”

“当时有一把枪正指着我，加布赶在那个人开枪之前把他引开了。”

“我的老天！”肖恩说，十指插进他丝一般的白发里，“我一定得见见这小子，当面谢谢他。”

“你的愿望应该可以实现，他随时可能过来。”

“我该先离开吗？”

“不，要不是还有访客，医院就真的叫人无法忍受了。”

“我还以为人们忍受医院是因为有好医好药呢，原来不是吗？”

“我已经受够那些什么医啊药的了，我戒断了。”

“为什么听到这话我一点儿也不觉得奇怪呢？”肖恩放松地靠回椅子里，“我听说那个小姑娘恢复得不错。”

“真的？”

“他们没告诉你？”

“没有，他们什么都不跟我说。”

“她还在接受重症监护，不过已经脱离危险了。他们估计她可以好起来。”

乔大大松了口气。要不是导师还在跟前，她多半已经哭了出来。“警察有没有告诉金尼博士，那些人为什么要追杀她？”

肖恩坐直了身子。“她不是意外被打中的？”

“我非常确定，他们就是专门来杀她的。”

“你告诉警察了吗？”

“我什么都告诉他们了。”

“他们跟乔治说可能是一起抢劫事件。”

“我估计他们这么说是为了避免泄露消息，因为案子还在调查。这一切肯定跟埃芬汉有关系，那里曾经发生过什么。有一个从那里来的探员问了我许多问题。”

肖恩的蓝眼睛凝起来。“乔治说，警察问他知不知道有个小女孩住在他的房子里。”

乔不知道该说什么。

“是这样吗？”

“是的。”

肖恩又揉了揉头发。

“我想我是真的有大麻烦了。”

“你到底在做什么啊？”

“我只是觉得她实在让人心疼。一天夜里，她出现在我面前，饿着肚子，穿着脏兮兮的睡衣，连鞋子都没有。”

“我记得，你还拿你的拖鞋给她穿。”

“第二天，我打电话报警，可治安官一来，她就跑进林子里去了。”

“可那是……什么，一个多月之前的事了？”

“我知道。”

他等着听她继续说。

“一想到她会被送到那些领养人身边，我就觉得难受。你一定也听过那种可怕的故事……”

“你怎么确定她的父母没在找她？”

“就算他们找了，也肯定没报警。一开始的几周，我每天都上网查看失踪儿童信息，可到了后来……我知道这听起来很疯狂，可我真的非常在乎她，甚至想过申请领养。”

"我的天，乔，世界这么苛刻，你的心也太大了。"

"如果我被起诉，在学校这边会不会也有麻烦？"

"有可能。"

"我会被踢出研究生院？"

"你永远不知道我们的系主任长了个什么猪脑子。"肖恩看得出乔有多么不安，他说，"你要知道，我会竭尽全力为你争取。再说了，我非常清楚你都经历过什么，我知道它们会怎样影响……影响你的行为。"

为什么每个人都这么想？她闭上了嘴，但心里很想说，就算妈妈、乳房和生殖系统全都还在，她的选择也不会有任何不同。她一样会这么爱乌莎。

肖恩察觉到这些话让乔不舒服了，赶紧换了个话题："需要别人来帮忙完成你的考察吗？"

"说实话，我根本没办法不去担心我的鸟巢记录、电脑和放在那屋子里的所有东西。"

"我也一样。就算脑袋离开了身体，我的大脑也依然会为我的数据担心。"

"毫无疑问。"

"等会儿我就从圣路易斯直接去金尼小屋。我有钥匙，可以进去。"

"我想那里没有哪扇门还用得上钥匙了。"

"上帝啊，我必须赶快去一趟。"

"那里不是犯罪现场吗？你能进得去？"

"那我大概不得不寻求治安官的帮助了。你的数据记录好找吗？"

“就在书桌上的一个文件夹里，文件夹上贴了标签，写着‘鸟巢记录’。”

“我猜那一定很好找。”

“我的笔记本电脑和双筒望远镜也都在桌上。你能把它们一起带回学校，找个安全的地方收起来吗？”

“我会的。另外，我还想再问一句，你介不介意我们帮你完成对余下鸟巢的追踪观察？”

“介意？我会感激得要死！可你没时间去做这个。”

“我是没有。”他揉了揉左手肘关节——那里之前骨折过——这通常表示他要说些不大情愿的话了。

“坦纳和卡莉说，在你住院期间，他们愿意下去帮忙追踪你的鸟巢。”

“可那屋子没法住人了。就像我刚才说的，门都破了，而且，我很肯定那里已经被划成罪案现场了。”

“他们打算在附近找个地方露营。”

说不定就是乔和坦纳当初在溪里做爱的地方。自从跟着一群研究生去过之后，那里就成了坦纳最爱的露营地。“你确定他们有时间？”

“你在开玩笑吗？完成了调研考察的学生哪个不是为了逃避写论文什么都肯做的。反正他们说本来就打算去露营。”

“如果他们愿意度一个工作假期，那我很高兴有人帮忙。”

“卡莉很熟悉你的研究区域，她以前在那一带的很多地方做过考察。”

“要是他们不想用摄像头，可以把鸟巢旁边装的那些都拆掉。所有东西我都在地图上标得很清楚，地图就在文件夹里。”

“不用说，你永远都是这么细致。”他说，“我们会做一些备份的副本——”

有人敲门。“请进。”乔说。

加布走了进来，看到肖恩，立刻说：“抱歉，我过会儿再来。”

“不，等等。加布，这位是我的导师，肖恩·丹尼尔斯博士。肖恩，这就是加布里埃尔·纳什。”

肖恩从椅子上弹起来，握住加布的手。“见到你太好了！”他说，“谢谢你帮了乔！你救了她的命！还有那个小女孩！”

加布没有拒绝，但负罪感却从眼神里流露出来。乔留意观察肖恩，想看看他有没有注意到加布和乔治·金尼的相似之处。可就算他在加布脸上发现了金尼的影子，也没表现出什么明显的反应。

“我早就盼着你来了。”乔说，“苔比呢？”

加布瞥一眼肖恩。“她……去礼品商店了。”

“什么？她最好别去买那些个贵得要死还没用的东西！”

肖恩夸张地抹了抹眉毛，做出大大松了一口气的样子。“谢天谢地，幸亏我没买那个‘早日康复’的气球！”

“我还没说完呢——除非是气球。”

“见鬼！”他俯身轻轻抱了抱她，“我得走了。我想赶紧去金尼小屋看看，确认你的数据都还好好的。”

“我把她的鸟巢记录放在书桌那个放文件的抽屉里了，免得它们太显眼，被别人看到。”加布说，“警察还同意我把她的笔记本电脑和双筒望远镜都锁进了下面一个带锁的抽屉里，钥匙我藏在最上面一个抽屉的回形针盒子里了。”

“我喜欢这个小伙子。”肖恩对乔说，“他对于数据安全的考虑完全就跟科学家一样。”

“我猜他是被传染了。”乔冲着加布露出微笑，说。

“希望能再见到你。”肖恩又跟加布握了握手，说，“找个时间，咱们一起去喝啤酒，我请客。”

“听起来很棒。”加布说。乔从没见过他在一个陌生人面前这样放松。跟苔比在一起待过就是会有这样的效果。

“他人好像很好。”肖恩离开后，加布说。

“是的。我之所以留在伊利诺伊大学而不是另外申请一个博士学位项目，完全是因为他，我只想和他一起工作。”她伸长手臂去拉他，“坐过来，给我一个吻。”

“你这么说只不过是因为我刮干净胡子了，又变得魅力无穷了吧。”

“你懂的。”他们越过她吊起的伤腿接吻。

“看到你能下床了，我真高兴。”

“我也是。苔比到底干什么去了？为什么你说她在礼品店时好像有点紧张？”

“什么都瞒不过你，是不是？就跟乌莎一样。我永远没办法在你们两个面前搞鬼。”

“你打算搞什么鬼？”

“我不知道，我还从来没想过呢。”他坐进椅子里，“那么……说到苔比嘛……”

“噢——不。”

“是的。”

“老天，她究竟干什么去了？”

“我有种感觉，她经常干这种事儿。”

“她在做什么？”

“她从我们旅馆的员工间里偷了一件服务员的衬衫——”

“什么！”

“她想显得正规一点……”

“她想让什么显得正规一点？”

“她在商店里给乌莎买了一份礼物，打算假扮成花店的送货员送去。她准备去试一试，看能不能见到乌莎。”

“乌莎在重症监护室里，门一定是锁着的。”

“我尝试过阻止她了。”

“苔比要是打定了主意，那就什么也阻止不了她。她有没有告诉你，有一次，她偷偷把一只小羊羔带进了医院？”

“等一下，你刚刚说一只小羊羔？”

“是的。她的兽医专业主要跟大型动物有关，做研究的羊群里有一只小羊羔失去了妈妈，她就负责用奶瓶喂它喝奶。她知道我喜欢那些农场动物的幼崽，于是就带上羊奶，把那只小羊羔塞进车里，一路开车到了芝加哥，偷偷把小羊羔带进了我的病房。那是在我做完乳房切除术的两天之后，她从背包里抱出那只小小的羊羔，放在我的病床上，把奶瓶递给我。她说，喏，谁还需要乳头？想喂奶的话，有的是办法。”

加布把头扭到一边，使劲地眨眼睛。

“我明白。我当时哭得像个婴儿一样。一开始她以为那是因为我心里难过，可其实是因为我太喜欢这个了。她做过那么多疯狂的事，这是最棒的一件。”

“昨天晚上，我们离开医院以后，她拉着我跟她一起出去。”加布说，“她想四处逛逛，最后我们到了——”

“某个奇怪的地方。”

“是的！”

“让我猜猜看——一家嬉皮风的按摩妓院？还是日本人的卡拉OK？”

“这些地方她都带你去过？”

“在芝加哥的时候。那段时间我妈妈快不行了，她拉着我做了很多奇奇怪怪的事。她说我一定要记住，在我那悲哀的小小王国的边境线之外，还有一个奇妙的大世界——这是她的原话。我经常觉得苔比应该当个小说家。”

“我懂。看起来兽医并不适合她。”

“如果你知道她从小生活在城市里，住的是公寓，就好理解了。她的双脚几乎从来不曾踏上过一片真正的草叶，可她的工作却是要和牛、马、羊打交道。她爸爸有一家汽车店，他觉得那是世界上最有意思的事情。”

“他很恼火苔比的选择？”

“不，我说的‘有意思’是真的有意思。他是个很了不起的人，有点儿怪，跟苔比一样。离婚后，他一个人带大了苔比和她姐姐。”

“苔比这样的个性，亚瑟会喜欢的。”

“跟我说说，昨晚她都带你去了什么地方。”

“一开始我们去了一家威尔士餐厅，名字就叫‘小酒馆’，我们坐在一张公共长桌上吃饭喝酒。”

“哇噢，你觉得怎么样？”

“你一定不会相信，我觉得很好玩。我们遇到两个相当不错的家伙——就因为这个，最后我们跑去了一家同性恋酒吧。”

“这绝对就是苔比会干的事！”

“什么是苔比会干的事？”苔比的声音接了上来，跟着脑袋就探进了门里。她走进病房，还穿着那件蓝色的服务员衬衫。

“看到乌莎了？”加布问。

她在床边坐下，说：“差一点就看到了。”

“你进了重症监护区？”乔问。

她点点头。“我买了气球和毛绒玩具，还写了张卡片，说‘乌莎，我们爱你！快点好起来！’落款是‘拥抱你，亲吻你的：乔、加布和苔比’。那个毛绒玩具是只虎斑猫，你看——这难道不是很棒吗？”

“接着说！”乔催促道。

“我去找医院导引台的女士，可她没找到乌莎的名字。看到我手里拿着玩具，她就问病人是不是小孩。我说是的，那位女士说乌莎可能在她们的儿童院区，离这里有两三个街区。她帮我查了，可那边也没有她的名字。”

“太奇怪了。”

“我也是这么想的，所以我就到这家医院的重症监护区去逛，可病区大门一直锁着。我等啊等啊，终于等到一个护士推着一个坐轮椅的家伙出来——”

“不，你可别……”

“是的，我冲了进去。趁着还没人反应过来我不该出现在那里，我开始寻找乌莎，很快我就找到了她的病房。”

“你怎么知道的？”加布说。

“那个门口有警察守着。”

“警察！”乔说。

“你确定那是她的病房吗？”加布说。

“我快要走到那扇门口时，一个护士拦下我，问我是什么人。我说我这里有份礼物要送给乌莎·杜普雷。我跟她说，我得亲自把玩具和气球交到她手上，还要为她唱一首歌。我估计那个警察守着的就是乌莎，就赶紧加快脚步朝他走去。可护士在后面大声喊了起来：‘拦住她！’你们猜怎么着？”

“我的天哪。”乔说。

“是的，那警察拔出枪来指着我。我被带进一间保安室，他们问了我一大堆问题，诸如我怎么知道要找的是哪一间病房之类——这就说明那真的是乌莎的病房。她没在儿童医院，很可能就是因为警察觉得那样太明显了。”

“你是怎么骗过他们脱身的？”

“我没有骗，骗他们太冒险了。我跟他们说，我是通过你认识乌莎的，可医院不让我探望她，这让我非常担心。我承认我是有计划地溜进去的。”

“那他们呢？”

“他们记下了我的名字和地址，不过那只是想吓唬吓唬我罢了。他们说我要是再去的话，就会被逮捕。”

“我简直不能相信。”乔说，“还有警察在看着乌莎。”

“我信。”加布说。

“我也信。”苔比说，她压低了声音，身子往前倾，“我打赌，政府知道她是外星人，现在只是借了乌莎·杜普雷的身体作壳。”

32

乔已经把重症监护区访客休息室里的每一本杂志都翻完了，就连《枪与花园》也不例外——这份杂志一定能把她那个和平主义者兼园艺家的母亲给逗乐。乔最喜欢的是靠边桌的位子，坐在那里可以把伤腿架起来。她每小时起身活动一次，拄着拐杖在屋里绕圈走。她在访客休息室卫生间的残疾人专用隔间里洗澡刷牙，夜里就睡在长沙发上。加布负责给她带吃的过来，他还是住在附近的旅馆里，每天晚上在旅馆房间里帮她把换洗衣服洗干净，晾干。

苔比很想加入乔的静坐行动，可她不能再继续扔下她的工作不管了。加布想让乔放弃，他说警察是绝不会让她见乌莎的。乔不听，她需要见到乌莎。她知道，乌莎也想见她——对于这一点，她毫不怀疑。

乔静坐的消息传遍了整座医院。她的外科医生在第三天来找她谈话，说她再这样下去，伤口就有可能因为受到压迫而发生感染，而且，坐得太久还有可能形成血栓。医院保安也在第三天来了，他们要求她离开，可是乔说，除非见到乌莎，否则她就不走。他们威胁说会叫警察来强行拖她离开，却并没有付诸行动。

乔观察每一个出入乌莎那条重症监护区走廊的人，有警察和公职人员模样的人进进出出，还有一个挑染白色头发、留非洲式发型的女性经常来，频繁到乔开始猜测她就是法庭为乌莎指定的法律顾问。这个女人经常在等待重症监护区开门的间隙里看一眼乔。一开始，她对乔的审视明显是冰冷的，到了第三天，她投注过来的眼神里似乎带上了几丝吝啬的赞赏。

静坐的第四天，加布为乔带来了午餐。他的眼睛下面挂着黑眼圈，颧骨也似乎更突出了。他跟蕾西和母亲都保持着联系，但没跟她们说实话——乔在医院里只住了三天就出院了。

加布放下背包，挨着她坐下。“火鸡肉、意大利熏干酪、牛油果和生菜，配全麦面包。”他递给乔一个白色纸袋，说。

“你不吃吗？”

“我不饿。”

“我希望你回家去。”

“我希望你停止这样疯狂的举动。”他说。

“我不能。”

“说不定她人都不在这里了。我敢说，他们肯定已经把她转移走了。”

“她肯定还在这里。那个非洲头发的女人一个小时前刚刚进去。”

“你连那个女人是不是跟乌莎有关都不知道！”

“我觉得她是，她一直在看我。”

“每个人都在看你，因为你做的事情太疯狂了。你应该做的是离开这里，找个律师。”

“我不需要律师。”

加布不想开启新一轮的争吵，他转过头，看向别处。

“你给我带干净衣服来了吗？”

“带了，不过衣服还有点潮。”

等到她吃完了三明治，加布闭上眼睛，整个人向后靠进椅子里。乔吻了吻他的脸。“你不想回去继续研究你的鸟儿吗？”他说，眼睛依然闭着。

“我不能撑着拐杖工作，再说，坦纳和卡莉已经在帮我收尾了。”

他睁开眼睛，看着她。“我以为你会想去看一看，至少确保他们做得没有问题。”

“坦纳必须保证没有问题。”

“为什么？”

“他这是在用我的鸟巢观测赢回肖恩的好感。当初我确诊以后，他就像躲开伤寒玛丽[1]一样抛弃了我，这让肖恩很生气。”

“我还是没办法相信他竟会这样。”

“我可以理解。坦纳是个——”

重症监护区的大门打开了，乔正面迎上了那个非洲头发女人锐利的双眼。她穿着浅灰色的裙子，配桃色衬衫，很好地衬托出她棕色的皮肤。她的身材跟蕾西有点像，高大、强健，但没有蕾西那么高。

她笔直地朝乔和加布走过来。“乔安娜·蒂尔，对吧？”

“是我。”乔说。

“那你一定就是加布里埃尔·纳什了。”女人说着，在他们面前站定。

“是。”他说，喉头有些发紧。

---

1. 伤寒玛丽（Typhoid Mary），本名玛丽·梅伦（Mary Mallon，1869—1938），是一名生活在美国的爱尔兰厨师，也是美国第一例确诊的无症状伤寒病毒携带者，当局推测因其烹饪而遭感染的人数为51人，其中3人死亡。其本人两度遭隔离，第一次为期3年，时隔5年后再次被隔离，直至去世，时间长达23年。

她抱起双臂，垂眼看着乔。“唔……你在这里待了多久？”

“今天是第四天。”

“而且是在刚刚做完手术之后，你跟她一样固执。”

“乌莎？”乔说。

“还能是谁？我这辈子都没见过这么固执的小孩。”

“我明白你的感受。”乔说，“她花了很长时间来固执地向我进攻，直到我决定让步才罢休。”

“你知道，第一次听到这件事情时，我无法想象你为什么会这么做。整整一个月，你怎么可以不把她交给警察？你怎么会不知道这样做是错的？”

“我知道这样做不对。”

“可那个小外星人控制了你，用她的超能力，对吧？”

“她还在说她是外星人？”

“噢，是的，我知道了有关她那个星球的所有事情。赫特拉叶是星球的名字，他们那儿的人外表看上去像星光一样。”

“她有没有跟你说五个奇迹的事？”

“当然。你知道她为什么没有在五个奇迹之后回她的星球去吗？”

“她怎么说的？”

“她说她决定留下来，因为她知道了，你爱她。这第五个奇迹把她留了下来，而不是送她离开。”

乔忍不住把头撇向一边。

女人停下来等她恢复平静，然后说：“想知道一个小秘密吗？把赫特拉叶（Hetrayeh）倒过来念。”

乔和加布面面相觑，开始尝试。

“不容易，是吧?”那女人说，“一般人要这么做都很吃力。”

“伊亚尔特（Eyarteh）？”加布说。

“单单‘th’倒过来是没法发音的，除非你在里面加个元音。再试试。”

“地球（Earth）！”乔说。

女人点点头。

乔试着把乌莎的名字也倒过来念。“那‘乌莎·安·杜普雷（Ursa Ann Dupree）’就是‘伊尔普德·纳·阿斯茹（Earpood Na Asru）’，她说那是她的外星名字。”

“你已经懂了。”女人说，“只不过她做这个很快，给她一本书，她能立刻把所有单词都倒过来读，就跟顺着读一样快。”看到乔和加布满脸的困惑，女人微微地笑了，“她不是外星人，不过从某种意义上来说也算——至少对我们这些普通人来说算。她是个天才，最高级别的那种，她的智商测试分数超过了一百六。”

“这就全都说得通了！”乔说。

“可不是？”女人向乔伸出手，“我是莱诺拉·罗兹，来自儿童及家庭服务部。”乔和加布轮流跟她握了握手。

“我被指派了一项不可能完成的任务——我得让乌莎告诉我，她逃跑的那天夜里究竟发生了什么。”

“她什么都没跟你说？”乔问。

莱诺拉伸手拉过一把椅子，面对着他们俩坐下。“她说她只会告诉你，乔。五天来我们一直在努力，可她说，非你不可。”

“聪明。”加布说。

“我都快把头给挠秃了，她实在是太聪明了。”莱诺拉说，

“我会把我知道的情况一五一十地告诉你，作为交换条件，希望你能提供帮助。”

“她有家吗？”乔问。

“就我们所知，她唯一在世的亲戚只有一个有毒瘾的祖母，住在拖车里，还有个得了阿尔兹海默症的祖父，居住条件稍微好一点。另外还有个叔叔，行踪不明，因为他正在被警方通缉。”

“如果她没地方可去，我很愿意申请成为她的养母。”

“慢一点，我们一步一步来。你同意跟她谈话吗？”

“当然。你知道她父母出了什么事吗？”

莱诺拉左右看了看，确保没有其他人能听到。她就着坐在椅子里的姿势，俯身凑近他们。“她父母的情况我们一清二楚。他们两个人都是在肯塔基州的帕迪尤卡长大的，乌莎的智商或许是得到了她父亲的遗传。他叫迪兰·杜普雷，天生胜人一筹的家伙，就是那种无论做什么都注定能够成功的孩子。直到大学二年级，他爱上了珀西娅·威尔金斯。也不知道究竟怎么回事，总之，整个学校里最聪明的孩子和最麻烦的孩子搅在了一起。珀西娅是个真正的大美人——也许事情就是这么开始的。”

“也可能她跟他一样聪明，所以才能吸引到他。”乔说，“很多聪明孩子都会惹上麻烦。”

“的确。”莱诺拉说，“不管原因是什么吧，总之，从遇见珀西娅开始，迪兰就开始走下坡路，他染上了毒品和酒精，成绩下滑，还常常卷进麻烦里。升入高学年之前的那个夏天，珀西娅怀孕了。当时，双方父母都不支持他们把孩子生下来，于是，迪兰和珀西娅逃跑了。他们一路搭车，离开肯塔基州，最后到了伊利诺伊州的埃芬汉。”

“他们结婚了吗？”乔问。

“结了，不过是在乌莎出生之后。珀西娅当服务员，迪兰跟着一个承包商工作。到乌莎两岁时，他们两个人的收入加起来能够支付一套体面公寓的开销了。那段时间，他们都没有被逮捕的记录，但我们相信迪兰和珀西娅长期在使用毒品，而且酗酒。”

“你们为什么这么认为？”乔问。

“因为迪兰是淹死的，身体里验出大剂量的毒品残留。那年乌莎五岁。”

“可怜的乌莎。”加布说。

“当时湖边还有他的一些朋友也在，他们都作证说他下水去游泳的时候已经喝醉了。乌莎跟着她妈妈也在湖边，她妈妈也醉了。”

一对夫妇走出电梯，莱诺拉停了下来，一直等到他们走进重症监护区的人门，她才接着往下说。“迪兰是这个家庭的顶梁柱，他一死，一切就乱了套。接下来的三年里，珀西娅不断惹上麻烦。她在好几份服务员的工作岗位上被解雇，因为有关毒品的轻罪遭到过逮捕，还因为开具空头支票接受过调查。一次酒醉驾车后，她的驾照也被吊销了。到乌莎二年级的时候，珀西娅又遭到一次调查，因为学校以儿童照管不良的理由举报了她。那时候，乌莎常常穿着脏衣服去学校，还不止一次被人看到放学很久之后还在操场上闲逛，而且她的行为也越来越古怪……”

“聪明孩子常常被看作是古怪的。”乔说。

“他们考虑到了这个因素，但是她常常扰乱课堂。她过分沉迷于把一切东西都倒过来读，还总在课堂上举手向老师讲述一些疯狂的故事。”

“她那是觉得无聊了。”加布说，“你能想象二年级课堂上教的东西能让一个拥有这种智商的孩子感兴趣吗？”

莱诺拉笑了。“我很喜欢你们俩维护她的样子。不过，通常情况下，如果一个孩子做出这样的行为，更多是说明家庭环境压力过大。在家庭调查中，社工们惊讶地发现，乌莎基本上是在自力更生。她会做奶酪通心粉这类简单的食物，独立完成家庭作业，早上自己起床，收拾好去上学，自己走到公交车站坐车，完全没有人管她。衣服脏，是因为她还没办法自己去自助洗衣房。自从迪兰死了之后，珀西娅就搬进了一套非常便宜的低档公寓，那里没有洗衣机和烘干机。”

“社工有没有考虑过把她从她母亲身边带走？”乔问。

“只有情况真的到了极端恶劣的程度，他们才会这样做。那个时候，他们得出的结论是，乌莎的情况还算不上单亲母亲独自带孩子的非正常状态。但他们不知道，在有关母亲是否服用毒品或饮酒的问题上，乌莎对他们说了谎。珀西娅的毒瘾已经严重到不得不靠卖淫来赚钱支撑了。她是一家酒吧兼餐厅的服务员——”

“叫什么？那家餐厅的名字？”乔问。

“不是你们遭枪击当晚吃饭的那家。”

“你知道那件事？”

“这些情况我都知道。”莱诺拉说，“我们猜想乌莎以前去过那家餐厅，但不是因为她妈妈在那里工作。珀西娅最后一份工作是在一个很糟糕的地方，她在那里找男人，他们能让她继续得到毒品。因为没了驾照，平时经常是她朋友开车载她上下班，这个朋友也在那里当服务员。六月份的时候，有一天，这个朋友到公寓接她，可是没人开门。接下来一连两天，珀西娅都没有上班。于是，这位朋友说服了珀西娅的房东让她进屋看一看。进去后，他们在冰箱上找到一张留言条，说珀西娅跟朋友一起带着乌莎去威斯康星度假了。”

“那是学校放假之后？”乔问。

“是的，那时候乌莎已经不用去上学了。但这个朋友很清楚，珀西娅根本就没有什么朋友会开车带她们去威斯康星，她也知道珀西娅和乌莎不会留下她们的衣服不带走。她跟警察磨了一个星期，等到他们终于准备问话，打算开始调查时，她却突然退缩了。她害怕了，因为她也吸毒，也是妓女。就这样，警察那边基本上就算把这件事搁置了。”

“在一个小女孩的性命可能受到威胁的时候？”乔说。

“他们完全找不到头绪，何况当母亲的还留了字条。又过了一个星期，他们仍然没找到足以展开调查的证据，因为珀西娅的房东已经把她的东西都丢掉了，好腾出房间来租给新的租客。在那之前，珀西娅已经两个月没付房租了。”

“警察应该阻止房东的。”乔说。

“直到两个星期前，珀西娅的尸体在一个土坑里被发现，他们才意识到这一点。”

“上帝啊。”加布说。

“他们知道她是怎么死的吗？”乔问。

“尸体已经腐烂了，不过右侧颅骨上有伤痕。尸体腐烂程度跟她失踪的时间吻合，她很可能在六月六日当晚就死了。”

“乌莎是六月七日晚上出现在我的前院里的。”

莱诺拉点了点头。“一个星期前，你们在埃芬汉停车吃晚餐，发现乌莎好像在害怕一个男人。有可能是那个男人打电话通知了跟踪你们到家的另外两个男人。你告诉警察，在那两个人第一次开枪之前，乌莎说过，'他们会把你也杀掉的'。"

"那些人杀死了珀西娅。"加布说。

"有可能。"莱诺拉说，"我们认为乌莎目睹了事情的经过。"

"既然有嫌疑的凶手已经死了，为什么还有警察守着乌莎？"乔问。

"谁知道是不是只有两个人牵涉其中呢？也许在餐馆里打电话的那个人也参与了谋杀。我们认为乌莎知道那个人是谁，也知道她母亲死的那天晚上究竟发生了什么。"莱诺拉凑近乔，"要把整个事件弄清楚，我们需要你的帮助。"

"什么时候？"

"今天。她的安危全靠你了，乔安娜，一定得让她说出来。"

33

重症监护区的大门终于向访客休息室的两个钉子户敞开了，不过还有规矩要守：在凯伦探员和麦克纳布警官到达以前，不能谈论乌莎母亲死亡那晚发生的事情；乌莎的陈述必须在执法人员的见证下进行，以确保她没有受到胁迫；乔和加布不能告诉乌莎，他们知道有关她背景的任何事；最重要的一点，不能透露她母亲的尸体已经被发现的消息，莱诺拉说这可能会影响乌莎对她个人经历的陈述。

乔拄着拐杖经过重症监护区的护士台，一个系在虎斑猫玩偶上的银色气球抓住了她的视线。乔转身从莱诺拉·罗兹和加布身边走开。

“乔，你要干什么？”加布问。

她必须绕到柜台里面才能拿到那些礼物。

“你不能进护士台。”一个男人说，“女士……”

乔把一根拐杖靠在自己身体上，空出手来拿起虎斑猫，抬头瞪着一脸愤愤的工作人员。“这个为什么没送到乌莎手上？”

没有人回答。

“你们看不到上面的卡片？上面清清楚楚地写着她的名字。这对她来说可能意义重大，而且它们放在这里已经一个星期了。”乔的视线逐一扫过在场的人，“你们为什么要把这个扣下来，不给一个真正需要它们的、生病的小女孩？”

“我们是打算给……”一名护士说。

“他们不能给，没有许可。”莱诺拉说。

“为什么没有许可？”

“我想你知道原因。”

“你们想抹掉我们的痕迹——加布的、苔比的，还有我的。你们想让她忘掉我们。”

“我们认为让她怀抱希望只会增加痛苦。”莱诺拉说。

“大错特错，而且我才是那个有麻烦的人！”乔就着拿小猫玩偶的手抓住拐杖，从护士台后面走出来，气球在她头顶上摇摇晃晃。

莱诺拉咂了咂舌，摇摇头。“就算这样，你也不是乌莎小姐的对手，不是吗？”

他们继续沿着走廊往下走，两旁的病房里住的大多都是靠器械维持生命的老人。看到坐在乌莎病房门前的警察时，急切的心情让乔的胃都收紧了。警察站起来，手按在枪套上。

“没事，”莱诺拉说，“我带他们进来的。”

警察向她投去一个询问的目光。

“不然我们的女孩什么也不肯说。”她说，“我想我们对此已经有了非常充分的认识。”警察退开，让乔进去。乌莎坐在病床上，没吃完的午餐还摊在面前的移动餐桌上。她正在专心致志地研究胳膊上的输液管。

“哦不，不要，年轻的女士！”莱诺拉说，“不要再把它拔掉了，想都别想。”

乌莎心虚地抬起头，一看到乔和加布，她的表情立刻变成了纯粹的欢喜。“乔！加布！”

乔挪动拐杖，以她最快的速度朝乌莎赶去。她把小猫玩偶放在床上，俯下身子，投入乌莎张开的双臂。两个人流着眼泪拥抱了几分钟，然后是加布。莱诺拉和护士站在门口看着这一切。

等到加布和乌莎分开之后，乔把小猫玩偶和气球拿给她看。“这是苔比送的。”

乌莎抱着小猫，把它贴在脸上。“我喜欢！它跟恺撒好像！苔比也在这里吗？”

“她在这儿待了很长时间，但现在不得不回去工作了。”

“你和加布也在这里？”

“从那件事情之后就一直在。”乔说。

乌莎瞪了莱诺拉一眼。“我就知道！我就知道他们在！”

“你吓着我了，小女士。”莱诺拉说，“不过我始终都只是希望你能好起来。”

“你会让我跟乔和苔比一起生活吗？”

“我们还是享受眼前的这一刻吧。”莱诺拉说完，在角落里的一把椅子上坐了下来。

“你的午饭还吃吗？”护士问乌莎。

“我不喜欢这个。”

“是你点的奶酪通心粉。”

“你得用蓝色的盒子来做。”乌莎说，“样子好看的话，它们会显得更好吃一点。”

“下次试试用星球大战的模子。”乔对护士说。

“别指望我们的厨房里能有那个。”护士一边动手收拾餐盘，一边说。

“现在乔来了，她可以带一个过来。”乌莎说。

乔把桌子移开，在床沿边坐下。加布拉过一把椅子。

乔握着乌莎的手，问：“你感觉还好吗？”

乌莎的棕色眼睛一下子黯淡下去。“小熊死了吗？”

乔双手拢上她的手，紧紧握住。“是的，我很难过。”

一声呜咽从乌莎的胸膛里迸出来，眼泪滑下她的脸颊。

“我为它感到非常骄傲。”乔说，“它救了我们两个人的命。你明白的，对吗？”

乌莎哭泣着点点头。

“等你好些了，我们来为它办个漂亮的葬礼。”

“有十字架的那种？”

“我可以做一个。”加布说。

“它在哪儿？”她问加布。

“埋在金尼小屋旁边的树林里。”他说。

乌莎哭得更厉害了，乔把她拥进怀里。

“你的腿怎么了？”收住眼泪后，乌莎问。

“那些家伙从背后开枪，打中了我的大腿。”

乌莎的眼泪重新滑落下来。“对不起，乔！是我的错！都是我的错，是我害你受伤，小熊也死了！”

“不，不是的！所有这些都不是你的错。永远不要这么想。”

“我应该告诉你的！我那时候就知道他们是在跟踪……”

“你吓坏了，这没关系。”

乌莎看向加布。“警察说你杀了他们。”

“是的。”他说。

“你会有麻烦吗？”

“不会的。”

乔从桌上的盒子里抽出几张纸巾，替乌莎擦了擦鼻涕，又抽出一张，轻轻拭去她的眼泪。

“我爱你，乔。”乌莎说。

“我也爱你，亲爱的小虫子。”

乌莎笑了。“我中枪那天晚上你也是这么叫我的。就是那个时候，我才知道你爱我。”

“我妈妈总是叫我‘亲爱的小虫子’，甚至到我长大以后都还是这样。”

“真希望我的画笔在这里。我刚刚想到一个主意，打算画下来。”

“什么主意？”

“一只亲爱的小虫子，粉红色的，有紫色的斑点。它的眼睛非常大，还有长长的触须。”

“听起来很可爱。”

“我会在它旁边画满粉红和红色的爱心。”

“我住的旅馆旁边有一家文具店。”加布说，“我去给你买点彩色铅笔和纸来，怎么样？”

“现在不要！你得留下来！”她转向乔，“我忘了告诉你，我为什么在五个奇迹之后留了下来。”

“为什么？”

“因为我决定要留下来跟你一起生活。当你说你爱我，想要收养我的时候，我就知道，这是我最最想要的，比回我自己的星球还要好。我都已经飞到星星上了，又决定回来。”

“真的吗？”

“真的！那里闪闪发光，周围一片漆黑，真的非常漂亮。可我只想和你在一起，所以拼命拼命努力，才终于能回来找你。”

乔吻了吻她的脸颊，说：“你回来了，我真高兴。”

乌莎瞥了一眼莱诺拉。“要是他们不让我跟你在一起，我就不留下来了。”

“我们先不要担心这个，好吗？”乔说。

“我真的很担心，一直都在担心。他们骗我说你不在这里的时候，我想过跑出去找你的。”

“事实上，是两次。”莱诺拉说。

“这倒提醒了我。”加布说着，打开背包翻了翻，从里面抽出他那本破破的《逃家小兔》，“我给你带了这个。”

“你能讲给我听吗？”

“当然，愿意效劳。”

乔跟加布换了位置，这样他就能一边让乌莎看图画，一边讲故事。

“再讲一次好吗？拜托，行吗？”一遍读完，乌莎恳求道。

加布又从头开始。跟在金尼小屋的时候一样，这个故事还是那么能安抚她。第二遍讲完时，乌莎已经快睡着了。加布和乔轻轻拍着她的胳膊，直到她沉沉睡去。

莱诺拉走到床边，说：“给她的止疼药已经减小剂量了，不过还是会让她犯困。情绪也耗尽了她的精力。”

她抬头朝门口望了一眼。“好了，趁其他人还没到，我要去吃个午饭。很抱歉，你们得回访客休息室去。她不能在没有人陪伴的情况下接待访客。”

“一切都会顺利的。”莱诺拉和他们一起走出重症监护病区，说，“她跟你们两个在一起很放松。我想，你们能让她说出乔什·凯伦需要知道的东西。”一个护士帮他们打开病区大门。“凯伦最恨的就是杀小孩的人，他非得破了这案子不可。”莱诺拉说完，抬手比了比访客休息室里乔最常坐的那把椅子，“坐会儿，请不要去其他地方。人一到齐，我们就进去跟乌莎谈话。她现在能好好休息一下也是好事。”

乔和加布并肩坐在访客休息室里。

“我怎么感觉像是要去做什么坏事一样？”乔说。

“因为那就是很坏。”加布说，“我们要让她谈她母亲被杀的事情。”

“我不是这个意思，感觉我们是被逼着去哄骗她。她那么害怕跟我们分开，所以他们就打算利用这一点来为自己牟利。”

“乔，他们是想要解决一桩谋杀案。”

“我知道，可那里面是个小姑娘，不是供他们破案的工具。”

34

两个小时后，莱诺拉·罗兹几乎是从电梯里冲出来跑向重症监护区的大门。

“出什么事了？”乔说。

“她醒来没看见你们，又大闹起来了。”

“我能帮忙。”

“不，如果能让她明白发脾气没有用的话，会更好一些。”她匆匆跑进门里。

“什么玩意儿？”乔说。

“就是！”加布说，“为什么就不能让一个生病的孩子感觉好过一点儿？尤其是她马上就得谈论自己母亲死亡的事情了！”

“因为他们的脑袋全都长在屁股上！”

可他们俩只能坐下继续等待。半个小时后，凯伦探员、麦克纳布警官和一个留着齐肩漂金头发的女人从电梯里走了出来。乔和加布站起来。“这位是夏蕾博士，”凯伦抬手向金发女人示意了一下，“她是政府为乌莎指定的心理专家。”

乔和加布分别跟这个女人握了握手。

“我听说了你的坚持。”夏蕾对乔说，“你的全力以赴让我印象深刻——在医院的访客休息室里守了四天！我听说你在卫生间里洗漱。”

“无法发声的人需要有其他人来为他们发声。”乔说。

"你说的是……乌莎？"

"是的，乌莎。"

"你为什么认为她无法发声？"

"因为这一个星期以来她一直在要求见我，却始终得不到允许。"

"我们努力做出对她最好的选择，不是着眼当前，而是考虑未来。"

"你要知道，她非常清楚她的未来取决于很多因素，她也足够聪明，明白什么才是对她最好的。六月份她跑出来的时候，我认为她是在寻找一个新家。她想要自己挑选，而不是让别人为她挑选。"

夏蕾和两个警察都不置可否。

"你相信你就是她找的那个家？"夏蕾问。

"我很乐意成为这个家，不过，那该由她决定。"

"她还不到九岁。"麦克纳布说。

"再说了，她第一个遇到的人就是你，又哪里谈得上什么选择呢？"夏蕾说，"还有很多非常好的领养人会乐意给她一个非常好的家。"

"但愿你是对的。"乔说，"要是不喜欢，她一定会跑掉，却未必有第二次运气能再遇到好人。"

"我们很清楚自己在做什么，乔安娜，请相信我们。"夏蕾说，然后和两个警察转身离开。

"只要确定乌莎能够提供陈述，我们就派人来叫你们。"凯伦说完，跟在另外两个人身后进了重症监护区。

乔只恨不能抡起拐杖砸到他们身上去。"我们会派人来叫你们！你看看，我们是怎么被当成工具的！”

“冷静。”加布说，“跟他们说这些只会对你不利。”

“为什么？我说的全部都是事实。乌莎在为她自己寻找新家，所以才会有五个奇迹的说法——为了给她自己留出时间来做决定，也给我们留出时间来跟她建立关系。”

“乔……你不是这个世界上唯一能够给予她爱的人。”

“我知道！可既然这是她和我都想要的，为什么还要多做纠缠？”

“一方面，你是单身。他们会尽可能为她找到一对父母。”

“是啊，可说到头，这又算什么狗屁理由？为什么那样就更好？那要是一对同性恋呢？他们会不会考虑？”

“乔……”

“什么？”

“你有些失控了。你在这间屋子里待得太久了，需要离开这里，休息一下。”

“在我们让她开口之前，别想。要是解决了这桩谋杀案，他们还会让我们见她吗？说不定他们也在骗我们。”

“他们从来没说过我们之后还可以见她。”

“我知道。”她倒回椅子里，“真见鬼！”

加布挨着她坐下，握住她的手。

几分钟后，莱诺拉出来，看见乔蜷在椅子里。“你还好吗？准备好开始了吗？”

乔别无选择。要是不逼乌莎说出事情的来龙去脉，她就再也见不到乌莎了。这么做，她至少还能有个机会。

“是的，我准备好了。”

莱诺拉领着他们走进重症监护区。凯伦探员、麦克纳布警官和守在病房门口的警官都站在乌莎看不到的地方，悄声交谈着。夏蕾博士在病房里跟乌莎说话。“乔！”乌莎一眼看到乔，立刻大叫起来。她猛地跪起身，输液管绷得笔直。

“当心！”护士说，“你不会想再扎一针吧！”她把乌莎按回枕头上。

乔放下拐杖，拥抱乌莎。

“你们为什么走了？”乌莎把脑袋埋在她胸前，问。

“他们说我们必须离开。我们不想走的。”

乌莎退出乔的怀抱，恨恨地瞪了护士一眼。“你骗人！你说你不知道他们为什么走了！”

护士朝门外走去，嘴里咕哝着：“这女孩早晚会把我折磨死。”

乌莎两只眼睛都红红的，显然大哭过一场。

“你把针头拔掉了？”乔问。

她点点头。“我想去找你和加布。”

“我们就在外面的访客休息室里，你绝对不可以再自己拔掉针头了。扎针很疼，是不是？”

“是！这里的人都很凶！他们把我按在床上！”

“他们也是迫不得已，因为没法让她平静下来。”莱诺拉解释道。

因为他们必须让她醒着给口供。

“我想离开这里！”乌莎说，“我讨厌这个地方！我想跟你和加布一起走！”

“你还没完全好呢。”乔说。

“等我好了能跟你们走吗？求你们了。”

乔不能撒谎。“我希望可以，不过我说了不算。”

夏蕾博士抿紧了她的红唇，明显对乔的回答感到不快。

“谁说了算？”乌莎问。

“我们有客人来了，乌莎。”莱诺拉打岔，“你介意让他们进来吗？”

乌莎怀疑地望向门口。“是谁？”

“你记得乔什·凯伦吗？”

“那个带枪的人？”

“带枪是因为他是警察，是好人。”夏蕾博士用那种哄小小孩儿的声调说。乌莎可比那些孩子聪明多了。

莱诺拉出门去招呼凯伦和麦克纳布进来。乔看了一眼加布，看样子，他的担心不比乔少。两个警察，一个法律顾问，外加一个心理医生，这么多人通通在这里盯着乌莎，等她讲述她的亲生母亲是怎样被杀害的。恐惧从乌莎的眼睛里溢出来，她知道他们为什么会在这里。

莱诺拉走近病床，说：“乌莎……乔和加布希望你告诉他们，在你逃跑的那天晚上，发生了什么。”

乌莎震惊地望向乔，就像突然发现原来她也是敌人一样。乔朝加布点点头，示意他到病床另一边去护着乌莎，她自己坐在这一边。加布明白乔的意思。他靠着乌莎坐下来，用自己的身体作为屏障，和乔一起，将屋子里另外四个人全都挡在了乌莎的视线之外。

乔握住乌莎的手。“所有人都想保护你，希望你安全。”她说，“为了做到这一点，警察必须知道，你从家里跑出来的那天晚上，到底发生了什么。”

“你知道我为什么离开赫特拉叶，我离开家是为了拿到博士学位。”

“乌莎……我知道‘赫特拉叶’是把‘地球’倒过来拼出来的。”

“我只能这么做！地球人没有办法像我们一样称呼我的星球。我们不使用语言。”

“你告诉我的名字，也是倒过来的。”

“你不明白吗？我做的这些事都是乌莎会做的，她的脑子就是我的。”

“乔安娜……”夏蕾博士说。

乔看向她。

“我们不必在这会儿讨论这个。关于这方面，我正在帮她。”

乔将注意力转回乌莎身上。“他们需要知道发生过什么，否则不敢放你出去，他们担心还有其他人会找你。”

乌莎看向加布。“你把他们杀死了。”

“我把他们全部杀死了吗？”加布问。

她点点头。

“我们在餐馆里见到的那个人呢？”乔问。乌莎没吱声。

“警察担心他也是危险人物。他们担心你——加布和我也一样。”

“加布把真正的坏人都杀死了。”乌莎说。

“可餐馆里那个人为什么会打电话告诉他们你在那里？”

“他是他们的朋友。”

凯伦探员上前两步，不巧将乌莎的注意力从乔身上引开了。

“你知道那个人的名字吗？”凯伦问。

“告诉他吧。”乔说，“没关系。”

“我如果说了，他会离开吗？”

“不会。警察必须知道你母亲出了什么事。”

“我没有母亲。”乌莎说，声音很平静。

乔用力握了握她的手。“请把事情都说出来吧。继续留在心里，它就会伤害你。不要为了他们或是为了我和加布这么做，为你自己做。”

“我说过了，除非他们答应让我跟你和苔比一起生活在厄巴纳，不然我是不会告诉他们的。”

“我们正在努力争取。”莱诺拉说。

乔咽下了想骂她“骗子”的冲动。

“你们要是不答应，我就逃跑。”乌莎对莱诺拉说。

“我知道，你已经说过好几次了。”莱诺拉说。

乔伸手轻抚乌莎的脸颊。“告诉我们，这样，等到你能出院的时候，我们就不必为你担惊受怕了。忘掉他们也在这里，就只对加布和我说。那天晚上，你为什么跑出来？是你的母亲出了什么事吗？”

“她不是我的母亲。”

“珀西娅不是你的母亲？”

听到这个名字，乌莎终于有了些反应，显然很吃惊乔怎么会知道。乔顾不上担心打破这些人的规矩了，她必须遵从自己的直觉。“你为什么说珀西娅不是你母亲？”

“因为她是乌莎的母亲。那个时候我还不在乌莎的身体里，一直到后来，乌莎被一个男人杀死了，我才进去。”

"你的意思是，他们杀了你的母亲？"

"我是说乌莎。"

"珀西娅呢，她怎么了？"

"他们先杀的她。"

"你看到事情经过了吗？"

"乌莎看到了。我进入她的身体以后也看到了，因为那些事情还在她的脑子里。"

乔拼命忍着，不让自己哭出来。"告诉我，你在她的脑子里看到了什么，告诉我那天晚上发生的所有事情。"

乌莎别开眼睛不看乔。她抓住苔比送给她的猫咪玩偶，这是她手边唯一能帮她舒缓紧张情绪的东西了。她把猫咪整个按在脸上，头朝后仰去。

"乌莎……"乔说。

乌莎双手把猫咪玩偶压在脸上，闭上眼睛。"我要叫它恺撒。"她说，"我喜欢它的味道，跟苔比的香水一样。"

乔温柔地把玩偶从她脸上拿下来，放在被面上。"乌莎，你能做到的。告诉加布和我，那天晚上发生了什么。"

她只是盯着玩具猫。

"不如假装你在写一出戏怎么样？"加布说。

乌莎抬头看着他，两眼发亮，显然对他的提议很有兴趣。

"第一幕的开场是什么？"他问。

"那是晚上，我从星星上下来。"她说，"我在寻找一具可以借用的身体。"

"然后呢？"

"我看到一个小女孩从一栋房子的窗户里跳出来。"看到乔满脸震惊，她解释了一句，“没那么高。”然后回过头继续看着加布，“女孩落在绿化带的灌木丛上，身上的瘀青伤痕就是这么来的。她吓坏了，因为后面有两个男人在追她。他们跑出来，掐住她的脖子。我看到他们就这么把她给杀死了。”

她看向乔，猛然间从戏剧回到了现实，转向了那已经成为现实的幻想。“我就是在那个时候进入了乌莎的身体，因为我不喜欢看到她死掉。我想要她的身体继续活着，哪怕她已经不在了。”

“你进入她的身体以后发生了什么？”乔问。

“首先，我必须让她恢复呼吸。我用我的力量让她恢复了一点儿，然后站了起来。我知道那些人以为我就是乌莎，所以我跑了。我比他们跑得快，因为他们看到乌莎还活着好像有点害怕。乌莎家旁边有一个加油站，我跑了进去。那里有一辆卡车，就像加布的那种，不过更大——”

“一辆后厢敞开式的皮卡车？”加布问。

她点点头。“它就停在加油站的商店旁边。我爬进车后厢，那里堆了些东西，我就藏到下面，动都不敢动，然后，那辆车的主人突然回来，上车就把车开走了。我猜他走的就是你去厄巴纳-香槟的那条57号公路。我非常害怕，因为车开得很快，我又才刚刚进入一具新的身体里，什么都是新的。”

乔和加布相互看了一眼。

“我就是这样找到你的。”乌莎说，“肯定是我的夸克粒子在起作用，它们会让好事发生，就像那样。”

“你是怎么找到我的呢，具体说说？”乔问。

“那辆卡车开了很久，在它最后终于停下来之前，还开过了一段非常颠簸的公路，后来我才知道，那就是火鸡溪路。”

“那辆卡车是什么颜色？”加布问。

“红色的。”

“是不是旧旧的，跟我那辆差不多？”

她点点头。

“可能是戴夫·希尔德布兰特的卡车，他家和我家就隔着一条马路。”

凯伦探员手里拿着个小本子。“戴夫·希尔德布兰特？”他一边记录，一边在嘴里念叨着重复。

“是的。”加布说，“他经常开着那辆车到处去找汽车配件，他是做汽车改装的。”

“戴夫看到你了吗？”加布问乌莎。

她摇摇头。“那个人把我吓着了。他刚一到家，就开始朝不知道什么人大吼大叫，吵得很厉害。”

“应该是特瑞萨，他的妻子。”加布说。

凯伦又开始在他的本子上写写画画。

“你是什么时候从车上下来的？”乔问。

“我一直等到他不嚷嚷了才下车。不过，我爬出来的时候，一只大狗拼命冲我叫，我就赶快跑掉了，怕它会咬我。天又黑了，我在树林里摔了好几跤。后来到了水边，我就停下了。”

“是火鸡溪？”加布问。

“是的，不过那时候我还不知道它的名字。我沿着溪岸一直走到那条路的尽头，到了一个山坡边上，上面就是乔的房子……我是说，金尼的房子。我害怕极了，可是又不敢靠近屋子，所以就躲进了棚子里。棚子里有张床——只有床垫——我就睡在上面。我睡着了，睡了很久，等我再醒过来的时候，天已经亮了，我看见一只小狗，就是小熊。”她的眼睛里盈满泪水，“它是我的第一个朋友。小熊是我从星星上下来以后的第一个朋友，可它现在死了。”

35

现在，他们知道乌莎是怎么从埃芬汉跑到乔的出租屋的了，可她的故事里还缺了一大块——最糟糕的那一块。她为什么要从公寓里跳窗出来？乔憎恨自己不得不逼她去回顾那一幕，但除非在珀西娅·杜普雷的谋杀案卷宗上盖上结案的印章，警察是不会放过乌莎的。

加布用被子一角轻轻按了按乌莎挂着泪珠的脸庞，乔握着她的手。

“让我们来把这件事做完。告诉加布和我，你为什么从窗户跳出来。”

“是乌莎跳了出来，那个时候她还在她的身体里。”

“好的，告诉我，为什么乌莎要做这么危险的事。”

“我告诉过你了，那两个人要杀她。”

“哪两个人？”

“加布杀死的那两个。”

“告诉我他们的名字。”

乌莎转头去看凯伦，意识到这些名字对他来说至关重要。“个头小一点的是吉米·埃舍尔，人家叫他埃斯。壮一些的那个，他们叫他克里，乌莎不知道他姓什么，以前从没见过他。”

“那天晚上之前乌莎没有见过他？”乔问。

“没有。”

“吉米·埃舍尔和克里为什么会在乌莎家的公寓里？”

“因为……”她别开眼睛不看乔，手指拧着被子角。

“是不是乌莎的妈妈叫她不要说出他们做的事？”

乌莎点点头，脑袋垂了下去。

“你不是乌莎，所以你可以告诉我们。”

她抬起头，说：“我想你是对的。”

“埃斯和克里怎么了？”

“埃斯在那里，是因为他经常去。他……你知道……”

“什么？”

“他会跟乌莎的妈妈一起进她的房间里去。每次这样，乌莎的妈妈都说他们是在开派对。”眼中闪过的羞耻表明她完全清楚他们在卧室里做什么。

“克里为什么在那儿？”

乌莎的头又垂了下去。“埃斯带他去的……去开派对。”

“他吸毒了吗？”

“看样子像是，他还喝了啤酒，他在等着……”她偏过身子，又抓起那只虎斑猫玩偶，好让手里有点东西可以摆弄。

“克里是在等着跟乌莎的妈妈进卧室吗？”

“是。”乌莎说。

“乌莎在做什么？”

“她在客厅看电视，电视里在放一部电影，讲两个双胞胎在露营时偶然遇到的那一部。”

“《天生一对》[1]。”

“乌莎喜欢这部电影。”

“克里和乌莎在同一间屋子里吗？”

“是。”乌莎说，垂下眼睛看着虎斑猫玩偶。

“告诉我，克里在做什么。”乔说。

“他一直在嘲笑那部电影，说那有多傻多傻，这让乌莎很生气。”

“然后呢？”

乌莎终于抬起眼睛看着乔，用眼神祈求她，别再让自己说下去。

“请告诉我，没有关系的。”

泪珠从乌莎的眼里滑落。“他把手放在乌莎身上不该碰的地方，乌莎叫他住手，把他推开。他说如果乌莎让他继续，他会给她五块钱，还说她反正早晚会跟她妈妈一样，既然要当妓女，就该从小时候开始……因为女孩子越小越漂亮……”

加布抬手捂住了自己的嘴。

“乌莎做了什么？”乔继续问。

“她说她妈妈不是妓女，可克里哈哈大笑，乌莎气疯了。她关掉电视，想回自己房间去，但是克里抓住了她的胳膊，他把乌莎推倒在沙发上，然后他——”她抽噎起来，“他想脱掉她的睡衣，她尖叫起来，打他……”

乔哽咽得问不下去了，可还有凯伦，他接口问道：“发生了

1. 1998年上映的美国家庭喜剧电影 *The Parent Trap*，影片讲述一对素未谋面的双胞胎姐妹偶然相逢，最终让离异的父母成功复合，全家团圆的故事。

什么？告诉我们。”

“乌莎的妈妈从卧室里冲出来。”她哭着说，“她尖叫着让克里放开乌莎，还抡起一把椅子砸在他背上。埃斯从她手里把椅子抢走了，克里又从埃斯手里拿过去，用那把椅子砸乌莎妈妈的头。”乌莎捂住脸，“他打得非常凶！乌莎的妈妈倒在地板上，有东西从她的脑袋里流出来，我觉得，那是她的脑子……它们流出来了……”

乔把乌莎拉进怀里，抱住她。

可在凯伦看来，事情还不够完整。“你为什么跑？”他问，“他们威胁你了吗？”

“那不是我！”乌莎尖叫道。

“乌莎为什么跑？”

“埃斯骂克里，说乌莎什么都看见了，会告诉警察的。克里说她不会，然后他就抓住了乌莎，把手卡在她的脖子上，很用力。乌莎知道他要杀了她，她拼命地踢他，咬他，终于挣脱了。她跑进自己的房间，从开着的窗户跳了出去。”

“没有纱窗吗？”凯伦问。

乌莎摇摇头，抬起手抹了一把脸。“乌莎的妈妈想要纱窗，但是房东不肯装，他们经常为这个吵架。”

“餐馆里的那个人叫什么名字？”凯伦问，“你说他是埃斯和克里的朋友。”

“我不知道他是不是克里的朋友，但他是埃斯的朋友。他跟埃斯还有乌莎的妈妈一起开过派对。”

“他叫什么名字？”

“我也不太确定。有时候他们叫他‘内特’，有时候又叫他

‘托德’。”

“内森·托德！”警探用手背一拍自己的小本子，“这下我可逮到他了！”

“你知道他？”加布问。

“噢，是的，我知道他。我们在埃斯身上找到一部手机，上面显示有一通来自托德的电话，差不多就是你们在餐馆的那段时间。现在有了乌莎的证词，我就能逮捕他了。”

“以什么罪名？”加布问。

“谋杀未遂的同谋案犯。”

“会不会很难定罪？”

“我们有我们的办法。”他把笔记本塞进裤子口袋，朝加布走过去，“我必须向你表示感谢，纳什先生。”他握住加布的手，说，“你为我们除掉了两个最大的垃圾，这让我的工作简单了很多。”

听到加布因为杀了两个人而得到赞美，乔总感觉有些不大对劲。不过，她看待世界的眼光向来和绝大多数人都不一样，毕竟，她是由一对崇尚和平主义的父母抚养长大的。

乔吸收了父母的许多人生哲学，其中之一，就是相信小孩子应当尽可能了解事情的真实面貌。她常常在想，如果加布在真相中长大，知道自己拥有两个将他视若珍宝的父亲，他的人生又会怎样呢。

乔挪动身体，从床上下来。“趁你们所有人都在这里，我有些话想说。”

房间里的每一个人——探员、副治安官、心理专家和社会工作者——都看向了她。加布看起来有些紧张，他的反应也不是没有道理——乔太累了，未必能深究自己即将做的事对乌莎来说是不是最好的选择。

“我能感觉到，这是唯一一次机会，能在同一间屋子里聚集到这么多有权决定乌莎未来命运的人。”她首先看向两位执法者，说，“我知道乌莎去哪里不由你们决定，但我是否会以严重罪名遭到起诉，却会影响到她的未来。”

“这个问题我们还是到访客室去谈吧。”莱诺拉说。

“为什么？乌莎想要知道眼下是什么情况，你也知道她能明白这些事。”乔转回头，继续面对警察，“如果遭到起诉，我就有可能被学校和研究生院开除。”

“你确定吗？”加布说。

“我的导师已经确认过了。在你们决定我的命运之前，”她转向两位男士，“我希望你们明白起诉我将导致什么后果。我承认，在乌莎的事情上，我做出的选择并不好，可我所有的决定和举动都出自善意。在你们彻底毁掉我的生活，还有乌莎的生活之前，请确保惩罚与罪过相匹配，因为一旦被起诉，我就再也不可能成为她的养母。”

“我想要你当我的养母！”乌莎说。

“我知道，亲爱的小虫子，让我说完，好吗？”她调转方向，看向莱诺拉和夏蕾博士，“对你们两位，我有很多话要说。我必须确保，未来乌莎不会因为有人对她说谎而陷入疑虑的困扰。”乔退后一步，好让乌莎能看清她的脸，“就在这里，在乌莎面前，我现在请求你们，请让我成为乌莎的养母。我很乐意申请领养权，请让我向你们陈述我的资质——”

“乔安娜，”莱诺拉说，“现在不是时候，也——”

“抱歉，请听我说。我的第一项资质是，我爱她，而且我知道，没有任何其他申请者能够这么说。第二，她和我已经被这场悲剧紧紧地联系在了一起，我理解她经历过什么，这能帮助她愈合伤痛。第三，我父母过世时为我留下了数目可观的遗产，因此，作为单亲母亲，我有足够的经济能力抚养一个孩子。第四，我不喝酒，不碰毒品，也从来没有过法律上的麻烦，就连交通违章都没有。第五——”

“我想我们已经听够了。”夏蕾博士说。

“这一点很重要。”乔说，“第五，我的父母都是科学家，他们教导我珍爱大自然，对世界抱有好奇心。乌莎在自然和科学领域都如鱼得水，因为它们满足了她对知识的智力需求。我的目标是成为一所顶级大学的教授，而我也想象不到，还有什么环境能比高等院校更适合一个拥有乌莎这样能力的孩子。”

“说完了吗？”夏蕾博士说。

“还没有。我还想说说你们或许会认为是问题的部分。我是一名癌症康复者，不过我的癌症在早期就得到了治疗，而且预后良好。”

乔回头看着乌莎，继续说：“你能明白我说的这一切吗？无论发生什么，永远不要怀疑，我是爱你的，竭尽全力想要让我们在一起。除此之外，我无法控制未来会发生什么。”乔回到床边，挨着她坐下，“看来，我们的命运跟莎士比亚戏剧里的人物一样不可捉摸了。”

“但结局一定会像《第十二夜》一样！”乌莎说，“人人都很幸福！”

“我的天啊，她还知道莎士比亚？”莱诺拉说。

凯伦探员咧开嘴，笑了。“意志与命运往往背道而驰。”他背诵道。

“《哈姆雷特》，名句。”加布说。

“从高中起就是我的最爱。”凯伦说。

一名护士走进来，端着一杯给乌莎的汤药。“看来乌莎这会儿的命运是该休息一下了。”莱诺拉说，“我们到访客休息室继续这场谈话吧。”

“我不想休息！”乌莎说，“乔和加布一定要留下来！”

乔和加布轮流吻了吻她，和她道别，让护士执行近在眼前的“意志与命运”的交错。

36

自从经历过重症监护区静坐之后，在乔的眼里，加布的旅馆房间竟变得奢华而私密起来，热水淋浴尤其奢侈。“不好意思，”乔对加布说，“我衣服没拿进浴室。”她还得拄拐杖，做不到让浴巾老老实实地裹在身上。

加布从手机屏幕前抬起头，审视她赤裸的身体。“你这是在道歉？”

“能帮我重新包扎一下腿上的伤口吗？”

“当然，我很乐意扮演医生的角色。”

她把医药包放在床上，自己也趴上去。

“更别说这么做的时候还能看着你的屁股了。”他说。

“看着还不错吗？”

他拍一拍她的臀瓣说："棒极了。"

"伤口怎么样，恋臀癖先生？看起来还好吗？"

"看起来像是有人把一颗子弹打到你身上了。"

"没有感染？"

"没有，长得很好。"

"先涂抗菌药膏，然后盖上消毒纱布片，再包起来。"

加布小心翼翼地一步步操作下去，手脚很轻。他包裹着她的伤腿，手指轻柔地擦过她的大腿内侧。"我的注意力受到了巨大的干扰，不过还勉强能控制。"他一边说着，一边扎好了绷带。乔翻过身说："脱掉你的衣服。"

他站在床边，低头注视着她的眼睛，开始脱衣服。他舒展开温暖的身体，覆在她的身上。"我会不会太重了，你的腿能行吗？我不想弄疼你。"

"这种时候，我根本就感觉不到我的腿了。"

结束后，他们拥抱着彼此，蜷缩在独属于他们自己的小小星系里——那是遮光帘和调高温度的空调为他们创造的星系。在这座城市里，只有最最大的声音才能传进他们的耳朵。

"明天我必须回家去照顾妈妈了。"他说，"你出来时我正在跟蕾西发短信。她要赶回圣路易斯，后天她的两个儿子都要回家了，她想在他们返校之前多陪陪他们。"

"这是好事，他们可以一家团圆了。"

"想跟我一起回去吗？就当是去取你的车。"

"我走的时候可以租一辆车。我必须留在这里，为了乌莎。"

"是啊。"他亲昵地搂紧她，"你今天能把心里话都说出来，真好。一开始我还不敢确定那样究竟对不对，但现在觉得，他们能让你继续探望乌莎，那些话至少起到了一部分作用。”

“也有可能他们只是在利用我安抚乌莎，好让她老老实实待在他们的掌控之下。”

“也许都有点儿。”

“其实，我会想到要把话说出来，是因为想到了你的母亲。”

“真的？”

“我知道自己想趁所有人都在的时候说些什么，可我差一点儿就没能鼓起勇气。就在那个时候，我想起了凯瑟琳，想起她是怎样勇敢地让亚瑟和乔治坐在一起去解决问题。”

“你们两个都是专会惹事的女士。”他快睡着了。

“加布？”

“什么？”

“乌莎用第三人称来说自己，你会觉得担心吗？”

“会。可要是不这样做的话，她大概没办法面对这些事情。”

“我很担心今天这样逼她讲出事情的经过，会让她人格分裂。”

“所以才需要有心理专家在场。”

“我不喜欢那个女人。”

“我猜我们都一样，睡吧。”

自从入住金尼小屋，这还是乔第一次躺在正常的床上休息。与其说她是睡着了，倒不如说是昏迷了过去。最后将她唤醒的，是加布洗澡的蒸汽，带着肥皂的气味。“你太累了。”他说。

“是啊。我喜欢这个房间，打算就继续住这一间了。”

“我该先把账结掉吗？”

“不，无论如何，请让我来付房钱，我希望这样。”

“你不必这么做。”

“我知道，可我愿意。”

“好吧，大富婆，我们还是先去吃早餐吧，之后我就要出发了——你请客。”

吃过早餐，他们去为乌莎买彩色铅笔和素描纸，乔还买了一部新手机。她陪着加布走到车库，他将两张房卡都交给了乔。自从正式交往以来，两个人终于头一次交换了彼此的电话号码。

“我猜我们现在能算得上是一对正常情侣了。”乔说。

“我还不打算一下子跑得那么远。”他说。

“那我能不能跑到说‘我爱你’的阶段？我知道，这里不是第一次说出这句话的最浪漫的地方，在一个车库前面……”

“我也爱你，乔。”他们紧紧相拥，乔的拐杖啪嗒、啪嗒两声掉在地上。来往的人都看着他们。

朝医院走去时，乔分外明显地感受到了加布的缺席。乌莎也会想他的。

门口的警察已经撤走了。谈话当天的晚些时候，乔就听说内森·托德被捕了。第二天，乌莎转进了儿童医院的一间普通病房，除了乌莎的心理咨询时间，乔随时都可以去看她。至于咨询时间，乔正好可以出去吃个饭，或是为乌莎买些能占据她心思的东西。

要让乌莎时刻保持忙碌不是件容易的事。几天之后，她就已经厌倦了看书、画画和看电视。乔为她带去了一套成人拼图，图画是一只母鹿带着小鹿站在树林里，那片树林有点像乌莎钟爱的魔法森林。当有人敲响房门时，她们两个正在努力拼凑拼图的四条边。门是虚掩着的，蕾西走了进来，手里拿着两只玩偶小猫。“我打扰到你们了吗？”

“一点儿也没有。”乔说。

蕾西举起那两只豆袋小猫，一只白色，一只灰色。“我知道它们没有真的猫咪那么好，不过这两只也许可以扮演朱丽叶和哈姆雷特。”

“加布跟你说它们的名字了？”乌莎问。

“他把每一只的名字都告诉我了。”蕾西说，“你给它们起的名字真好。”她送出小猫，乌莎看向乔，显然不明白蕾西想做什么。“拿着吧，你知道该说什么。”乔说。

乌莎接过小猫，说：“谢谢你。”她拿起“坐”在枕头上的虎斑猫恺撒，把三只小猫放在一起。“现在就差奥莉维亚、麦克白和奥赛罗了。”

“看来你恢复得不错。”蕾西说。

“是的。”乌莎说，“明天，或者后天，他们就可以让我跟着乔回厄巴纳了。我会和她还有苔比一起生活。”

“听上去真是相当不错。”蕾西说。

“不过这更多的是期望，并不是现实。”乔说。

“才不是！”乌莎说。

“如果不是的话，为什么没有人跟我说过呢，亲爱的小虫子？”

“也许是他们还没来得及告诉你，可我知道，事情就是会这样发展的。”

乔从床边站起来。

“请坐。”她拉出一把椅子，对蕾西说。

“我不能久留。”蕾西说，“我就是想来看看乌莎怎么样了，顺便跟你聊一聊。介意出来一下，到访客室聊几句吗？”

“当然可以。”她转向乌莎，“我离开一会儿，你再把其他的边角碎片多找些出来。”

“你会回来帮我一起拼吗？”乌莎问。

“会，不过再过一会儿我就得走了。夏蕾博士半小时后就要到了。”

“我不想跟她说话！”

“我们可以不用每天都为这个问题争论一次吗？”

“她说的那些话都傻透了！”

“她是想帮你。我过几分钟就回来。”

乔很好奇，究竟是什么让蕾西整个人都变了，就连面孔看起来都不一样了——平静，容光焕发。奇妙的是，她的心情似乎也无比轻松，与那一身破洞牛仔裤加亮色宽松乡村风格衬衫的装扮十分相称。她们在色彩缤纷的休息室里坐下来，这是专门为了给生病的孩子提振精神设计的。“事情进展如何？”蕾西问。

“这要看你说的是什么事了。”

“希望你别生气，不过加布告诉我了，他说你可能遭到起诉，罪名很严重，是危害儿童安全。他说警察要求你出院回家之后也不能离开伊利诺伊州。”

乔的确不高兴，却也有些惊讶，加布怎么会把这些情况都告诉他的姐姐。

“他还说你成功领养乌莎的可能性不大，哪怕你显然是最合适的那一个。”

说不定蕾西也有个孪生姐妹，只不过加布不知道。说不定这就是他们家的又一个大秘密。

“社工什么都没跟你说过？”蕾西问。

“没有，我认为这是个不好的信号。不过，你也看到乌莎是怎么看待这个问题的了。”她望着窗外被建筑物切割成一片一片的蓝天，“有时候，我觉得我到现在还这样守在她身边是错误的，也许我做的一切都是对她不好的。”

“那你为什么还是这么做了呢？”

“因为我关心她，在意她的遭遇，我认为我能让她安心。要知道，她曾经坠落地狱，好不容易才爬了出来。”

“我猜你们俩身上有一些共同点。”

乔不太确定她指的究竟是癌症与失去母亲的遭遇，还是枪击这件事，也可能兼而有之。如果她说的是癌症，那一定是从加布那里听来的。

“所以，我来这里是为了……顺便说明一下，加布并不知情。”

“什么不知情？”

“他不知道我来这里，也不知道我跟我丈夫谈过你的处境。特洛伊是专攻婚姻家庭领域的律师，他处理最多的是离婚案，有时候也会涉及儿童监护和领养的案件。如果你同意，他希望能帮助你，免费提供服务。”

“我有钱。”

“我们不想赚加布女朋友的钱。”

“这么说，我现在算是他的女朋友了？”

蕾西知道这是挖苦，却笑了。“你不知道吗？”

“我以为我还没进入纳什家的投票议程。”乔说。

“噢，我们其他人已经把这个步骤完成了。”

这是道歉，很隐晦，但乔依然很高兴。“感谢你们的赞成票。”

“这多亏了加布。”

“怎么说？”

“在我动身回圣路易斯之前，加布召集了一次家庭会议。到了开会的时间，乔治·金尼敲响了我们家的房门。他那天刚好在南部，去修他坏掉的房门。我一头雾水，完全不知道是怎么一回事。他也一样，加布只是通知他到时间过来一趟。”

乔笑了。这是奇迹中的奇迹，加布拽出了藏在他自己身体里的那个凯瑟琳。

蕾西一直在留意观察她的神色。“你知道他打算做什么？”

“不知道，但我能猜到，他把你们聚在一起后做了什么。”

“他把整件事情通通说了出来！关于乔治和妈妈是怎么开始的，关于他们和我父亲如何达成一致，如何同意永远都不让加布知道他其实是乔治的儿子。显然，我妈妈和乔治对于这些情况都一清二楚，但加布还告诉他们，他曾经看到他们在森林里做爱，同时发现了自己并不是亚瑟的儿子。他们都惊呆了。加布还说，正因为这件事，他才开始恨他们。不过，最叫人吃惊的，还是他在这之后说的话。”

“他说什么？”

“他说他原谅了他们。他说，如今他爱上了你，才开始懂得他们所做的一切。那天夜里，当那个人用枪指着你时，他宁愿自己去死，也绝不能眼睁睁地看着你死去。他说，像那样的爱是不会被任何东西阻挠的，他觉得很幸福，能够在这样的激情下出生。”

乔哭了，完全不在乎蕾西是不是在一旁看着。

“我明白！当时我们四个人全都哭得一塌糊涂，这是我们家发生过的最棒的事情。”她打开随身的单肩包，取出两张纸巾，分出一张递给乔，“自从乔治的妻子酗酒毁了身体以后，他对她就只剩下了责任感。”她接着往下说，一边用另一张纸巾轻轻擦了擦眼睛，“他和我妈妈就要结婚了。乔治征求了加布和我的意见，问我们是否同意。”

“你同意吗？”

“我激动得要命！我们甚至连订婚派对都开过了。我推迟了一天才回来，那天晚上，我们享受了最美好的时光，烤肋排，喝啤酒。加布和我聊到很晚，我们把这些年来堆在两个人之间的垃圾通通倒掉了。”

乔难以置信，他们竟然这么快就做到了如此深入的地步。

“我打赌，他一定跟你说过，我在他小时候是怎么对他的。”她像是读懂了乔的思绪，又补了一句。

乔才不会泄露加布私下里跟她说过的悄悄话。

蕾西明白她的沉默。“看来是说过了。”她说，“我知道，无可辩驳。只不过，加布出生的那段时间，我正陷在非常严重的抑郁里。我觉得自己又胖又丑，自己写的东西狗屁不通。偏偏在这种时候，从天而降一个加布，一个完美的、漂亮的小男孩，还那么聪明。我嫉妒他嫉妒得要死。”

“你知道他是乔治的孩子吗？”

“我怀疑过我母亲和乔治有私情。加布出生之前，有一天晚上，我父亲醉得厉害，他跟我提起过，当时他哭了……”蕾西哽咽了，抬手擦去重新滚下的泪珠，“我把一切都怪罪到这个可怜的小婴儿头上——我母亲为什么不爱我父亲啦，我父亲如何心碎啦，甚至包括我的抑郁。等到父亲不可抑制地爱上这个完美小孩时，我彻底失控了。每一次，在我真正需要我的父亲时，在我放弃写作时，我都觉得自己被抛弃了。”

乔伸出手，覆在蕾西的手上。“抱歉，这比我想象的情形更糟糕。你现在还会受到抑郁的困扰吗？”

她点点头。“感谢上帝给了我这个丈夫，他总是守在我身边，哪怕其实他早就该扔下我不管了。”又一波眼泪涌上来。

“真好，你和加布终于把事情全都谈开了。”

她又点一点头，用早已湿透的纸巾擦了擦眼睛。

“加布向来就是什么都不肯说。前两天我问他怎么样，他只在短信里回了一句：很好。”

“他的确很好。”蕾西说，“从小到大，我从来没见过他这么幸福的样子。这都是因为你，是你让这一切发生的。”

“从技术上考虑，我们必须说，是乌莎做到的。”

“用她的夸克粒子？”

“加布告诉你的？”

“他把有关她的一切都告诉我了。请原谅我那个时候还因为这可怜的小姑娘打电话叫警察来。”

“你有权利那么做。我原本也应该那么做的，可我被自己的不理性行为困住了。”

“那是因为你爱她。请让我丈夫来帮你吧。”

“或许我应该接受你们的帮助，我要怎么做？”

蕾西从包里掏出手机，打了几个字，按下发送键，说：“他就在外面的车上等着，这就上来。”

“你的丈夫？”

“是的，特洛伊·格林菲尔德，你的律师，超一流的厉害律师。”

37

特洛伊身材粗壮，是个很有亲和力的人。就在医院的访客休息室里，他让乔将整件事原原本本地从头说了一遍，其间问了很多问题，做了很多笔记。

结束后，乔回到旅馆，虽然并不觉得这样就能对争取到乌莎的抚养权抱有更大希望，但感觉上却好多了。就算最后还是不行，也不至于太后悔，因为她知道，自己已经用尽全力了。

莱诺拉·罗兹和夏蕾博士一连好几天都没有露面。乌莎已经恢复得差不多，可以出院了，她们将决定她接下来要到哪里生活。见过蕾西之后的第三天，乔正要离开酒店房间，特洛伊的电话打了进来。“我有一些好消息和一些不那么好的消息。”他说。

乔的心脏狂跳起来。

“你不会被起诉了。”他说。

“你确定吗？”

“让他们明确地说出这话是花了好些工夫，不过我一直盯着他们，逼他们给答复。我跟他们说，我们需要知道确切的情况，如果确定你会被起诉的话，我们就要聘请约翰·戴维森——他是位天才辩护律师。”

“所以他们就不起诉我了？他们害怕戴维森？”

“要我说的话，跟这个大概没什么关系。昨天晚上我跟凯伦探员进行了一次长谈，从谈话看来，能有这个结果，很大程度上归结于他对加布的赞赏。如果你被起诉，加布也无法置身事外，因为乌莎也在他的房子里待过很多天。麦克纳布和凯伦都不愿看到加布为此受到处罚。”

“我是不是可以推论这话有点儿沙文主义的意思？”

“不不，这么说的话，我可就要辩护一下了。昨天凯伦明确说了，他始终是站在你这边的。他很敬重你能够这样去帮助一个甚至根本就不认识的孩子。但最终帮你脱身的，更多是因为你报警那一晚那个警察跟你说过的话。我要求他们去找他问话——”

“凯尔·狄恩？”

“是的，他承认向你提到过一些有关寄养家庭的看法，非常个人的看法，很可能对你造成了困扰。麦克纳布一直倾向于起诉你，但看到他自己的警员做出过这样值得质疑的行为，而且这种行为极有可能成为审讯中的关键要素后，他让步了。”

“哇噢，蕾西是对的——你是个超一流的厉害律师。”

“谢谢。”他说着，轻轻笑了起来。

乔松了口气，可是特洛伊还有些“不那么好的消息”在等着对她施予打击，她还不能就这样放心地开始庆祝好消息。

“至于乌莎，”特洛伊说，“我在社工方面毫无进展，无法从法律角度就她的未来干涉他们的决定。很抱歉这么跟你说，我想他们已经为她选好了一户寄养家庭。”

“我也是这么猜测的。”

“我会继续跟进的，乔，我们先别忙着放弃。”

“你能为我争取到探视权或者类似的什么权利吗？”

“作为非亲属，从法律上说，你没有探视她的权利，得跟社工和她的寄养家庭协商。不过我会试试看的，好吗？”

“好，谢谢你做的一切。”她满眼泪水，几乎看不清挂机键在哪里。

乔抵达医院时，莱诺拉正在乌莎的病房里。她把乔引到走廊上，向她宣布了最新的消息：乌莎未来的养父母将在午餐过后来探访乌莎。她要求乔不要在他们会面时出现，还请她帮助乌莎接受现实。也就是说，很快，她就要跟着他们回家了。

“你们有一丝一毫考虑过我吗？”乔问。

“乔安娜……我们能怎么考虑呢？”

“为什么不能？”

“我们通常都尽可能将孩子安置在父母双全的家庭里——”

“那些都是鬼扯，你很清楚。乌莎已经清清楚楚地表达了她的意愿，无论如何，她想要的绝对不是完全陌生的所谓一个母亲和一个父亲。而你也清楚，跟任何夫妻一样，我拥有足够完备的资源和资质。”

“也不光因为你是单身，还有其他各方面的因素。”

“什么因素？”

“你还在上学，你的健康状况并不稳定，况且，我们不能忽略她作为儿童，人身安全曾经受到威胁的情况。”

“他们没有起诉我。”

“无论起诉与否，你都做出了糟糕的判断。”

“你现在应该很清楚乌莎是什么样的孩子，你觉得我还能做得更好吗？如果我把警察卷进来，她一定会跑掉，而我明确知道的就是，她跟我在一起，总比自己一个人乱跑要更安全。”

"你知道你做的比这更多。"

"比如什么？"

"你在充当她母亲的角色。"

"所以，就因为这个，你们就剥夺了我成为她养母候选人的资格？"

"你这么做的动机让我们感到担忧。你刚刚失去自己的母亲，还摘除了自己的生殖器官。"

"你怎么知道的？"

"乌莎告诉我们的。"

"你向一个小孩子逼问我的资料？就没考虑过直接来问我？"

"我们没有逼问她，是做心理咨询的时候她自己告诉夏蕾博士的。"

"那更糟糕！她利用心理治疗的机会来获取针对我的资料！"

"请帮助乌莎接受这个，这是爱她的最好方式。"

"恕我不能认同，但我会尽力说服她的。我只是担心她会逃跑，然后再遇到什么可怕的事情。"

"别担心，这些孩子都安稳下来了。"

"这些孩子？"哪怕再和莱诺拉多待上一秒钟，乔都不知道自己还能不能控制住脾气。她转身进了乌莎的病房。

"你为什么生气？"乌莎问。

"我没生气。"

乌莎盯着她，问："莱诺拉说了什么？"

乔在床沿上坐下，把事情告诉了她。乌莎大哭起来，抗拒极了。她哭了足足一个小时，直到她的医生进来时也没停下。乔离开病房，好让他为乌莎检查伤口。医生出来后，用平静而又温和的声音对她说："乔……对于他们的决定我感到很遗憾。我们大多数人都认为他们犯了个错误，我们都看到过你和她在一起的情形——你们俩之间是存在羁绊的。"

乔点点头。

"如果没有你，我甚至不知道她能不能扛过来。在手术开始前的准备期间，她醒来过。虽然失血量大得惊人，可她还是挣扎着清醒过来，想要找你。我告诉她，说我们必须先修复她的肚子，她说那很好，她从星星上回来，就是为了跟乔在一起，要是她死了的话，乔会很伤心的。"

看到乔一下子哭了出来，他说："天啊，对不起，我跟你说这些是不是越弄越糟了？"

"不，谢谢你，我很感谢你的支持。"

一个半小时后，乔在乌莎的大哭声中离开了——为她未来的养父母腾地方。乔回到旅馆，打电话给加布。加布很想赶到圣路易斯来支持她，可又不能丢下自己的母亲不管。

蕾西在她自己家里。乔治在厄巴纳和他的女儿们在一起，打算把加布是他儿子的事情告诉她们。他不希望自己家里再藏着什么秘密了。

当天晚上，乔没有回医院。也许那对养父母会留在那里。她希望他们多待一会儿，要尽可能减少乌莎逃跑的风险，唯一的办法，就只能是在她搬入新家之前多花些时间好好陪她。

第二天一早，乔来到儿童医院时，莱诺拉正等着她，明显气疯了。"你有没有劝过她？哪怕稍微尝试一下帮她接受？"莱诺拉问。

"我劝了！你去问护士，我花了几个小时努力跟她讲道理。"

莱诺拉死死盯着乔的眼睛，相信了她。

“出什么事了？”

“出的事情就是一场彻彻底底的大失败。你知道乌莎对他们说什么？”

“什么？”

“首先，她变成了外星人。我们的寄养家庭对这个有准备，因为我之前提醒过他们。大概是看到这样没能把他们吓退，那个聪明的小鬼头就跟他们说她是从一个吃人的星球来的。”

紫色吃人怪。

“你知道那捣蛋鬼跟她的领养者说什么？她说，等他们睡着了，她会去把他们捅死，然后再吃掉他们。那对夫妻另外还有一个一岁大的女儿，也是领养的，乌莎说那个小姑娘一定最好吃，她会首先杀掉她。”

“很明显，她把能想到的最可怕的东西说出来，目的只是吓退他们。乌莎骨子里就没有暴力的因子。”

“那些人怎么会知道，他们又怎么敢冒险呢？特别是在他们自己家里还有个小婴儿的情况下。”

“你想让我跟他们谈谈吗？”

“他们已经放弃了！火烧屁股一样地跑掉了，他们不想跟乌莎再有任何关系。”

“那现在是怎样？”

“第二选择，我们觉得第二合适的夫妻。”

“你最好先提醒他们。如果你希望的话，我也可以跟他们谈谈。”

莱诺拉挠了挠自己后脑勺上的短发。“也许这样会好一些。”

第二天，乔为“第二合适”夫妇上了一堂有关乌莎·外星人·杜普雷的速成课。他们都是很好的人，丈夫经营着一家工程咨询公司，妻子从前是健身教练，现在留在家里照顾他们六岁大的儿子。从生理角度说，他们不可能再有第二个亲生孩子了。

在这对夫妻进屋之前，乔跟乌莎谈了谈，请求她配合。可乌莎拒绝了，坚持说她只想跟乔一起生活。又一次，在乌莎那萦绕不去的控诉的抽泣声中，乔离开了医院。

第二天，当乔回到医院时，那对准领养人正在乌莎房间里进行他们的第二次拜访。乔转身打算离开，他们却请她留下。“我们聊聊吧。”妻子说，“我希望我们都能成为朋友。”

乔努力想让乌莎开心起来，可她始终沉着脸不高兴，只肯用最简单、最不客气的话回答封闭式的问句。乔想给准领养人看看乌莎的画，她却说：“我不想给他们看！这是私人物品！”乔说有个小弟弟很好，乌莎说：“我不想要什么愚蠢的小弟弟！”

“你可以有个游泳池，乌莎。”乔说，“那不是很有意思吗？”

“不！”乌莎说，“我只想跟你和加布在萨莫斯溪里游泳！”

“拜托，请尽量做个好女孩，我知道你是。”乔说。

“我不会在他们面前好！”乌莎说，“我只想跟你一起生活！你说过你也想那样的！为什么现在却要我喜欢他们？”

“我最好还是先离开吧。”乔说。

“是的。”莱诺拉说，“多谢你的努力。”

乔抱了抱乌莎，可乌莎不放她走。“不要走！”她哭着说，“我会乖的！不要走！”两名护士和莱诺拉不得不一起上前把她的胳膊掰开。乌莎尖叫起来：“带我走！乔，我爱你！我只想跟你在一起！”乔匆匆逃出走廊，躲开医生和护士沉甸甸的注视。

晚上七点，乔在旅馆房间里吃了几颗葡萄和一杯酸奶。不管怎么样，她必须强迫自己吃点东西。自从下午哭着给加布打过电话之后，她就一直觉得恶心想吐，整个人都无精打采的。天亮之后，她就要最后一次跟乌莎说再见了。再继续留下来的话，对她伤害太大了。

晚上八点，第一阵雷雨袭击了圣路易斯，后续部队还在源源赶来，这座城市将在狂风暴雨中度过整整一夜。乔放下遮光帘，开大空调功率，上床睡觉。响雷声和雨点拍打窗户的声音几乎消失了，她闭上眼睛，缩在被子里，蜷成腹中胎儿的样子，胳膊交叠，抵在瘦骨嶙峋的胸前。九点五十二分，一通意外的电话将她吵醒了。“莱诺拉？”乔接起电话。

“她不见了。”莱诺拉说。

乔立刻翻身坐起，双腿探到床下。“你说什么？她跟他们回家了？”

“她跑掉了，我们找不到她。”

“医院看护这么严密，她怎么可能跑出去？”

“你知道的，她实在是聪明得离谱！他们认为她应该还藏在医院里，可就是找不到她。”

“她失踪多久了？”

“从护士发现她失踪到现在，差不多一个小时。”

“摄像头有没有拍到什么？”

“他们正在查，一开始他们觉得应该很容易就能把她找出来的。”

“他们不了解乌莎。”

“可你了解，你警告过我们。要是她跑出去了怎么办？要是她跑出了城呢？”

乌莎完全有能力做到，不过她的目标应该只是跑出医院。乔没有说出来。

“她可能藏在某间病房之类的地方，我相信他们会找到的。”

“你能过来吗？我想，如果你来叫一叫她，也许……如果她听到你的声音……”

“当然，我这就来。”

“我在医院正门口等你，带你进来。他们封锁了所有出入口。”

半小时后，乔和莱诺拉一起在医院里寻找，她们已经找了十分钟了。这时，一名保安叫住了她们：“她不在医院里了。”

“你确定吗？”莱诺拉说。

“我们一直在找穿病号服的小女孩，可是她穿的是普通衣服。这是一个监控摄像头拍到的。”他举起一张照片，上面是乌莎，走在医院的一条走廊上。

乔接过照片。乌莎身上穿的是乔的海军蓝色伊利诺伊大学T恤，还有她的黑色瑜伽裤，裤脚卷起，看起来就像紧身裤一样。“那是我的衣服。”乔说，“是备用的，一直放在我的背包里，以防万一什么时候我得留下来陪乌莎过夜。我前几天就发现它们不见了，当时还以为是在哪里拿东西的时候不小心带出来弄丢了。”她凑近照片，细细研究。乌莎穿着她的紫色运动鞋，乔最后一次看到乌莎穿这双鞋，还是在枪击的那天夜里。“她怎么拿到她的鞋子的？”

“她被送来抢救的那天晚上，所有衣服都浸了血，只有这双鞋还能留下来。”莱诺拉说，“通常，医院都会把病人的个人物品用袋子装好，放在他们的柜子里。”

“录像有没有拍到她是怎么离开医院的？”乔问。

保安点点头，脸色阴沉。“她牵着一个男人的手，从大门走出去的，所以我们才花了这么长时间从录像里认出她来。她穿着正常的衣服，和一个男人走在一起。”

乔身子一晃，扶了一把墙才稳住。

“你觉得是那个男人诱拐了她吗？”莱诺拉说。

“考虑到那个女孩的经历，我们担心有这种可能。”保安说。

“通知警察了吗？”莱诺拉问。

“城里的警察都出动了，安珀警报也已经发了。”

乔脑子里灵光一闪。“她不是被诱拐了。她拉着那个男人的手，只是为了显得像是和他一起的。”

“你并不知道究竟是怎么回事！”莱诺拉说。

“我是不知道。”乔说，“可乌莎知道她一个人没办法走出医院。”

“她怎么做到让一个完全陌生的人同意伸手牵她走路的？”

“相信我，乌莎有她的办法。”乔再一次仔细审视那张照片。乌莎的另一只手握得紧紧的，像是拿着什么东西。也许，她从乔的背包里拿走的还不只是衣服。乔拉开背包前袋的拉链，找到了自己的旅馆房卡。她继续翻找加布那张门卡，那是她留着备用的，装在一个信封里。信封在，是空的。“我好像知道她去哪儿了。”乔说。

“哪儿？”莱诺拉问。

“跟我来。”乔一边说，一边把背包甩上肩头。

“我们必须通知警察。”莱诺拉说。

“在我们找到她之前，不能让警察插手。看到警察的话，她一定还会再跑。”

“很有说服力。”

莱诺拉抓起雨衣，跟着她冲进又一阵倾泻而下的大雨中。乔还套着加布留下的超大码运动衫，先前赶去医院的时候，这衣服就从里到外都湿透了。医院之外，城市的大街小巷里到处都是警察，每一个十字路口都有警车的灯光映在大雨汇成的水坑上。

“可怜的女孩。”莱诺拉说，“这么大的雷雨，一定吓坏了。”

“那可不一定。”乔说，“乌莎喜欢雷雨天。”

莱诺拉看出了她们要去哪里。“她知道你住在哪家旅馆？”

“上个星期，她问了很多关于我住在哪里之类的问题，我还以为她只是太无聊了。她甚至还问我是不是用金属钥匙开门，我跟她说是电子房卡。”

“这么说，这次行动她已经谋划有一阵子了。”

“她在等，看事情怎么发展。之所以在今天跑出来，是因为她绝望了，她知道没有人会帮她——就连我也一样。”

“那她未必会去你的房间。”

“我知道，这正是我担心的。”

“要是她决定相信那个男人怎么办，就像相信你一样？”莱诺拉说，“既然他现在还没带她报警，那肯定就是不怀好意。”

“我没有带她报警，可我也没有坏心。”

“谁知道这样的运气什么时候会用完？”

“我一直在试图告诉你们这一点。”

她们冲进旅馆，直奔电梯，乔拖着伤腿，已经一瘸一拐了。电梯一路走走停停，终于来到六楼。她们停在了612房间的门口，乔掏出房卡插进卡槽，推开房门。

乌莎不在。莱诺拉看着乔掀开凌乱的被子，弯下腰查看床底，打开衣柜搜寻。现在，只剩一个地方了。乔摁亮浴室灯，拉开浴帘。乌莎躲在浴缸里，整个人蜷成一个球，衣服和头发都被雨淋透了。她抬起头，望着乔，棕色眼睛里满是悲伤。“乔……我逃跑了。”她说。

“我看到了。”乔把她从浴缸里抱出来，搂紧她。

乌莎整个人趴在她身上，哭了起来。“你不爱我了吗？为什么要我跟那些人一起生活？”

“我没有，可我也没有办法了。”

乔抱着乌莎往床边走，乌莎一直在伤心地抽泣，全身都湿透了，冻得瑟瑟发抖。“我们得把这些衣服脱了，亲爱的小虫子。”乔放下她，让她坐在床上。

“她怎么会在这里？”乌莎看到了莱诺拉。

“我担心你。”莱诺拉说。

“不管你要我去什么地方，我都会找到乔的！”乌莎说，眼泪又滚滚落下，“没有你，乔和我知道怎么样才会幸福！”

乔脱掉乌莎的鞋子，剥掉她湿漉漉的长裤和T恤，顺手拽过一件干净T恤套在她颤抖的身子上，抱着她塞进被窝，为她掖好被子和毯子，裹得严严实实。然后，乔关上空调，走进浴室去换掉自己湿透的衣服，出来的时候，莱诺拉正拿着手机在拨号。

“请不要现在就叫警察来。”乔说。

“必须通知他们停止搜索。”莱诺拉说。

“我知道，不过我们能不能稍微多等那么一小会儿？”

莱诺拉点了点头。她打给了医院保安，说已经找到乌莎了，请他们帮忙通知所有执法机构，就说乌莎很安全。然后，她脱掉雨衣，倒进椅子里，长长吁出一口气。

乔钻进被子里，挨着乌莎躺下。什么分床睡的规则，再也无关紧要了。只要是乌莎想要的，她都会给她。她侧过身子，把小姑娘拥在怀里，吻了吻她的脸。“暖和了吗？”她问。

“我想永远这样。”乌莎说。

“我也是。”乔说，“请永远不要怀疑我对你的爱，没有人能把它从我们身边夺走。”

雷声隆隆，雨点噼噼啪啪地拍打着窗户。乔将乌莎拥在她安全的巢穴里，命运静坐一旁，注视着眼前发生的一切。

38

一个月之后，八月里难得的一个清凉日子，乌莎站在加布和乔中间，牵着他们俩的手。在白色大理石十字架的前方，牧师发动汽车，沿着墓园小道离开了，莱诺拉·罗兹开着她的车跟在后头。除此之外，再没有别人来送珀西娅·威尔金斯·杜普雷下葬安歇，就连她的母亲也没来。珀西娅为了保护女儿，死在了二十六岁的年纪，和乔一样的年纪。

乌莎放开乔和加布的手，花了一分钟时间，重新理了理鲜花，将它们排成一个新的星座，围绕着坟墓。“再见了，妈妈。我爱你。”

她重新握住他们俩的手，说：“我想去看看爸爸。”

他们走向迪兰·约瑟夫·杜普雷的墓。他葬在他的母亲身旁，她身边还有一个空位，是留给她丈夫的。迪兰的父亲住在附近一家疗养院里，阿尔兹海默症大大损伤了他的记忆和头脑，他已经不知道自己有个孙女这回事了。这块墓地上没有多的空位留给珀西娅，因此，她没法躺在她的丈夫和公婆身边，乔只能尽量找到最靠近的墓穴买下来。依照乌莎的愿望，珀西娅的十字架和迪兰墓前的一模一样。

来到迪兰墓前，乌莎放开乔和加布的手。她从口袋里掏出一张叠起来的画，竖着放在十字架脚下。那上面画的是风车星系，位于大熊星座。

迪兰热爱有关星星的一切。在他的生活分崩离析之前，这个男人原本是有望成为一名天体物理学家的。他用天空中大熊的名字为女儿取名，叫作“乌莎”，他教给她各种星星和星座的名字。乌莎怕黑，他就为她把窗户打开一条缝，告诉她，星星上会有好的魔法飘下来，从窗户里钻进来，帮助她。他说那些魔法会一直保护她，让她平平安安、无忧无虑。他死后，乌莎每晚都把窗户开得大大的，想让更多的好魔法能够进来。就因为这样，差一点被那些人杀死的那晚，她才能从窗户逃脱。

乌莎上前，靠近十字架，亲吻它的顶端。“我爱你，爸爸。”她朝身后指了指，“这是乔和加布，你会喜欢他们的。加布也喜欢星星，和你一样。”她抚平那幅星座的画，转过身。

“可以走了？”乔说。

“可以了。”她说。

他们还有一个墓要扫。乔的本田车载着他们三个人离开了肯塔基州的帕迪尤卡，朝伊利诺伊州的维也纳开去。快到火鸡溪路时，乌莎拼命把身体探到前排两个座位之间，安全带被拉扯到了极限。自从那天夜里被直升机带离那个路口，送到圣路易斯去急救之后，她还没有回来过。

“这是什么？”当火鸡溪路出现在眼前时，乔说，“我这是穿越时空了吗？”

“我记得你说过我们两个没那么像的？”加布说。

“只是差在年龄上罢了。”

年老版的加布微笑着坐在蓝色遮阳伞下的椅子里，挥着手，面前立着“新鲜鸡蛋”的牌子。

“你可没告诉我说他是新的‘鸡蛋男’。”

“我自己都不知道。”加布说。

“他以前从没出来卖过鸡蛋？”

“我的惊讶绝对不比你少。”

乔把车停到加布的白色皮卡旁边，说：“他用的还是你的卡车。”

“我跟他说可以开这辆车处理农场的事情。”加布说，“他的车太好了，会被碎石子儿迸到。”

“多谢你提醒我这一点。”

乌莎从车后门冲出去，跑向鸡蛋摊。乔治·金尼站起来，跟她握了握手。“你一定就是乌莎了。”

“是的。”

“我是乔治，很高兴见到你。”

“你为什么和加布长得这么像？”乌莎问。

“因为加布有两个爸爸，我就是其中之一。”他说。

加布上前跟他拥抱。

“怎么样？”乔治问。

“一切顺利。”加布说。

“凯瑟琳和我还怕他们会临时变卦。”

“所以你就跑出来，在这里等着——等我们？”

“我来这里，是因为这些见鬼的鸡蛋都快堆到天花板了。”他张开双臂迎接乔，“过来这边，神奇女侠。”

“我显然没有她那样的胸。”乔说。

“那拥抱起来就更方便了。”乔治一边说，一边收紧胳膊，用力搂了搂她。

“我们要去为小熊办个葬礼。”乌莎说。

“噢，那真是太好了。”乔治说，“我听说它是一条好狗。”

“它是最好的狗。”乌莎说。

“我们赶紧走吧。”加布说，“吃过午饭乔还得赶着上路。”

“我收拾一下，一会儿在家里见。”乔治说。

“要帮忙吗？”乔问。

“得了吧，我还没老到那个份儿上呢。”

乔、加布和乌莎开车穿行在火鸡溪路那熟悉的山野大风中。乌莎挺直了身体，探头望着窗外，说：“看起来不太一样了。”

“花草树木都在长，颜色也开始变了。”乔说。

“那些标记巢穴的旗子呢？”

“考察一结束我就把它们拿掉了，靛蓝彩鹀也差不多要准备开始迁徙了。”

“它们要走了？”

“大概两三个星期之内就要飞了吧，不过只是离开一个冬天，等到春天就会回来的。”

他们驶进了金尼家的地盘，朝着山坡上那迷人的黄色小屋开去。熄火前，乔瞥了一眼那棵山核桃树。

乌莎从后座跳出去，朝着房子背后的草地跑去。

“乌莎，是这边！”加布冲着她的背影喊。

“我去为它摘些花！”她说。

乔注视着她的身影消失在高高的草丛里，加布握起乔的双手，把她拉进怀里。“你还会继续卖鸡蛋吗？”她问。

“枪击案之后就没有卖过了。”

“那还打算重新开始吗？”

“不知道。”他注视着公路的方向，目光落在很远的地方，“鸡蛋摊子是保持我和外部世界连接的一条线。”

“现在你有了更结实的连接线了？”

他低下头看着她，笑了。“更像是线断了，我整个人都直接掉进了真实的世界里。”

“感觉怎么样？”

“很好。只是有时候不敢相信它竟然这么好，要是一切又再来一次怎么办？”

“爱你的人会帮你的。”

他吻上了她。就像是只过了一秒钟一样，乌莎突然蹦出来，一手抱着乔，一手搂着加布，脑袋顶在他们两个身上。

等乌莎准备好之后，加布领着她们朝小熊的墓走去。他把杉木抛光，做了一个十字架，上面刻上小熊的名字，下面写着，“它将生命献给了它爱的人”。

乌莎抽着鼻子，抹了抹脸。

“你喜欢这个十字架吗？”加布问。

“没有比这更好的了。”她将手中那一小束秋麒麟、斑鸠菊和紫苑草放在已经长出新草的小土堆上。

“你们有谁想说点儿什么吗？”乔问。

“我想唱一首歌给它听，是我最喜欢的。乌莎的爸爸——我是说，我爸爸——以前经常唱这首歌哄我睡觉。”

“那太好了。”加布说。

乌莎注视着那堆掩埋了狗狗的泥土，唱道：“一闪一闪亮晶晶，满天都是小星星。挂在天空放光明，好像漫天小眼睛。一闪一闪亮晶晶，满天都是小星星。”加布握紧了乔的手。

唱完以后，乌莎蹲下身子，拍了拍小土堆，说：“我爱你，小熊。”

他们回到车上，朝纳什家开去。

“这些都是谁的车？”停车时，乌莎问，“加布，谁在这儿？”

“也许你该自己进去看一看。”加布说。

乌莎跳下车，跑上门廊台阶。乔和加布紧随其后，想亲眼看看她的反应。

“我能进来吗？”乌莎问。

“你什么时候开始学会先征得同意了？”蕾西站在纱门后面，说。乌莎咧开嘴，笑了起来。“你还记得吗，加布？我们来营救你的那一次？”

“我记得，非常清楚。”加布说。

“进来。”蕾西说着，拉开了纱门。

乌莎走进去，随着“生日快乐”的大合唱响起，她的表情从震惊变成了喜悦。深紫色和淡薰衣草色的气球飘满了整个客厅，原木墙壁和天花板上也挂满了同样颜色的绸带。一条写着“乌莎，欢迎回来，九周岁生日快乐”的条幅悬挂在餐桌上方，桌面上摆满了中午的大餐，还有一个缀着亮闪闪银色星星的蛋糕。系着彩色蝴蝶结的小猫咪们在众人脚下满地乱窜，更是为这个欢庆的房间增添了勃勃生机。

“我都不知道今天是我的生日！”乌莎说。

乔原本不想让乌莎母亲的葬礼和她的生日撞上，可她和莱诺拉都只有这一天能抽空跑一趟帕迪尤卡。于是，乔和加布特地安排了这场派对，希望能为这个日子增加一抹亮色。

加布领着乌莎，介绍她认识乔治的小女儿、女婿和他们上高中的儿子。加布和乔治的小女儿已经成了好朋友，不过，乔治的另一个女儿暂时还没办法接受自己有个私生子弟弟的事实。

蕾西的丈夫特洛伊主动向乌莎做了自我介绍。他跟她握了握手，突然间，一条坠着水晶星星的项链出现在了乌莎的掌心里。“这是从哪儿来冒出来的？”他说。

“我不知道！”乌莎说。

“你喜欢吗？”

“喜欢！”

“那我想，它就是你的了。”

乔这才知道，原来这位尊贵的特洛伊·格林菲尔德阁下还是一名业余魔术师。

乔把乌莎叫到一边，告诉她，苔比真的真的非常想来参加这场派对，可惜实在来不了，因为她姐姐刚好从加利福尼亚过来看她。不巧，就在派对这个时间，苔比得开车送她姐姐去机场。

“没关系的。”乌莎说。

乔递给她一个大盒子，包装纸上印满了小猫咪。“这是她给你的。”

“我能打开吗？”

“当然可以。”乔说。

乌莎就地坐下，扯开包装纸，掀开盒盖。笑容乍然绽放。她抽出一个巨大的、紫色的、软绵绵的人偶，那人偶咧着大大的笑脸，露出牙齿，胳膊和腿都晃晃悠悠的。就像那首歌里唱的外星人一样，它有一只长在眉心的独眼，一个长长的角，还有两只翅膀。她把这小怪物紧紧搂在怀里。“紫色吃人怪！它好软，像枕头一样！”

接下来是拆礼物时间：乔送的小号双筒望远镜和一本野外鸟类指南，乔治送的有关河流生物的中级读物，蕾西送的一套水彩套装，乔治女儿送的一件白脸猫咪图案的淡紫色毛衣，还有凯瑟琳送的精装本《仲夏夜之梦》，书里配了非常漂亮的彩色插画。

“见鬼，我忘了为你准备礼物了。”加布说。

乌莎笑了，知道他在开玩笑。

“好吧，看来不送你点儿什么是绝对不行的。”他摩挲着下巴东张西望，然后穿过房间，一手一只地捞起朱丽叶和哈姆雷特，“这两个小东西怎么样？我听说你的新养母可以让你养猫。”乌莎抬头望着乔，问：“真的吗？我可以吗？”

“我猜那些养父母到底还不至于那么坏。”乔说。

乌莎接过猫咪，把脸埋进它们柔软的绒毛里。

“看来你已经让朱丽叶和哈姆雷特的命运开始往好的方向发展了。”加布说。

“是我的夸克粒子做的。”乌莎说。

“等等，”加布说，“我以为夸克粒子什么的已经结束了。”

"怎么会？我还在让好事发生啊。"

"你？"

"乔说，在谈到乌莎时，我不应该说得好像自己不是她一样，可我假装自己是乌莎，并不等于我就是她啊。"

乔和加布交换了一个眼神。和往常一样，乌莎立刻察觉到了他们的不安。"没事的。"她对乔说，"我还是会照你说的做。"

"乔说什么了？"加布问。

"她说外星人也可以有一颗像乌莎那样的灵魂，所以乌莎和外星人完全可以是一个完整的人。"

"这么说真美。"凯瑟琳说。

"是的。"乌莎说，"不过其实反过来更准确：我从星星上下来，乌莎就是我的灵魂。"

所有人都安静下来，被乌莎话语里的神奇魔法迷住了。

"拥有人类灵魂的外星人会对生日蛋糕感兴趣吗？"乔治问。

"会！"乌莎说。

"感谢上帝！"乔治说，"我还以为得自己一个人把整个蛋糕都吃掉呢。"

他们点燃九支蜡烛，再一次为乌莎唱起《生日快乐》。乔真不舍得吃完午饭就马上离开，可又希望乌莎能在天黑之前到达新家。她和加布把生日礼物全部装进车里，两只小猫也放进了蕾西专为它们准备的便携猫笼。

拎着猫笼走到门外时，乌莎哭了，她看到了猫妈妈。"它不想让我们带走它的宝宝！"

"它们已经不喝它的奶了。"加布说。

那只橘色的虎斑猫绕着乌莎的小腿蹭了蹭。

“看到没有？”加布说，“它在告诉你，带它们走吧。”

所有人都到门口来跟她们道别，轮流拥抱乌莎和乔，然后返回屋里，为加布留出与她们独处的时间。

“乔治和你母亲的结婚日期定下了吗？”乔问。

加布把猫笼放进本田车的后座里。“所谓‘浪漫’，说的就是他们了。他们要等到叶子变黄以后再结婚，也不知道那具体要等到什么时候。”

“我需要提前得到通知。”乔说。

“我也是这么跟他们说的。”

“我能参加乔治和凯瑟琳的婚礼吗？”乌莎问。

“我不知道。”加布说，“这得看你的养父母让不让你来。”

“他们会让的。”乌莎说。

“你肯定吗？”乔说，“我听说他们是那种会让你吃绿色东西的人。”

“他们要是那样，我说不定会跑掉的。”

“不，我们再也不要这么做了。”加布说着，把乌莎送进车后座，扣好安全带，给了她一个拥抱，“我会想你的，小兔子。”

“不会太久的。”乌莎说。

“为什么不会？”

“有夸克粒子。”

他从车旁退开，抬眼望着乔。“看来，我们的命运还是在夸克粒子的海洋上随波飘摇。”

“那也不错。”乔说。他们拥抱，亲吻，不知道下一次见面会是什么时候。加布得忙着收割庄稼，忙活农场的秋收事宜。乔的秋季学年就要开学了，她得授课，听课。但不管多忙，她一定会开着车，南下来参加凯瑟琳和乔治的婚礼。她贴着加布的耳朵，悄声说：“我不觉得我能等到叶子变黄。”

“我知道，也许我会偷偷拿乌莎的颜料把这些该死的叶子全都给涂黄了。”

乔发动汽车离开，看着镜子里的加布渐渐远去。

“别担心，不用等到婚礼你就能见到他。”乌莎说。

“最近你对你的夸克粒子似乎信心倍增啊。”

“因为现在我更熟练了。”

在长长的旅途中，乌莎一会儿读读她的生日礼物图书，一会儿玩玩那个紫色吃人怪，一会儿又隔着笼子逗一逗猫咪。当汽车转下州际公路时，乌莎开始目不转睛地盯着车窗外，注视着这座城市。这里就要成为她的新家了。汽车开进乔那条绿树成荫的漂亮街道，临近傍晚的阳光将整条街染成了一片闪亮的金色。转进大门外的私人车道之前，她停下车，欣赏了一番眼前的景象：白色的房子贴着护墙板，夏末盛放的鲜花簇拥环绕。

苔比走到门廊上，笑着冲她们招手。

乌莎爬下车，努力抱稳手里的两只小猫咪。

“你最好还是把它们放回笼子里。”乔说，“要是给它们跳到地上，说不定就跑丢了。”乔看了看苔比，希望她能来帮忙抱猫，可她正在跟什么人通电话，看起来很严肃。

“它们不会跑丢的。”乌莎把两只扭个不停的小猫拢在胸前，说，“真希望弗兰西斯·艾薇的猫咪也在，这样它们就可以当朱丽叶和哈姆雷特的养母了。”

“幸好弗兰西斯不在。她说过，不能带小孩入住，我们还没跟她说过你的事呢。”

“会有事情来修正这个问题的。”乌莎说。

“什么事呢？”

“等着瞧吧。”

她们刚踏上步道，苔比就从台阶上跑了下来。“你们绝对猜不到刚刚发生了什么！”

“苔比！先跟我的养女打个招呼如何？”

“哦，对……”她把手机塞进口袋，在乌莎的脸颊上印下一个吻，“生日快乐，全宇宙最棒的女孩。”

“我喜欢你送给我的那个紫色吃人怪。”乌莎说。

“它是从紫色托尼亚来的，那是个非常遥远的星球。”苔比说，“哇噢，看看这些小猫咪，太可爱了，不是吗？”

“是加布给我的。”

“那么，究竟发生了什么？”乔问。

“是弗兰西斯·艾薇打来的，我刚刚跟她通完电话。你绝对不会相信！她要和南希结婚了，要留在缅因州！她想知道我们有没有兴趣把这栋房子买下来。”

乔看着乌莎，说：“噢，好吧，这也太奇怪了……”

“奇怪什么？”苔比问。

“乌莎刚刚正在说，会有事情发生，改变不能带小孩入住这条规矩。”

苔比咧开嘴笑了起来：“是你做的吗，小外星人？”

乌莎尖叫起来，猫咪们拼命拽着她的头发往上爬，想要从她的手中逃开。它们跳下地去，自己跑上了门廊台阶，像是有条看不见的夸克小道在指引着它们一样。朱丽叶趴在门口的迎宾脚垫上，哈姆雷特仰面躺在它身旁，一只爪子轻轻地拍着它的脸。

乌莎左手抓住乔的手，右手拽着苔比的手，拉着她们俩紧贴在自己身边，就像小鸟依偎在鸟巢里一样。她笑着看猫咪们在新家的门廊上玩耍。“是我让它发生的。”她回过头，仰起脸，“不是吗，乔？”

“当然是你啦，大熊。”

（全书完）

2040书店

微信扫描二维码，关注我的公众号

用价值与美
重建有意义的生活

乌莎来自大熊座

产品经理 | 孙雪净　　装帧设计 | 星　野

技术编辑 | 朱君君　　产品监制 | 吴　涛

责任印制 | 刘世乐　　出 品 人 | 吴　畏

图书在版编目(CIP)数据

乌莎来自大熊座 / (美) 格兰蒂·范德拉著；杨蔚译. -- 上海：上海文艺出版社, 2021.4
ISBN 978-7-5321-7909-1

Ⅰ. ①乌… Ⅱ. ①格… ②杨… Ⅲ. ①长篇小说－美国－现代 Ⅳ. ①I712.45

中国版本图书馆CIP数据核字(2021)第032208号

WHERE THE FOREST MEETS THE STARS by Glendy Vanderah
Copyright © 2019 by Glendy C. Vanderah
This edition is made possible under a license arrangement originating with Amazon Publishing, www.apub.com, in collaboration with The Grayhawk Agency Ltd.
Simplified Chinese translation copyright © 2021 by Guomai Culture & Media Co., Ltd.
All rights reserved.

著作权合同登记号 图字 09-2020-1092

出 版 人：毕 胜
责任编辑：崔 莉
特约编辑：孙雪净
装帧设计：星 野
封面插画：星 野

书　　名：乌莎来自大熊座
作　　者：[美] 格兰蒂·范德拉
译　　者：杨 蔚
出　　版：上海世纪出版集团 上海文艺出版社
地　　址：上海市绍兴路 7 号 200020
发　　行：果麦文化传媒股份有限公司
印　　刷：北京盛通印刷股份有限公司
开　　本：880mm×1230mm 1/32
印　　张：11.25
字　　数：252 千字
印　　次：2021 年 4 月第 1 版 2021 年 4 月第 1 次印刷
印　　数：1-6,500
I S B N：978-7-5321-7909-1 / I·6273
定　　价：59.80 元

如发现印装质量问题，影响阅读，请联系021—64386496调换。